おしょりん

藤岡陽子

ポプラ文庫

1　明治三十三年　四月

むめさん、火事です。大火事ですっ――。

通いで増永家の手伝いをしているシマが、玄関口から大声で叫んでいる。

「どうしたん」

増永むめは食事場から土間に向かって声をかけ、まだ一歳のついを膝の上から板間に下ろした。シマの声にただならぬものを感じ、すぐに立ち上がり駆け足になる。

「どこが火事やの、シマさん」

土間にはほっ被りをして呆然と立ち尽くすシマの姿があり、

「足羽郡の木田村一帯が大火事やて……。本山機業さんや山順機業さん、増永の取引先の大手機業が軒並み火事に巻き込まれたて、いまそこで耳にして」

ほとんど叫ぶようにして告げてきた。

血の気の失せたシマの顔を目にして、むめの全身が冷たくなる。

「シマさんっ、ついをお願いします。わたし、見てきます」

むめの後を追って土間まで出てきたついが、着物の袂を握りしめていた。その小さく細い指を外し、抱き上げてシマに託すと、むめは土間にある草履を引っ掛ける。

木田村の織物業者が、大火に巻き込まれた――。

前につんのめりそうになりながら、二里ほど北にある木田村に向かってむめは駆け出した。火事といっても、小火なのではないのか。シマはあんなふうに大袈裟に言ったけれど、その目で確かめたわけではないだろう。うちの工場の取引先はきっと無事に違いない。走りながら顔を上げ、すぐ目の前にある文殊山に視線を向ける。

大丈夫。文殊山は今日もこんなに穏やかなのだから。大火などではないはずだ。祈るような気持ちで、むめは足羽山の麓に広がる木田村まで走っては歩き、歩いては走り、きりきりと痛むわき腹を手のひらで押さえつけながら野道を急いだ。

家を飛び出して一刻近く歩いただろうか。木田村のひとつである花堂の近くまでたどり着くと、人だかりが黒く重なり、視界を塞いでいた。夕刻でもないのに村の上空が茜色に染まり、大群の羽虫でも飛んでいるかのような粉が舞っている。

こんな――。

これまで見たこともない大きな炎が、横長に広がっていた。火の粉が風に乗って空中に舞い、それを吸い込んだせいか喉と胸の奥が熱く痛む。両方の膝から力が抜け、その場に崩れ落ちそうになるのを必死で堪え、周囲に知った人間がいないかと目を走らせた。一度だけ夫とともに挨拶に訪れた本山機業の工場も、燃え盛る火の海にのまれてしまっている。工場の中にいた人たちは逃げたのだろうか。それともまだ中に……。

人の群れから一間半ほど離れた場所に、見慣れた背中を見つけた。夫の増永五左衛門が険しい顔つきで炎を見上げている。むめは立ち止まり、呼吸の音を頭の中に響かせながら、微動だにしない夫の後姿に視線を置く。慌てふためくこともなく、叫びもせず、工場から立ち上る炎が空に吸い込まれていくのを見送るその大きな背中を見ていると、一瞬だけ熱さを忘れた。

これは、わたしに対する罰なのだ——とその背を見て思う。むめの心にある裏切りが、この火種になったに違いない。

文殊山の菩薩様が自分を責めている、この火事は自分のせいで起こったものだ……そう考えると、すべてに合点がいった。

炎は木田村を焼き尽くしてるざ。これは歴史に残る大火になるわ——。

どこからか喚き声が聞こえてくる。甲高いそうした声には、自家は焼失せずにすんだ安堵と、他者の不幸にはしゃぐ無責任な野次馬の昂ぶりが感じられる。言葉にどこか浮き足だったものが滲んでいた。

野次馬たちは、すぐそばに被害を受けた者の身内や知り合いが立っていることなど想像もしていないのだろう。炎は巨大な龍が焼かれているかのようにのたうち、勢いを落とすことなく左右に広がっていく。防火組から派遣されてきた消防手たちが手桶を使って水をかけ火消しを行っているが、他の者たちはほとんどなにをすることもなく、手をこまねいて立ち尽くすばかりだった。

ここで自分ができることは、もはやなにもないだろう。

むめは踵を返し、足を引きずるようにして来た道を戻っていく。

もうやめなければならない。幼い恋を引きずって生きることを、終わりにしなければ。さもなくば、この火事よりももっと怖ろしいことになるだろう。

炎から遠ざかるにつれてむめは怖ろしくなり、胸の前で両腕をかき抱く。振り向くと炎はまだ獰猛な獣のように燃え盛っていた。四月半ばのうららかな春の日が一転、地獄の様に変わっていく——。


むめが家に戻った後、夜が更けてからようやく、五左衛門が帰ってきた。あの後も消火を見守っていたのか顔中煤だらけで、鼻の奥が痛むほどきつい煙の匂いが筒袖木綿の着物に滲みついていた。

「今日はほんとにごくろうさんでした」

食事場の横座に胡坐をかいた五左衛門に冷えた番茶を持っていくと、無造作に湯呑を摑み、いっきに飲み干す。

「火は消えましたか」

「いや。雨でも降らんと完全には消えんやろ」

「本山機業さんの工場に火が回っているのを見ましたわ。……他の機屋さんは無事でしたか」

「あかん、全滅や。山順さんとこも工場ごと灰になってしもうた」

憔悴しきった声で返すと、おかわりを促すように湯呑を指差す。

夫がこの羽二重工場を起こすのにずいぶん迷っていたのは知っていた。増永家のことだけをいえば、新しい事業に手を出さなくともこれまでの私財で暮らしていけるはずだった。だが二年前、二十七歳になった夫は村会議員に担ぎ出され、それからは自家に限らず、生野の村の将来まで託されるようになった。羽二重は福井城下の機業家らが桐生から講師を招き盛んにしたもので、福井の鯖江や武生ですでに栄えていたものを生野の村に取り込んできたのだ。

「幸八に――」

台所に茶を取りに行こうと背を向けた時、五左衛門がぼそりと言った。むめの顔が一瞬強張る。だがなんとか平静を装って、

「はい」

と振り向くと、

「弟に、火事のことを知らせておいてくれ。すぐに新しい取引先が見つかればいいが、このままやったら下請けのうちも、じきに立ちいかんようになるやろ」

五左衛門が低くしわがれた声を出した。

むめは「では文を出しておきます」と頷くと、足早に台所に入っていく。胸の鼓動が速くなっているのがわかるが、息を深く吸ってなんでもないことのようにやり

過ごす。桶に水を張ってその中に両手をつければひんやりとした感触が背骨にまで伝わってきて、昂ぶりかけた気持ちを鎮めてくれる。

　このまま鼓動が波打つのが収まってくれれば……。目を閉じて心臓の鳴る音を聞いていると、

「おい」

　台所の戸口からふいに声がした。

「やっぱりいいが。幸八への文は、わしが出しておく」

　両肩を持ち上げ、肩越しに振り返ると、風呂敷包みを手にした五左衛門が立っていた。台所の戸口は幅が狭い。体格のいい夫がそうして立つと、光が完全に遮断される。普段ならけっして台所に顔を出したりはしない人なのに、その手には今朝自分が持たせた弁当の空箱が揺れている。

「わかりました。……すみません、わざわざお持ちいただいて」

　風呂敷包みを両手で受け取ると、中身の軽さを確かめながら流し台の上に置いた。

「箸が一本しか入ってなかった」

　思わず眉をひそめて夫の顔を見上げるが、暗くてその表情はわからない。

「入れましたけど……きちんと一膳、揃えて」

　時には忘れることもあるかもしれないが、今朝のことはきちんと憶えている。昨夜のうちに洗うのを忘れていたからわざわざ井戸まで水を汲みにいき、桶で洗って

箸箱に納めたのだから。

「へんやねぇ」

風呂敷の包みを解いて箸箱を確かめようとするむめを制し、

「いつも、一本足らんざ」

夫が自分の顔を黙って見つめてくる。どうしてこの人はこれほど言葉が少ないのだろうか。心で思っていることがあれば口に出してほしいと願うのだが、核心を突かれることも怖ろしくそれ以上はなにも訊けないでいる。

むめは風呂敷包みを解いて行李の弁当箱を取り出すと、

「これからは気をつけます」

顔を背けて小さく返した。

2　明治二十八年　九月

今日は朝から家の者が出払い、むめはひとりで留守番をしていた。両親と妹たちは同じ麻生津村の角原に暮らす親戚の葬式に出向き、自分だけが家に残されている。母の言いつけに従って家の回りを掃き清めていたむめだが、さすがにもう疲れてしまい西瓜でも切ろうかと箒を手に縁側に腰を掛けた。九月に入り陽射しはいくぶん緩やかなものになったものの、それでも少し動けば汗が噴き出てくる。

「みんなはご馳走をいただいてる頃やろ。西瓜くらい食べんとやってられんわ」

親戚の家ではいま頃、夜伽の精進料理や長生きを称える赤飯が振る舞われ、男たちは酒を酌み交わしていることだろう。亡くなった大叔母という人は八十に近い大往生であったことだし、悲しみよりも親戚一同顔を合わせる懐かしさのほうが勝っているはずだった。母などは葬儀で詠う「御詠歌」のことで頭がいっぱいで、数珠を忘れていくといった粗相まで起こしている。

むめはみんなが家を出る寸前まで「わたしも一緒に行きたいわ」と訴えたのだが、婚礼を控えている身だからと同行を許してはもらえなかった。年が明けた三月初めの大安に、麻生津村生野の増永家に嫁ぐことが決まっているため、縁起の悪い葬式になど出なくてもいいというのが父の考えだった。

むめの生まれた久々津（くぐつ）家は、角原では随一の力を誇る庄屋である。明治二十二年の四月に市制が施行され、それと同時に新しい町村制度が敷かれるまでは、角原と近隣の六村は主計郷七村と呼ばれ、鎌倉時代に力を揮った地頭山内家の根拠地として知られていた。嫁ぎ先の増永家は、その山内家に仕えた名士の子孫だといい、久々津家としてはこの縁をたいそう喜んでいた。父や母はもちろんのこと、妹たちまでが、まるでお祭りの仕度をするかのように婚礼の準備を整えている。

だが増永家の長男との縁談がまとまりたちまち家中が慌しくなるなかで、むめはひとり置いてきぼりにされたような気持ちでその日を待っている。

嫁入り先の増永家は、十歳の時に一度だけその屋敷を訪れたことがあった。

増永家の次男の葬式に両親とともに出向いたのだが、亡くなったのがむめと同じ十歳の子供ということで、これまでのどのような葬式よりも悲しいものとして胸に刻まれている。

田を埋め尽くす稲穂が金色に輝いていたので、あれはきっと秋の日だったのだろう。立派な門構えをした邸宅には世話人に選ばれた村人がすでに待機していて、むめたち弔問客を丁重に出迎えてくれた。亡くなった次男は聡明な子供だったと、その場にいた村人の誰もが口にし、涙にくれていたのを憶えている。

その時に一度だけ、むめは五左衛門に会った。

言葉を交わしたわけではなかったけれど、経帷子に身を包まれたご遺体の傍らに、十代の少年と、まだ小学校にも上がらないような小さな男の子と女の子が座っていた。蠟燭の細い灯りの下、顔を伏せて正座をしていた三人のうちの年長の少年が、長兄の五左衛門だったはずだ。

「棺の枕元に座っているのは、亡くなった子の兄弟なんや」と母に耳打ちされ、むめはその後、奥の間で小さいふたりの子守を任されることになった。菩提寺の御院さんがお経をあげている間だけだからと母に言いつけられたのだが、女の子はじきに眠ってしまい、五歳くらいの男の子とふたりきりでしばらく過ごしていた記憶がある。「こうはち」と呼ばれていた幼いその子は「死」ということがよくわからず、しきりに質問を投げつけてきた。「なんで病気は治らんのや」「死ぬってどういうことなんや」「死んだらどこへいくんか」と甲高い声で、雪の玉をぶつけるみたいにして自分に問いただしてきた幼子を、最後は背に負って眠らせた。その幼い顔はもうすっかり忘れてしまったけれど……。

いまから思えば、五左衛門と自分が将来一緒になることは、あの頃すでに家同士で決まっていたことなのかもしれない。

「失礼します」

門のほうから張りのある男の声が聞こえてきた。

縁側から返事をしても届くだろうが、母に「行儀の悪い」と叱られることなので、急いで立ち上がり、着物の裾を直しつつ土間に下りる。揃えてあった草履をつっかけ玄関戸を引くと、若い男が生真面目な様子で立っているのが見えた。絣の着物に鳥打帽という奇妙ないでたちで背中に大きな籠を担いでいるが、行商人というふうにも見えず、むめは体を硬くする。

「こちらにむめさんはいなはらんですか」

男の口からいきなり自分の名が出たことに驚きながら、半歩後ずさって「わたしでございます」と返すと、太い眉の下の大きな瞳が、むめをのぞきこむようにして見開かれる。

「こんにちは。ぼくは増永と申します」

息が止まるかと思った。

婚礼の日が決まってから毎日のように五左衛門の顔を空に描いてはきたが、輪郭をつかめず、最後は犬猫を合わせたような顔になっていたのだ。心の準備もなく、突然に将来の夫が目の前に現れ、平常心でいられるわけもない。

「……はい」

息を詰めたまま、なんとかおじぎをする。

「突然訪ねてきました無礼をお詫びします。実はむめさんと久々津家のご両親にお渡しするものをお持ちしたのですが。ご両親はおられますか」

背にある籠を玄関先に下ろし、男が額と髪の生え際の汗を手の甲で拭った。目尻を下げ、口端をきゅっと持ち上げた笑い顔に、むめは心のどこかを摑まれたような気持ちになる。

「父も母も……留守でして」

背丈は六尺くらいだろうか。着物の裾からのぞく大きな足は骨ばっていて、よく日に焼けている。ちぐはぐではあるがどこか洒落っ気のある男の装いを目にし、むめはとたんに自分の普段使いの着物が気になり、袂を固く握りしめた。

「家の方がおられないのなら、お渡しするものだけをこちらに置いておきます。大野で買い付けた醬油や、少し時期が早いですが年賀用の酒など取るに足らないものばかりですが、お戻りになられたら生野の増永が参ったことをお伝えください」

その場で籠の中の荷物を取り出し立ち去ろうとする男を「冷たいお茶でも召し上がっていかれませんか」と引きとめたものの、留守宅に上がることはできないと男が首を振る。

「じゃあ縁側にお回りください。汗もかいておられますし、冷たいお茶でもどうぞ」

隣村とはいえ角原から生野まで、山道を一里ほど歩かなくてはいけない。重い荷を運ぶためにはるばる出向いてくださった方をおもてなしなく帰すことなどできやしませんからと、男には気遣いを感じさせる振る舞いを見せながら、本音ではもう少し話をしていたい自分がいた。

むめは玄関から外に出ると、庭を横切るように客間の縁側に男を通した。男は松や梅といった特に珍しくもない庭木を、甘い香を嗅ぐような顔つきで眺めている。

「ああ、ここからも文殊山がよく見えるのですね。でもやはり生野から見るのとでは違って見えますね。いや、きれいだな。ほんまに富士のようや」

　縁側に腰掛けた男は、夏を越えて緑をいっそう濃くした文殊山を仰ぎ見ると、子供のような声を上げた。むめは先日客人が土産にと持ってきた洋菓子を戸棚から出し、盆に載せて男の前に置いた。

「生野から見るのとでは、違いますか」

「ええ違いますよ。どこがどう違うのかと訊かれても応えられませんけど」

　文殊山の麓に主計郷七村――森行村、末広村、主計中村、三本木村、鉾ヶ崎村、角原村、生野村があるが、今日角原を訪れたことで七つの村すべてから文殊山を眺めてみることができたのだと男は嬉しそうだ。

　文殊山は越前の僧であった泰澄（たいちょう）大師が開いた霊山とされ、西の越知山、南の日野山、北東の蔵王山、そしてそのさらに奥にある白山、これらを称して越前五山と呼ばれている。この足羽郡麻生津村の村人にとって文殊山は信仰の山でもあり、大文殊の本堂には文殊菩薩が、別山と呼ばれる小文殊には室堂が建ち阿弥陀如来像が祀られている。女人をうつ伏せに寝かせたような柔らかな双を持つこの山は、むめのふるさとと角原では『角原の富士』ともいわれ、親しまれている。

「七つの村をすべて回ったんですか」

「ええ」

「なにか用事でもあんなはるんですか？」

「いえ、特には。山を眺めるためだけです。他の村から見える文殊山はどんなやろうと気になっていたものですから」

男は飄々と応え、口元に笑みを浮かべたままさも美味そうに菓子を食べる。これまで話に聞くところでは、生野の増永五左衛門を評する言葉は、見た目も中身も「重々しくどっしりとし、なにかにつけて慎重な佇まい」というものがほとんどであった。十六歳で家督を継ぎ、若いながらも村の中心人物として村人に敬愛され、真面目という鋳型にはまって生まれてきたような立派な男だ、と。

だが実際に目の前にいる男は、聞いた話とはずいぶんと違って見える。自分にしてもあちらの家では「角原の旧家、久々津五郎右衛門の長女は端整な美女で」という評判が流れているかもしれず、家同士の結婚とはそんなものかもしれない。

「なんかおかしいですか」

「いえ、すみません」

知らないうちに口元が緩んでいたのに気づき、頭を振った。男の傍らに置かれた鳥打帽に視線を落とし、「山を眺めるためにわざわざ村を歩いて回るなんて不思議やなと思って」と取り繕うと、男が力の抜けた笑みを返す。男はむめに文殊山の山頂に上ったことがあるかと訊いてきた。むめが「ありません」と返すと、山頂には陰陽五行説の玄武や白虎を模する岩や石がたくさんあることを話し出す。縄文の土器片や奈良や平安時代の須恵器片が数多く見つかったのだという男の話は、そう興味のあることではなかったけれど、いきいきとした表情で語る様子を眺めているのは、思いのほか楽しかった。

そうして半刻ほど過ぎた頃だろうか。男が「そろそろおいとまします」と立ち上がった。

「あと一刻もすれば、家の者が戻ってきますから」

まさか本当に荷物を届けにだけ来たのだろうか、とむめは男を引き止める。これから婚礼の打ち合わせをするものだと思っていたのにと気が抜け、

「せめてあと一刻、お待ちになってくださいませんか。なんのおもてなしもせずお帰ししたら、わたしが家の者に叱られますし」

と男に告げた。

「ほやったら戻りがてら、角原の村を案内してください。この村でいちばん美しい場所を見せてもらえますか」

男はそのまま庭を横切って、玄関先に置いていた空の籠を背に担ぐと、門扉に向かって歩き出す。

桃色のアザミが群れる田んぼの畦道を男と並んで歩いていると、見慣れているはずの風景が違って見える。なんというのだろう。体が軽くなったような、高熱が出

た時の浮遊感にも似ていた。間隔をあけて建つ萱葺き屋根の民家の前では、刈り取った穂を架けるための稲架の設営が始まり、稲刈りの準備をしている。頭の上で回旋していた数匹のアキアカネのうちの一匹が、むめの右肩に止まった。

「田舎の村の風景というのは、どこも似たようなもんやざ」

男が手を伸ばしてアキアカネの羽をつまみ、小さく笑う。

言葉にどこか憂いが含まれているような気がして、

「増永さんは田舎の村がお嫌いなんかのう」

と訊き返した。自由を失ったアキアカネがジジ、ジジジと抗う羽音が空気を揺らす。

「いえ、まったく。むしろ好きですよ。本当ならばずっと田舎の村で暮らしていたい」

おかしなことを言う人だと思い、首を傾げて男の顔に視線を当てる。ずっとここで暮らすのではないのか。わたしたちは夫婦になって子供をなし、育て、田畑を耕しながら両親のように老い、死ぬまでずっと……。男は捕らえていたアキアカネを空に放すと、思い詰めた目つきでその行き先を追っている。

このような顔つきをする男が珍しく、むめは不躾なほどにその横顔をまじまじと眺めた。父や自分の周りにいる男たちにはない鋭く渇望したような瞳から、視線を逸らすことができない。

「村を出たいと思うておられるんですか」

むめは質問を繰り返した。男は目前に迫る文殊山に視線をめぐらせながら、遠くの一点を見つめている。さっきまで漂わせていた朗らかな雰囲気とは違う、張り詰めたものを男から感じ、気に障ることを言ってしまったのだろうかと不安になった。

男はむめの質問には応えず、女工という言葉を知っているかと訊いてきた。

「桐生や足利ではいま、三万人ほどの女工たちが紡績工場などで働いておるんです」

年の頃は十五歳から二十歳までの少女が大半で、定まった賃金もなく日に十二時間以上もの労働をしている。家業の手伝いをさせるため息子は家に残すが、娘は外に売る。そうした貧しい農家が日本中で後を絶たない現状を、あなたは知っているかと、男が重ねて問う。

「ごぞんじかもしれませんが、政府が行った明治六年の地租改正——これが日本の農村の暮らしを一変させたんです。これまで物納していた地租を金納しなくてはいけなくなったことで、農村ではこれまでの自然経済が成り立たんようになった。米価が暴落したらたちまち地租が払えんようになるからです。もちろん国に地租を納めるのは地主ですが、地主にしても米価が安くなれば小作人からたくさんの米を徴収しなくてはやっていけん。ほやがそうしたら小作人は食べていけんようになる。貨幣経済が浸透したために、田畑を捨てて都会へ出ていく農民が増えていくんです。むめさんはそうした農村の現状を、どう思いますか」

「……わたしはあまり外の事情を知らんのです」

両親の庇護のもと暢気に暮らしてきたことを責められている気がして、むめは唇を結んだ。男はそれからは特になにを口にすることなく、文殊山の上り口に続く畦道を歩いていく。

むめは干からびた田の中で跳ねる蛙たちに目をやりながら男から数歩遅れてついていったが、道が二手に分かれていることに気づいた男が振り返り、

「山に上るにはどちらへ行ったらいいかのう。右ですか、左ですか」

と柔らかな声で訊いてきたので、指先だけで左を示す。

山に入ると樹木の影がひんやりとした空気を作り出していた。

「ぼくの村からやと、頂上までは一刻ほどかかりますで」

勾配のある山道を、男は軽々と上っていく。

「わたしがお連れできるのは、山腹にある滝までです。頂上までなんて、とても無理やわ」

小さな頃は友達と連れ立って遊んだけれど、尋常小学校を卒業してから山に入ることなどほとんどなく、ほんの少し上っただけで息が上がる。この村でいちばん美しい場所に案内してほしい――と乞われたので、むめは山腹にある滝壺を見せるつもりでいた。川床から滝壺までの岩盤が滑らかな黄土色をしていて、そこに陽の光が射し込めば金色に輝く。田や畑といった同じ景色ばかりのこの村で唯一、きらめ

きを感じられる場所だった。

「ほうか。角原の山腹には滝が見られるんですね」

男は頷き、心底嬉しそうに前を歩いていく。

「どんなやろう。うちの村には滝なんてないから楽しみや」

夏の盛りの植物のような奔放なまっすぐさが、樹木の青い香りをともなってむめに滲みこんでくる。

こんなにそばを歩いていたのでは、早鐘のような鼓動の音を聞かれてしまうかもしれない。むめは歩みを遅らせるために、山道に咲く風船葛の実をもいだ。紙風船みたいに頼りない感触が、自分の心そのものだった。

「風船葛の実は、ガラス製の風鈴によう似てますね」

「ガラス製の、風鈴？」

「知りませんか、透明のガラスに花や金魚などの絵が描かれているんです。鉄や陶製のものと違って、チリチリと可愛らしい音がしますよ。今度どこかで見かけたら、土産に買うてきましょう」

男はそう言って微笑み、むめが追いつくまでその場にじっと佇んでいた。

目の前に透明な水をたたえた沢が現れ、水音が大きくなった先に滝が見えてくると、男は着物の裾をまくり水の中に足を浸した。

「ほんまにきれいな場所や」

「ねぇ、嘘やなかったでしょう」

むめは背丈ほどある岩の上に腰を下ろし、水しぶきを飛ばしながら川の中を歩く男を眺めていた。日に焼けた足を剥き出しにしたまま川面の金色に溶け込む姿はただ眩しくて、ふたりで同じ時間を共有しているのだという幸福感に満たされる。

「むめさんも入ってきたら」

腕を水の中に浸し、男が無邪気な声を出す。

「わたしはええです。着物が濡れたら大変やわ」

滝壺を背に立つ男の顔や首筋に水が飛び撥ね、それがまた気持ち良さげだった。着物の裾が濡れることも気にせず、岩から岩へと飛び移るその様がしなやかな獣のようで、その姿から目が離せない。

半刻ほど過ぎた頃だろうか。

角ばった川石を持ち上げ沢蟹を捕っていた男がふと、体の動きを止めた。目をすっと細くして辺りを見回している。背筋に力が入ったのが離れていてもわかった。けがでもしたのだろうか。むめが慌てて腰を浮かすと、男は右手を前に押し出すようにして険しい顔を作ってみせた。

（こっちに来るな）

男が声を出さずにそう言っていた。ゆっくりゆっくり脛で水を押し出し、川岸に近づいてくる。水の撥ねる音ひとつさせず、息を潜めて。

そして岩の上に座るむめのすぐそばまでやって来ると、両手を伸ばしてきた。

（熊や）

男の唇が、音なく動く。

足が震え動けなくなったむめの手を、岩によじのぼってきた男が摑む。そしてそのままふたりで滑り下り地面に足を着くと、

「すぐに来た道を戻れ。ぼくは後から行く。できる限り速く山を下りろ」

声を潜めて、男は棒切れを拾い上げた。熊が出たら目を見ながらゆっくり後ずさるんやざ——幼い頃そう教えてくれた、村で山仕事をしていた老人の言葉がむめの頭によぎる。その老人は、いつかの春に熊に襲われ死んでしまった。

そんな朽ちかけた木の枝でなにができるのか。

むめは男の着物の袂を摑み、一緒に逃げようと言いたかったが、揺れるほど体が震え声も出せない。熊の息遣いに呼応して揺れる草むらに、男が全身を反らせるようにして対峙していた。

（はやく）

振り返った男が厳しい表情でむめを睨みつけたその時だった。草むらの陰から褐色の獣が、男の正面に向かって飛び上がった。

くぐもった自分の悲鳴が耳の奥で響き、目を固く瞑る。怖ろしくてその場で頭を

抱えしゃがみこみ、両膝に顔を埋める。

　すぐそばで木の枝が折れ、重力のあるものが土を滑っていく音が聞こえた。目を閉じて作った暗闇の中で、むめはただ恐怖に震えていた。

　どれくらいの時間、そうしていただろうか。一瞬でもあり、長い時間が経ったようにも思える。むめがゆっくりと目を開けた先に、袂から手ぬぐいを取り出し右肘に当てている男の姿が見えた。憔悴した顔つきで、川の中に呆然と立っている。背中が烈しく粟立つのと同時に、「増永さんっ」と叫んでいた。

「猪やった。びっくりさせてすみません」

　男が強張った笑みを返してくる。猪なら放っておけばよかった、こっちが驚かせたから襲ってきたんやろ――。男は言いながら手ぬぐいを裏返し、傷口に強く押しつける。

　安堵で全身の力が抜けた。笑い返すこともできず言葉も出ない。ただ涙が溢れて止まらなくなっていた。

　猪の牙に傷つけられたのか、木々の枝が刺さったのか、転んだのか、男の腕から血がとめどなく流れている。手ぬぐいの先からぽたぽたと滴る血液は金色の風景の中でそこだけが濃く生臭く、無性に愛おしかった。むめは着物の袂をひきちぎり一枚の布にすると川に入り、男のそばに駆け寄った。着物が足にまとわりつき、水の中で何度も転びそうになりながら、川面を流れる血の筋に逆らって進む。男が傷のないほうの手を伸ばし、むめを引き寄せてくれた時には、全力で駆けた後のように息が上がっていた。

「こんなに血が……」

むめは傷口に押し当てた手ぬぐいの上から、布を固く巻きつけていく。ひと巻きするたびに涙がまた溢れた。

すぐそばでまた山の葉がざわついたので慌てて顔を上げると、モズが飛んでいくのが目に入った。息を吐き出しほっとしていると、真剣な表情で自分を見下ろす男と目が合う。

膝下まで浸かった川の水は冷たく、全身を冷やすほどだったけれど、何も話さずお互いの顔を突き合わせているうちに体温が上がってくる。そして熱はやがて首から上までをも火照らせ、男と目を合わせていることができなくなった。

3　明治三十七年　四月

「風が入ってくるな」

夕飯の後片付けをしていると、五左衛門がふと顔を上げ食事場と奥の三畳間を仕切る襖に目をやった。襖の上のほうに模様付きの横格子があり、外からの風が入ってきている。四月なので風はさほど冷気を孕んではいなかったけれど、

「奥の座敷の障子が開いてるのかもしらんねえ。閉めてきましょう」

とむめは返し、襖の間に体を滑らせる。三畳間の、庭に続く障子はやっぱり少し開いていて、手をかけると袂に風が流れてきた。たしかに少し冷たい風が脇の辺りに溜まる。

むめは、五左衛門とふたりきりで過ごす気詰まりに、小さなため息を吐いた。ひと言ふた言話すだけでいつも会話が途切れてしまうのは夫のせいなのか、自分のせいなのか。この頃になって仲が冷えたのではなく結婚当初からのことなので、互いに口下手であることが影響しているのかもしれない。

むめはもう一度、小さく息を吐き、八年前の婚礼の日のことを思い出す。五左衛門とのやりとりのなかで小さなひっかかりを感じるとすぐに記憶が遡り、むめにあの日と同じ落胆をもたらすのだ。

十九歳の秋以降、むめは自分の婚礼の儀をまだかまだかと指折り数えて待っていた。両親が丹後から取り寄せてくれた黒地五つ紋付きの振袖を着ることも嬉しかったが、それよりもまたあの人に会えるのだということがむめをたとえようのない幸福に導いた。嫁ぐ日を指折り数えて心待ちにしている花嫁を誰もが「幸せ者や」と祝福し、むめ自身もなんて恵まれた婚礼なのだろうと胸をときめかせていた。

だが婚礼を前に執り行われた結納の場に、あの人は現れなかった。自分の正面に座ったのは、記憶の中のあの人よりもずっと年嵩の、むめと目を合わせてもにこりともしない男だった。

よほど放心していたのだろう。母がどうかしたのかと耳元で囁いてきた。むめは「この前にお会いした増永さんやない」と素直に打ち明けた。小声で話していたつもりが聞こえてしまい、増永夫婦が「先日お宅に遣わしたんは、五左衛門の弟の幸八やざ」とむめの勘違いに苦笑を返してきた。

「身丈より偉そうなことばかり申しますんでひねて見えたかもしれませんが、まだ高等小学校を出たばかりなんですわ。ほんの十五歳です」

半笑いのまま増永の母が告げてくる言葉が、頭の中を上滑りしていった。

まだほんの十五歳の、五左衛門の弟――。

そういえば、あの日男は一度だって自分がむめの婚約者だとは口にしなかった。ただ家からの届け物を持ってきて、そして角原の景色を見て帰りたいと言っただけだ。それを自分が勝手に早とちりして……。

　増永の父母も、むめの両親も、にこやかな顔をしてその場で膝を突き合わせていた。むめがそこで「そうでしたか」と目を細め、口元を手で覆っておかしそうに身をくねらせればただの笑い話ですんだのだろう。だがむめの思考はその瞬間で止まってしまい、それから一言も、話せなくなってしまった。

　淡い木漏れ日に照らされた男の顔が頭に浮かぶ。怯えるむめの手を取って、その背に庇ってくれた時の心の昂ぶりは、日を追うごとに強くなっていて……。

　むめは目を見開き、泣き出しそうになるのを必死で耐えた。目の前で正座する五左衛門になんの罪もないことは知りながらも、その日は目を見ることすらできなかったのだ。

　奥の三畳間の障子を隙なく閉めて食事場に戻ると、五左衛門はまださっきと同じ姿勢のまま囲炉裏の前に座っていた。火箸を手に持ち、火が絶えないよう番をしている。

　むめは囲炉裏の上に吊られた鉄瓶を下ろして湯呑に茶を淹れ、胡坐をかく五左衛門の前に置いた。五左衛門はゆっくりと手を伸ばし、躊躇なく茶を口に含む。熱い茶をひと息に飲み下すなんて喉が焼けないんやろか、といつものように呆気にとられるが、夫の顔つきはなにひとつ変わらない。

「まだお休みにならんのですか」

いつもなら亥の刻四つ——午後十時には寝間で休んでいる夫が、今日に限って夜更かしをしている。むめにしても夫が起きているのに自分が先に床に入るわけにもいかず、さっきから食事場と西隣にある六畳間を行ったり来たりしている。六畳間では五歳のつい、三歳のたかの、一歳になったばかりのみどりの三姉妹が並んで眠っており、眠りの浅いみどりが時々むめを求めてぐずついていた。

「先に休んできたらええ」

お茶のおかわりを訊ねたむめに、五左衛門が言ってきた。手持ち無沙汰に立ったり座ったりしているのに気づいた様子で目線を上げる。

「はい、そうさせていただきます」

むめは頷き、前掛けの紐を解いた。言葉数が少なく無愛想でも、五左衛門はけっして意地の悪い性格ではなかった。だから自分は、五左衛門の妻として生きることに苦痛を覚えてはいない。縁があって一緒になったのだから添い遂げるつもりでいる。婚礼の儀を終えた後は気持ちを立て直し、そしてこの八年間、増永家の嫁として恥ずかしくない振る舞いをしてきたはずだった。

「みどりが夜泣きしますんで、わたしは六畳間で休みます」

だがどうしてだろう。五左衛門がそばにいない時のほうが心が軽い。

増永の屋敷には土間や食事場の他に八畳間の寝間、十畳間の客間、三畳、四畳、六畳の間があるのだが、このところ寝間で夫婦並んで寝入ることはほとんどない。

娘たちが生まれてからは、かつては幸八の部屋であった六畳間で娘たちを寝かしつけるのが自然になり、そしてその理由を五左衛門を充分に休ませるためだと伝えていた。

「火の用心、よろしくお願いします。おやすみなさい」

むめは火消し壺を五左衛門の傍らに滑らせ、隣の六畳の間に続く襖に手をかけた。今日も何事もなく一日が終わる。

六畳間は子供たちの高い体温で湿っていた。むめがその暗い室内に足を踏み出し、後ろ手で襖を閉めようとした時だった。

「むめ」

五左衛門が自分を呼ぶ声に振り返る。

「はい」

「帰ってくるざ」

五左衛門が手の中の火箸を、ゆるりとした動作で囲炉裏の灰の中に突き刺した。

「帰ってくる……どなたがですか」

囲炉裏にはまだ炭が残っていて、焼けた断面が暗闇に浮かぶ。

「幸八が明日帰ってくるそうや。先週届いた便りに、そう書いてあった」

再び火箸を手にすると、五左衛門が赤く焼けた炭を摘んだ。ひとつひとつ、まるで焼き場で骨を拾うように、火消し壺に集めていく。

「……そうですか。で、なにか用事でも？」

四年前の大火事の時に五左衛門には会いに来たようだが、幸八が実家に戻ってくることはなかった。あの大きな炎は、自分の罪が形になったものかもしれない。自分の内にある危うい火種がまねいた災いかもしれないと、火事の影響で工場を閉めた際に幸八に文を出そうともしたけれど、そんな勇気は出ないまま歳月だけが流れていったのだ。

「新しい事業のことや。詳しいことは直接話すと書いてあったが、おまえはなにか聞いてるか」

むめが首を横に振ると、

「そうか」

と五左衛門が囲炉裏に残る最後ひとつの炭を拾い、薄暗かった食事場の灯りがすべて落ちる。


六畳間で泣き声をあげていたみどりを抱き起こすと、ついやたかのも目を覚まし、布団の上でもそもそと動き始めた。ついは目をこすり、たかのは抱っこをせがんでくる。「うちには女しか生まれんのか。女ばかりではどうにもならんわ」と舅や姑からは耳を塞ぎたくなるような文句も聞かされるが、むめにとっては愛しくてたまらない娘たちだ。

「みどりはおっぱいが欲しいんか。ついとたかのはゴロンしてねんねやよ」

喉をひきつらせて泣くみどりを胸に抱きながら、長女と次女の髪を撫でてやる。シマは通いの手伝いなので夜はおらず、こんな日は夜通し起きて子供たちの世話をしなくてはならない。

むめは着物の前をはだけて乳首をみどりの口に含ませた。泣き声がぴたりと止むと、ようやく姉たちも布団に横になる。泣き叫んでいたみどりの額に手をやり汗を拭い、むめは大きく息を吐く。

可愛いけれど、子供を育てるには毎日くたくたになるまで力を尽くさなくてはならない。うちはまだ娘で、息子だとさらに力が必要だと人は言うけれど……。喉を鳴らし全身を使って乳を飲むみどりを見下ろし、すっかり母親になった自分のことを思う。娘たちが生まれてきてくれたおかげで居場所ができ、増永の嫁としてやってこれたが、娘たちが家を出てしまったらその先はどうして生きていこうか――。

まだほんの乳飲み子を抱えながら、子供たちが巣立った後のことを憂う自分がおかしくて、むめは笑う。そんな先のことを考えていてもしかたがないのに。

みどりを抱えたまま立ち上がり、手摺窓の障子を開ければ松の木の上に浮かぶ満月が見えた。そういえば幸八がこの家を出ていった夜も、美しい満月が庭の松の木を照らしていた。

「おかっちゃん」

ついが薄い手のひらで、むめの膝小僧を撫でてくる。着物の裾が捲くれ上がって、むめのかさついた膝小僧が剝き出しになっている。

「おかっちゃん。みどりちゃん泣き止んだんやったら、お布団の上に寝かせたら？　ずっと抱っこしていたら重いやろ」

長女のついは、いつも母親を気遣ってくれる。姑はついの気の弱いところに不満があるようだが、この子は繊細で優しい心をもっているぶん、自分の思いを人に伝えられないところがあるだけだ。

「そうやな。みどりちゃん寝たみたいやしね」

そぉっと、そぉっと……ついと声を合わせて、みどりを布団の上に下ろす。

「おかっちゃんの隣で寝てもいい？」

みどりの口元に耳を近づけ、寝息を立てているのを確かめてから、ついが擦り寄ってきた。眠っているとばかり思っていたたかのまで寄ってきて、むめの両脇に添う。ふたりの頭の上に腕を伸ばし、小さな体を小脇に挟むような形で目を閉じた。幸八が帰ってくる——五左衛門のひと言に心を乱していた自分を戒めながら瞼を瞑った。

翌日、幸八が増永の家にやって来たのは、もう日も暮れ始めた夕刻だった。

夕餉の仕度は終えていたので、通いのシマを自宅に帰し庭先で娘たちとおはじきをしていると、

「お久しぶりです。幸八ですが、誰かおられますか」

と懐かしい声が玄関先から聞こえてきた。そうとは口にせずとも朝から幸八の到着を待っていた様子の五左衛門は、半刻ほど前にしびれをきらして出かけていた。

「あ、お客さんや」

たかのが手に持っていたおはじきを放り出して玄関先に駆けて行く。その後をつぃが追い、ひと月ほど前にようやく歩き始めたみどりまでもが、おぼつかない足取りでついていこうとする。

「あらあら、こんなほったらかしで……」

だがむめ自身はあまりに緊張してしまい、すぐに声のほうへ向かうことができず、土の上に色とりどりに散らばったおはじきを牛乳瓶の中に拾い集める。

「おかっちゃん、お客さんがお土産持ってきてくれたんや」

最後のひとつ……空色に青い線の入ったおはじきを瓶の中に落とした時、

「ご無沙汰しています」

羽織袴に鳥打帽を被った幸八が、ゆったりとした動作で庭を歩いてきた。草履ではなく下駄を履いていたが、初めて会った時のように背に籠を担ぎ、左手には、あれが鞄というものだろうか——栗色の四角い箱を提げている。幸八の後ろに広がる

茜色の空に気圧されて、むめはその場に立ち尽くした。

「ご無沙汰しています」

幸八は繰り返し、むめの顔を正面から見つめてきた。過去の記憶といまのむめを見比べでもしているのか、頭の先から襟元まで丁寧に視線をめぐらせるのでいたたまれなくなり、むめは視線を外した。目を伏せて「お久しいですね」と口にはしたが、一晩かけて考えた挨拶の言葉は忘れてしまった。

この人はいくつになったのだろう。わたしより五つ年下だから——二十三。頬の肉が削げ落ち顎の骨が目立つようになり、以前よりずっと大人びて見える。

「おんちゃん、お土産は？」

もじもじと膝を擦り合わせているついの隣で、たかのが甘ったるい声を上げた。小柄で気弱なついに比べて、体格も良く気の強いたかのは人見知りをしない。幸八の手にする鞄に両方の手のひらをぺたりとつけてねだるたかのを、ついが「あかんよ」と叱っている。

「この辺りは昔と全然変わりませんね」

背から籠を下ろし、膝を折って中の品物を取り出しながら幸八が口にする。

「大土呂の駅で汽車を降りて、ここまで一里ほど歩いてきたんです。駅から人力車が出てたからそれに乗ろうと思うたんですが、兄さんに叱られそうでやめました」

縁側に色鮮やかなものが次々と並べられ、娘たちが食い入るように眺めている。

「これはビスケット、こっちがマシマローというお菓子です。この黄色の麺棒みたいな形をしているのは果物で、外来語でばななと呼ばれるもんです。台湾からの輸入物で珍しいのを手に入れたものですから」

籠の中身はほとんど土産物で埋まっているのか、品物を取り出す幸八の手は止まらない。ついとたかのは幸八が広げた絵双六に手を伸ばし、さっそく遊び始める。

「食べ物ばかりでもないんですよ。これは子供たちの髪飾り。まだ少し先ですが、七五三のお祝いや」

たかのたちのはしゃぐ声を聞きながら、むめは礼儀を知らない子供のように色鮮やかな品々をぼんやりと眺めていた。

「それから、これはあなたに」

幸八が藤色の箱を籠の中から取り出し、差し出してくる。「あなた」と呼ばれたことに胸を衝かれ、むめが黙ったまま手を出さずにいると、幸八が箱の蓋を取り外した。

「ガラスの風鈴です。前に欲しがっていたんを思い出して」

長崎の行商人が大阪に売りにきていたものに、知り合いの絵付師が色をつけてくれたのだ、と幸八が微笑む。

むめは「風鈴が欲しい」と口にした時のことを思い出していた。

幸八が増永の家を出て、東京へ行くと聞いた時のことだ。自分が嫁いできた翌年の、正月のことだった。

風鈴が欲しい——。「次に帰ってくる時、土産はなにがいいか」と訊かれてそう答えた自分の気持ちはきっと、幸八には伝わっていない。自分の中ではまだ、初めて顔を合わせた夏の終わりの一日が過ぎさってはいない——。そんな切ない想いを、その時のむめは知ってほしかった。

「気に入りませんか」

「いえ……」

「いや……ぼくも初めは簪かなんかにしよう思うたんです」

「ええ」

「そうですよね。ガラスの風鈴が欲しいておねえさんが言うてたのはずいぶん前のことやのに、なんで今頃になって土産にしよう思うたんやろ」

むめの反応が薄いからか、幸八が早口になる。困った時の幸八の癖だった。自分の頭に浮かんだことを早口でひたすら話し続ける、自分のよく知る癖はまだ残っている。

「ありがとうございます。あとふた月もすれば夏がきますから軒下に吊るしておきますね」

目を凝らすと艶やかなガラスに描かれているのが、アザミの花だということがわかる。

目の高さまで風鈴を掲げ、風を待ってちりりんと一度鳴らすと、

「それからこれも」

幸八がまた別の包みを差し出してくる。「これはねっくれすというもので、洋装をした時に襟元を飾るもんです。知り合いに翡翠輝石を分けてもらったもんで」

翡翠輝石というものを初めて目にした。山の色とも海の色ともいえない、青と黄の中間のような明るい緑色に、むめは見惚れてしまった。翡翠輝石は金色の枠に嵌めこまれ、同じ金色の鎖で首にかけられるようにしてある。

「着けてみますか」

幸八が金色の鎖に手をかけ、ねっくれすを手に取る。その美しい輝きに吸い寄せられるように足が自然に半歩、前に出た。

「なんですか」

「いえ……。幸八さんは背が伸びましたか」

「自分ではようわからんけど、伸びたかもしれませんね」

首飾りなど、生まれて初めて身に着けた。高価な簪や帯留めは嫁入りの際に両親が持たせてくれたが、村の女が身を飾る場などそうそうありはしない。

「幸八さんは都会に出て、すっかり西洋にかぶれたんやね。こんな、ねっくれすやなんて」

「かぶれてなんていませんよ。都会の女の人はねっくれすくらいはみんな持ってい

ますよ」

「そんなこと、わたしは田舎から一歩も出ない人間やでわからんわ」

　自分のために風鈴や首飾りを選んでくれた幸八の気遣いがただ素直に嬉しくて、口が滑らかになってくる。母以外の誰かに贈り物をされることなんて、これまで一度もなかった。

「ああ、できたな。なかなかええな」

　一歩後ずさるようにして体を離すと、幸八が顎に手をやりながら満足気に頷く。幸八のそんな表情にむめも心浮き立ち、

「ちょっと鏡を見てきます」

　草履を脱いで縁側に跳ね上がる。襖を開けた先の四畳間には鏡台があるので、翡翠輝石を身に着けた姿を映してみるつもりだった。大袈裟だけれど結婚してからこれまで、これほど華やいだ気持ちになるのは初めてだ。

　だが襖に手をかけたその時、縁側の先に五左衛門の姿を見た。気難しい顔が、こちらに向かってくる。近づくと夫の視線が自分の襟元に注がれていることに気づき、むめは翡翠輝石を手で隠すようにして下を向いた。

「幸八は着いたんか」

「兄さん、お久しぶりです」

　むめが返事をする代わりに、幸八が応える。

「わしもいま出先から戻ってきたところや。玄関から上がって客間に来いや」

五左衛門は縁側に並べられたいくつもの土産物を一瞥した後、障子を開けて客間へと入っていった。


六年ぶりに実家に戻ってきた幸八は、五左衛門の命で客間に通された。帰省を聞きつけた姑が母家から十間ほど向こうの離れからやって来て夕餉の用意を始めていたが、ひとまずふたりきりで話をすると五左衛門が言ったからだ。

揃って食事をするものとばかり思っていたので、なにを話しているのだろうかと気になり、むめはさっきから用事を見つけては何度も客間に足を運んでいる。茶を出したり、空気を入れ換えるふりをして障子を開けてみたり。だが座卓を挟んで向き合うふたりの会話は重々しく細切れで、肝心なところはすっぽりと抜けてしまう。

姑に頼まれたのを口実に、幸八の着替えを客間に持って入ろうとした時だった。

「おまえは四年前の大火事の時に、たった数日戻ってきただけで、すぐに大阪へ帰って行ったんやざ。そんな奴の話に耳を貸せる思うんか。どこまで気楽な人間なんや」

五左衛門の苦々しい声が襖越しに響いてきた。むめは慌てて膝をつき、両手で襖を開けて顔をのぞかせる。

「工場を閉めてからの苦労を知らんおまえが、ようまたそんなことを言えたもんや」

顔を上気させた五左衛門はその場で立ち上がり、両目で射るようにして幸八を見下ろしている。

「無理な話や。あの一件でわしは経営者としての自分の無能さを思い知ったんやざ。たったの三十六戸しかないこの集落の無力さも、生野を含めた周辺の村の脆弱さもや。これ以上つまらんことを口にするならもう帰ってくれ」

幸八は無言のまま座卓の一点を見つめていた。

五左衛門はなにをそんなに怒っているのだろう。頑固ではあるが短気ではない夫がこれほど憤っているのだから、幸八はよほど無粋なことを口にしたのだろうか。むめは自分がなにをしに客間まで足を運んだのかを忘れ、下座に控えたまま動けずにいた。

「兄さん」

「なんや」

「四年前の一件については、時流やったんやとぼくは思うてます」

たしかに増永の工場は歴史的な大火事の余波で倒産した。あの大火で二千戸におよぶ民家が犠牲になり、いまだに再起できずほったて小屋で暮らす民も大勢いると聞いている。だが火事が起こる前にはもうすでに、うちの羽二重工場の経営は行き詰まっていた。明治三十三年に日本全体を襲った恐慌で、福井の織物業者の多くが傾いたことを憶えているかと幸八は五左衛門を見上げる。

「あの恐慌のせいで、地元福井の士族が出資して営んでいた第九十二銀行が大きな損害を被りました。それが事の発端や」

銀行が深刻な事態に陥った煽りを受け、織物経営を支えてきた生糸商の資金繰りが危うくなった。そのせいでそれまで成立していたこの土地の商い――機業家に対して生糸売却代金の後払いを認める、といった貸付の方法が成り立たなくなったのだ。恐慌までは品物を売った儲けで原料の生糸代を後払いすることができた。ところが生糸商の体力がなくなったことで支払いを後に待ってもらえなくなり、増永の工場も資金繰りに行き詰まったということだ。もともと潤沢な資金があって始めた工場経営ではなかったのだから、不況の煽りを食うのはもはやしかたがないことだったと幸八は続ける。

「経営者としての能力うんぬんや、村が無力などの話ではなかったんやとぼくは思うてます。もちろん、うちがどれほどの損失を出したかということは想像できますが……」

「想像か。やっぱり気楽やざ、末弟は」

「いえ、家を出た末弟やからといって、ぼくはこの村のことを遠くに考えているわけやありません」

十六で故郷を出てからは、東京の帽子屋で数年間、住み込みをしてきた。

『半髪頭をたたいて見れば因循姑息の音がする　総髪頭をたたいて見れば王政復古の音がする　ジャンギリ頭をたたいて見れば文明開化の音がする』

明治の四年に散髪脱刀令が出され、六年に天皇その方が髪を短くされてからは男性の短髪が当然となり、そのせいで帽子の需要が著しく伸びてきた。時代の流行に沿うというのがどういうことなのか、自分は帽子屋の丁稚をしながら学んできた。あるいは歯科医院で医師の助手をしたこともある。麻生津村で、医療器具を生産することはできないだろうかと模索してのことだった。羽二重に失敗してからの四年間、自分はあちらこちらで修業して、この村に持ち帰る産業を探していたのだと幸八は切実に訴える。

「その行脚の行き着いた先が、めがねか」

「はい。まだ途上の産業なので、参入する価値はある思います。もちろんもうすでにめがねを作っている工場はいくつもあります。十年ほど前から一山式いうて、金属で作った二つの丸にレンズを嵌めこんだめがねが、市場には出回ってます。でもそれは日本人の顔の形には合わんらしく、掛けてるとずり落ちてきたり頭が痛うなったりするんやそうです。ほやで七年くらい前からめがねの輸入が始まって、鼻頭をばねでつまむみたいにして掛ける舶来品の人気が出てきたいう話や。つまり、どこよりも先に舶来品のええところを真似て作ったら、売れるいうことやないでしょうか」

「そんな甘いもんやないやろ。どこよりも先に言うても、大阪や東京ではもうすでに舶来品に近いもんを作ってるんやろう」

「いや、そうでもありませんよ。ちょうど一年前に大阪で『内国勧業博覧会』があったんです。ぼくはその博覧会に参加して、その時に出展されていためがねをこの目で見てきました。あぁ、この博覧会いうんは政府が主催して明治十年に東京で始まったもんですが、ぼくが出向いた第五回は、アメリカやイギリス、ドイツ、フランス、ロシアといった外国の製品と日本全国から集められたいろいろな製品が陳列されてました」

大阪の天王寺今宮に設営された会場には農業や工業といった産業別に、製品が展示されていた。夜間も入場できるようにと電灯が灯され、噴水といって水を扇状に噴き出させる装置なども置いてあり、電力を使ったさまざまな娯楽施設が参加者の度肝を抜いたのだ。

自分は十数日間に分けてこの博覧会をくまなく見て回り、そして工業館に陳列されていためがねの前で足を止めた。製品が素晴らしかったからではない。むしろその逆で技術的にまだまだ改良の余地があると思ったからだ。

「全国有数の二十二のめがね会社からの出展がありましたが、舶来品にはまったく及ばずという感じでした。後から耳にした国産めがねに関する政府の評価も散々なものやったんや。ほやからこれやったらまだまだ後追いできるんやないかと確信したんです」

真剣な面持ちで訴える幸八を、感情のこもらない目で五左衛門が見つめ返す。

この村でめがねを作る――むめもまた、幸八の話を自分とは遠くかけ離れた世界のことのように聴いていた。

羽二重産業に踏み出した時には、すでに福井では多くの織物会社が成功を収めていたためにそれをなぞる形でよかった。だがめがねを作っている工場など聞いたこともない。それよりもめがねを掛けている人が、この周辺にどれだけいるというのか。対座する夫と幸八の顔を、むめは交互に見つめていた。怒鳴り合いよりもむしろ息が詰まり、どちらが口を開いても、そこから相手を傷つける言葉が漏れ出してしまいそうだった。

「もうええ」

五左衛門のほうが先にしびれをきらし、乱暴な手つきで襖を開け放ち部屋を出ていく。

「怒らしたざ……」

幸八が苦笑いを浮かべて急須に手を伸ばすのを、むめはそっと制し、空になった湯呑に緑茶を注いでやる。幸八は湯呑を口元にもっていき、ふうふうと息を吹きかけながらそろりと下唇をつける。

「ああなったら兄さんは、これ以上の話は聞いてくれんのや」

首をぐるりとめぐらし、小枝が折れるような軽やかな音をさせて幸八が言った。

「旦那さまは頑固やから」

「さあこの難関をどう突破すればええもんか。絶体絶命ってやつや」

言葉ほどの深刻さもなく、幸八が脚絆を外した。そういえば姑から着替えの着物を渡すよう言われていたのだ。ふたりのやりとりを眺めているうちにすっかり忘れて傍らに置いていた紺色の絣を、むめは幸八に差し出す。

「羽二重工場があのまま順調に伸びていけば、村も安泰やったんや。他の村のようにそれで生き残れたはずやったんやが」

生野でも羽二重の生産を始めてみてはどうかと五左衛門に持ちかけたのも、もとはといえば幸八で、明治三十一年のことだった。羽二重を織る最新の織機、バッタン機の扱いを京都で学んだ職人が福井市にいるらしい。その技術が広まれば、これからは福井で羽二重が盛んになるで。吉田郡、今立郡なんかの新興産地では、十人から二十人ほどの職工を抱える手織工場が十年も前からあちらこちらに出始め、百人近い従業員を雇う大規模な工場も現れたと聞いた。いまや急成長の産業の筆頭となった羽二重生産の技術を学んで、うちの村も時流に乗ってみてはどうだろうか——。まだ十七歳だった幸八が修業先の東京からいったん故郷へ戻り、五左衛門に話を切り出した。畑仕事のできない冬季にできる仕事を探していた五左衛門は、幸八の助言を受け入れ資産を投じて工場を起こしたのだ。

「羽二重のことで、おねえさんもぼくを恨んでいますか」

いつも大胆に構えている幸八の中にある弱気が、小さなため息となってふと現れ

る。むめはしばらく考えた後で、

「いいえ」

と返した。「うちの工場が動いていた二年間、機の音が響いていたこの村は活気に溢れてましたわ。幸八さんが言うたようにあのまま恐慌さえなければきっと、村を支える産業になったとわたしも思うてます」

――羽二重工場を建てようと思うんやが、おまえはどう思う。

いつもなら妻に意見を求めることなどしない五左衛門が、工場を建設する前にそう訊ねてきた。羽二重とは生糸を二本糊付けして一本の経糸とし、これを筬の細かい目の中に通すことで織りなす平織りの生地のことだと丁寧な説明もしてくれた。筬は経糸の位置を整え緯糸を打ち込むのに用いる織機の付属具だが、五左衛門はその筬を手にしながら、機織りの動作を目の前でやってみせた。福井の市街地では十年ほど前から外貨を獲得できる商品として取り扱われている、おまえはこの村でできると思うか――。

「あの時旦那さまから訊ねられて、わたしは『やってみたらどうですか』と応えました。織物やったらわたしも習えばできるかもしれんって。なあ幸八さん。うちの工場で作ってた羽二重は、着物の裏地に使われるものやったんよ。一時はほんまにたくさんの注文があって……」

羽二重は生糸を緻密に織り込んでいくので、光沢のある肌触りのよい布地だった。

きっと上等の着物の裏地にされるのだろう。生野で作った織物をどんな人たちが着ているのかと想像してみると、自分の心もどこかよそへ飛んでいけるような気持ちになった。だから恨んでなどいない。

「話がすんだんやったらみんなで夕餉をとりましょう。お義母さんが朝から待ちくたびれてますわ。早う着替えてね」

むめは畳に置かれていた新しい着物を幸八の膝の上に移してから、盆の上に空いた湯呑を載せた。

「今夜は鶏を一羽つぶしたから、すき焼きやわ。都会みたいに美味しくはできませんけど」

鞠を投げるようにむめが言葉を放てば、

「やった。そら早う行かんと」

目尻を下げ口端を持ち上げる、幸八らしい笑みが返ってくる。自分のよく知るその笑顔がいまも在ることが嬉しくて、着替えをする幸八を残し早足で客間を出た。弾む心を誰にも気づかれないように、部屋を出てからはわざと強張った顔を作ってみるがどうにも緩んできて、頬の肉を内側から強く噛んだ。

4　明治三十七年　四月

下草の生い茂る農道を、むめはほとんど駆け足で歩いていた。前を行く幸八の背中を見失わないように、カンテラを目の高さにまで掲げているので腕がだるくてたまらない。むめの体がよろけるたびに、腕の先にある小さな炎も頼りなげにぐにゃりと揺れる。

「どこまでついてくるんですか」

漬物石ほどの大きな石に躓き、むめが土の上で転んだ時だった。こちらを振り返りもせずに先を歩いていた幸八が、ようやく立ち止まった。田んぼに囲まれた一本道で、まっすぐに向き合う形になる。

「こんな時間からどこに行くんかと思って」

「どこやって、駅や。大土呂の駅にきまってますよ」

「夜半に汽車などないでしょう」

新しい着物に着替えて食事場に腰を下ろした幸八を「用がすんだのなら大阪に帰れや」とむげにしたのは五左衛門だった。むめがとりなしても、母親のせのがなだめても、夫の態度が軟化することはなく、幸八は無言のまま立ち上がり食事場を出ていった。そして来た時と同じ旅装に戻ると脚絆をつけ、空になった籠を背負い、むめとせのが必死で止めるのもきかず家を出てしまったのだ。

「汽車が着く朝まで駅にいますよ」

「そんなん風邪引くわ。四月といっても夜中はまだまだ冷えますよ」

「風邪なんてもう数年間も引いたことありませんから」

「うちに戻るのが嫌なら、知り合いのところに一晩泊まらせてもらったらええやないですか」

「駅に泊まるほうが気楽や」

　六年も会わないうちにすっかり大人びて――などと思ったのは間違いだろう。何度言い聞かせても決して首を縦に振らない幸八の、頑固な額をなすすべもなく見つめながら、むめはどうしたものかと考えていた。もちろん夫の仕打ちが元凶なのはわかっている。大阪から滋賀の米原を経由し、敦賀、大土呂と北陸線に乗り継いで村までやって来るには丸一日を要したはずだった。疲れ果ててようやくたどり着いた実家で、用がすんだら帰れなどと言われたのでは幸八にしてもやりきれないだろう。でもそれを真に受けて出ていくこともないだろうに。互いに年を重ねた兄弟喧嘩はほんまにたちが悪い……むめはひと呼吸置いてから柔らかな声を出す。

「それなら旦那さまに気づかれないようこっそり戻って、離れに行きなさいよ。お義母さんはきっとお喜びになるやろうし、お義父さまにしても黙って泊めてくれるはずやわ」

先代の増永五左衛門はおとなしい人柄で、家督を長男に譲ってからは盆栽を愛でることを楽しみに隠居生活を送っている。

「そんな泥棒みたいな真似は嫌や」

「ほなどうするん」

「だからさっきから言うてるでしょう。駅で汽車が来るのを待つ。おねえさんこそ女がひとりで夜道をふらふらしていたら危ないで、早う戻ってください」

体を反転させた幸八が、再び歩き始める。日が落ち、辺りが闇に包まれるほどに草木の濃い香りがたちこめて、巨大な黒い影となった山々が迫ってきた。

「ほやったらカンテラだけでも持っていって。明日、汽車が出てからわたしが引き取りに行くわ。駅の椅子にでも置いといてください」

「要りませんよ」

「お義母さんに言いつけられてるし」

むめはカンテラを地面に置いて、踵を返す。姑に言いつけられたというのは嘘ではない。

土瓶の形をした古いカンテラの、綿糸をつたって揺れる灯りをその場に残し、むめは来た道を戻っていく。目の前には暗い闇が広がっているが、それを怖ろしいと思うよりも強く、言うことをきかない幸八に苛立っていた。

わたしにしても、幸八との再会を心待ちにしていたのだ。

振り返りもせず大股で歩いていく幸八を追ってきたので、家まではそれなりの距離があった。景色が見えないためにここがどの辺りなのかははっきりとはわからないが、このおぼつかない足取りでは家に戻るまでに半刻はかかるだろう。真正面から吹きつけてくる風が、頭の中を冷やすにつれてむめの中にじわじわと恐怖心が生まれてくる。道を外れて畑にある肥溜めにはまらないようにしないと、とむめは全身に力をこめて一歩を踏み出す。鳥なのか猿なのか、人の笑い声にも似た獣の鳴き声が、風に乗って耳に届いた。

草履が枝を踏みつける音に両肩が持ち上がり、体が小さく跳ねたその時、

「わかりましたよ」

背後から低い声が聞こえてきた。恐々と振り返った先に、カンテラの眩しい光が目に入る。

「おねえさんを家まで送ってから沢田五郎吉の家にでも行きますよ。同級の五郎吉なら突然訪ねても泊めてくれるはずや」

しかたがないといったふうに口にした幸八が、むめの腕を軽く摑んできた。それまで獣の鳴き声しか聞こえなかった耳に、春の虫の音が響く。

カンテラの光だけを頼りに、しばらくの間なにも話さずに歩いた。時々はむめの肩先が幸八の腕に当たり、その時だけは短い言葉を交わす。湿った土の匂いが鼻をかすめ、水を張ったばかりの田んぼから水の跳ねる音が聞こえてきた。

「日差しを受けてゆらゆらと光る田んぼ。水中のおたまじゃくしやどじょうを探している鳥たちが田水すれすれを飛び回り、水面をさざめかせるように通り過ぎていく。どうせやったらそんな景色の中を歩きたかった。こんなまっ暗な道やなくて」

幸八が不機嫌に呟く。

「なにを言うてるの。暗闇やで人の目を気にせんでええんよ」

辺りに誰もいないせいか、それとも互いの姿がよく見えないからか、むめも頭で考えることなく思ったことをそのまま口にした。月が雲に隠れているせいか、心はほんの少し正直になる。

「都会での暮らしはどんなんやったかのう」

いちばん知りたいことには触れず、むめは言葉を繋いだ。幸八が十六歳で家を出てからはほとんど顔を合わせることもなかったけれど、こうして肩を並べていれば勝手に時間が巻き戻り、出逢った夏の日のように聞きたいことが胸の内に溢れてきた。

「そうですね。東京と大阪とではまた景色は違いますが、東京に初めて行った時まず驚いたんは煉瓦造りの店や銀行がずらり並んで建っていたことです。銀座通りというのがあるんやけど、当時はこの目抜き通りには鉄道を馬が牽く鉄道馬車というものが走っていて——」

人々はアスファルトと呼ばれる硬い石の道を闊歩し、田舎では見慣れない洋装の男女がそこら中を歩いている。髪の色の違う異人と話せる日本人もいて、季節の移ろいよりも速く世の中が変わっていく様を目の当たりにしたのだ、と幸八は言葉を連ねる。

「都会の変化に比べると、ぼくの故郷はまるで変わらん。それが悪いと言うてるわけではないんやが、このままでは生野の村は時流に素通りされてしまうと思うんや。なにかしらの種を蒔いておかんと、近代化から取り残されるのが目に見えてます」

今年の二月に日露戦争が勃発したことを知っているかと幸八が訊いてくる。日清戦争に続き、日本はこの戦いにもおそらく勝利するだろう。そうすれば局地的に好景気が起こり、国内の貧富の差はまた大きくなるに違いないのだ、と幸八は熱っぽく語った。

「だから生野でめがねを作るん？」

「ええ。けんもほろろでしたが」

「そら、新しい産業を興すなんてやっぱり大変やもの。この村やったらいまのままでも食べていけるんちがいますか。米も取れるし、野菜も収穫できるでしょう」

「そうですね」

「それでいいんやないの。食べていければ充分やないの」

都会で生活していても、貧しい人々は米ではなく稗を食していると聞いたことがある。だが角原も生野も村人が食べる米に不自由するまでではない。近代化から取り残される、と言われてもむめにはそれほどの怖ろしさはなかった。

「もちろんいまのところ食料には不自由してません。でも他の村では農家の娘が当たり前のように都市の工場へ出稼ぎに行ってるんや。三十年ほど前から始まった北海道の屯田兵の募集でも、福井県からの総数は千四百人を超えてたらしくて、日本で十一番目に多い県やったという話です。村に貨幣を稼ぐ力がなくなれば村を出るしかない」

いま東京の新橋駅から神奈川の横浜駅まで、汽車に乗ろうと思えば五十銭がかかる。それも下等の座席でだ。米一升は十八銭であるから、およそ三升ぶんに相当する。生野のように狭い土地で米を作っていたとしても、とてもではないが貨幣はろくに稼げない。貨幣がなければ汽車にも乗れず、食べてはいけてもただ原始の暮らしを守るだけで、いつしか都会から取り残されるだけだと幸八は言い、そしてその後すぐに、

「すみません、力説する相手を間違いました。ほんまやったら兄さんを説得せなあかんのに」

とすまなそうな声を出す。

「謝らんでええです。難しいことはようわからんけど、幸八さんが村の将来を心配してるんやということはわかってますから」

カンテラの灯りが夜道にゆらゆらと揺れていた。幸八の隣を歩いているこの身が、

誰か別の人の体を借りているように思えてくる。体が宙に浮いていくような感覚は、以前にも感じたことがある。懐かしい。初めて出会った日もこうして田んぼの畦道を歩いた。あの日も幸八は自分たちにはけっして見えないはるか遠くの景色を見つめて話をしていた。

蛍火のように頼りなかった民家の灯りが、しだいにはっきりとした輪郭をともなって近づいてくる。まだ着かないでほしい。むめは子供じみた願いを声なく呟き、草履を土に擦りつけるみたいに歩いた。

「ここでええですか。あんまり近くまで行って母親に見つかったら面倒やから」

増永家の石門が見えてくると、幸八が足を止める。義父母が暮らしている離れの様子はここからではわからない。

「ほなここで」

カンテラは五郎吉の家に預けておくから、いつかまたのついでに取りに行ってもらえないかと言い、幸八が背を向ける。今度はいつ生野に戻ってくるのかと訊ねたかったが口にはできず、

「おやすみなさい」

むめは遠ざかる影に向かって呟いた。

幸八と別れ家に戻る途中で、光の筋が自分の前に流れてきた。振り返ると、幸八がカンテラを持つ手を大きく振っている。むめは思わず来た道を走って戻り、

「明日のお昼頃、もう一度来てくれんやろか。旦那さまに家にいてもらうようにわたしから伝えておきますから」

息を切らしてそう早口で告げた。切羽詰まった顔はきっと、暗闇が隠してくれているはずだった。「せっかく丸一日を費やして大阪から出てきたんや。もう一度だけ。もう一度だけ旦那さまに、幸八さんの思いを打ち明けてみてはどうやろ」

必死の気持ちで繰り返すと、

「そうやな、追い返されるの覚悟で、明日の昼にまた来ます」

幸八が微かに頷く。

着物の襟元を手のひらで押さえ呼吸を整えてから、玄関の戸に手をかけた。いま何時くらいなのだろう。幸八を追って家を出てからもう一刻ほどは経っているかもしれない。姑は娘たちを寝かしつけてくれただろうかと離れのあるほうへ視線を向けてみたが、灯りはすでに落ちている。内からしんばり棒がおろしてあるのか玄関の引き戸に手をかけたが開かず、むめは縁側から六畳の間に入ろうと庭を横切る。月が雲から顔を出し、まるで暗闇というわけでもない。耳を澄ませば春の虫の声が庭のあちらこちらから聞こえてきた。

沓脱石の上で草履を揃えて脱ぎ、縁側から六畳間に回る。部屋に続く襖をそっと開けると、娘たちが三人並んで寝息を立てている姿が目に入りほっとする。自分もさっさと着替えて横になろう。囲炉裏の火が消えていることだけ確かめてから眠りにつくつもりで、むめはいったん廊下に出て食事場に向かった。

その時、五左衛門が廊下の奥からむめを見ていることに気づいた。ほの白く浮かんだ顔が、物を言わずにこちらに向いている。声を上げそうになるのをこらえ、

「まだ起きてたんですか」

むめは落とした声で話しかける。

「幸八は帰ったんか。汽車はもうなかったやろ」

幸八のことが心配で、いままで起きていたのだろうか。

「今夜は五郎吉さんのところで泊めてもらう言うてました」

「五郎吉？　末吉の遠縁の、五郎吉か」

「そうです。同級生やし気安いんでしょう」

それだけを訊くと、五左衛門は背を向け廊下を戻っていく。夫が食事場の襖を開けて中に入っていくと、まだ囲炉裏の火を落としていないのか橙色の灯りが細く漏れてきた。

むめが後をついて食事場に入れば、五左衛門が珍しく酒を呑んでいた。横座に座布団を敷いて胡坐をかいている。

「お酒のあて、なんか作りましょうか」

油揚げがあるから、とむめは台所に向かう。今夜は夕飯の食卓にいつもの米と汁

もの、野菜の煮浸し以外に油揚げを出す仕度をしていた。六年ぶりに幸八が帰ってきたのだからと、姑がシマに言いつけて買いに行かせたものだ。

「油揚げあったんか」

「ええ。お義母さんがわざわざシマを走らせたんです。永平寺さんのほうから行商人が来てましたもんやから」

五左衛門の声が不機嫌ではなかったので、むめは安堵していた。幸八を追って出ていったむめに腹を立て、夫が玄関の戸にしんばり棒をおろしたのではと思っていた。

「永平寺の油揚げやったら美味いな」

お猪口に口をつけた五左衛門がひと息に酒を飲み干すのを見ながら、むめは「ええ、ほんまに」と台所のある土間に下りる。

永平寺は、生野から見れば北東の方角にあたる。曹洞宗の大本山で、開祖は道元禅師。日本全国から禅の修行に訪れる人たちが絶えない場所でもある。周辺では精進料理に付けるための油揚げを売る店があり、むめの実家もそうであったが、この増永の家でも祝い事には永平寺の油揚げを食卓に並べるのだった。シマが買ってきた油揚げは鮮度を保つために竹製の飯籠の中に入れて軒下に吊るしてあった。

醬油を垂らした油揚げを小皿に載せると、

「明日の昼に、幸八さんがまたここへみえるそうです」

むめは夫の前に差し出した。

「明日？」

「ええ。もう一度旦那さまとお話がしたい言うて」

媚びて見えないようあっさり告げると、箸を持つ夫の手がふいに止まった。

「幸八がおまえに頼んだんか」

「いいえ。せっかく大阪から来たんやしと、わたしが」

「なんか吹きこまれたんか」

「なんかと言われても、別に……。この村でめがね作りをしたいて」

表情のなかった夫の顔にみるみる苦いものが広がっていくのがわかり、むめは口をつぐむ。羽二重工場が倒産し、後始末に駆けずり回っていた頃も、夫はなにひとつ文句を言うわけではなかったもののこのような相を浮かべていた。

「女のおまえが口を挟むことやない」

「わたしはなんもわかりません……ほやけど」

「わからんのになんで幸八の肩をもつ」

「肩などもってません。ただ、わたしは――」

話の途中で五左衛門は立ち上がり、

「羽二重工場で大損失を出したんや。また次失敗したら、うちはもう生野にはいられんようになるで。ついやたかのやみどりに惨めな思いをさせてもええんか」

と厳しい目を向けてきた。娘たちのことを出されると、これ以上のことはなにも言えなくなる。だが幸八の言うように、将来村が立ちゆかなくなれば、やがて自分たちの暮らしも行き詰まってくるだろう。そんな言葉が喉元に溜まり、息が詰まりそうだった。

「……わたしは無学な女ですから、世の中のことはほんまになんもわかりません。この年になるまで村を出たこともないですし、それを不満に思ったこともありません。ほやがこのまま同じように暮らしていたとして、娘たちにこれまでの自分と同じような生活をさせてやれるんやろか」

それだけをなんとか口にして、火箸を手にする。五左衛門が部屋を出ていったので、燃えさしの燠を一片ずつ火箸でつまみ、火消し壺に落としていった。

軒下に吊るしてあった飯籠を下ろそう、とつま先立ちになったところに、

「こんにちは」

背中から声が聞こえてきた。いまかいまかと待っていたので振り返る前に声の主が誰なのかはわかっていたが、

「はい」

むめはなんでもないように返事をした。

「よりによってお昼時に来てしまって」

幸八が屈託のない笑顔をたずさえ目の前に立っているのが見え、むめの頰にも笑みが浮かぶ。ついさっき寺の鐘が正午を教えてくれたので、昼飯の仕度をしようとしていたところだった。

「兄さんはいてますか」

「ええ。いま客人が来られてますけど」

昨夜はあの後すぐに五左衛門はひとり寝間に入ってしまい、それ以上の話をすることはなかった。だが朝からどこへも出かけずに家にいるということは、幸八に会う気ではいるのだろう。客人が頻繁に訪れるのは日常のことで、幸八を避ける口実ではないはずだった。

「ほな待たせてもらおかな」

手を伸ばして軒下の飯籠を下ろしむめに手渡すと、幸八は土間の小上がりに腰掛ける。両手を顔に押し当てて顔を洗うような仕草をした後、「昨日より緊張するわ。また怒鳴られるかもしれんな」と困ったように笑う。

話し声が聞こえたのか家の中から三姉妹が顔を出し、幸八のそばに寄っていく。一歳のみどりは人見知りすることもなく幸八の膝の上に座って、その顎の辺りを撫で回していた。夫は毎朝剃刀をあてているので、幸八の無精ひげが珍しいのかもしれない。

「五郎吉のところが昼飯の仕度を始めたんで、出てきたんですよ」

「そうやったんですか」

「昼時なのはこちらも同じやとは思うたんですが、汽車の時間も迫ってますんでお邪魔しました」

みどりは飽きもせずに幸八の顔を撫でていた。幸八は鬼の形相を作り、その小さな指を咥えようと口を歪ませ、みどりが笑いながら身を捩っている。そういえば前にこの家に棲みついていた野良猫も、幸八にだけ懐いていた。彼が家を出てからしばらくしたらもう、家に寄りつかなくなり、いまはどこでどうしていることやら……。薄暗い土間の小上がりで娘たちとじゃれ合う幸八を眺めていると、彼がなんのためにまたこの家に戻ってきたのかを忘れてしまう。そこにいるだけで気分が上ずり、そんなふうになる自分を戒める気持ちも薄れていった。

「おんちゃんは、なんでめがね作りたいん?」

どこで聞きつけたのか、幸八の隣におとなしく座っていたついが顔を上げた。

「ついはめがねを知ってるんか」

「うん。こういうやつ」

人差し指と親指で小さな丸を作り、ついが瞼の上に押し当てる。

「ほお。どこかでめがねを掛けてる人がおるんか?」

「おらん。ほやけど本で見たことがあるんや。上の学校に行くような偉い男の人たちが、学問するんに必要なもんやて」

「いや、男だけやない。これからは女子も高い学問をする時代なんや」

　と幸八はついの頭に手を置き、優しく撫でる。

「おねえさんはあの小屋が見えますか」

　小上がりに座ったまま、幸八が腕を前に伸ばし土間の入り口を指差した。出入り口は開けっ放しになっていたので十六間ほど先に鍬や肥桶、野良桶がしまってある小屋が見えた。

「見えますけど。農作業用の小屋のことやろか」

「小屋の周りに木があって花が咲いてますが、なんの木かわかりますか」

　幸八が奇妙な質問を投げかけてくる。むめは彼の横顔を一瞥した後、眉間に力をこめて小屋の周辺に視線を向けた。だが、細かいところまではわかりはしない。

「わかりませんねえ。ぼんやり霞んでしまって」

「ぼくもです。花が咲いていることはわかるけれど、木の種類までは判別できん」

　笑いながら幸八は言い、

「でもめがねを掛けたら見えるかもしれん。あれくらいの距離のものでも、はっきりと」

　とふいに真面目な顔になる。

「ほんま?」

「おねえさんは自分の視力を測ったことなどないやろう。実はぼくも大阪に行くまではそんなもん、まったくやったことなかったんです。視力いう言葉自体知らんかったんや」

視力検査台で視力を測れば、いま自分の目がどれくらい見えるのかが客観的に判定できるのだと幸八は言う。生まれつき目が悪い人、生活していくなかで見えにくくなってきた人、目というのは誰もが同じ見え方をしているわけではないのだと幸八はついを真似て、瞼の上に指で作った輪っかを当ててみせた。

「めがねに付いているレンズは、物がはっきり見えるように助けてくれる道具なんや。ぼくらもめがねを掛ければあの木の種類がわかるかもしれん」

幸八の傍らに座っていたついが「あれはあけびの木や。花が紫色してる」と教えてくれるのを聞いて、幸八とむめは顔を見合わせて笑みを交わした。

「そうかぁ。ついは見えるんやな。視力がええんや」

むめはいま覚えたばかりの視力という言葉が新鮮で、すぐに使ってみる。

台所からシマが「むめさん」と呼ぶ声が聞こえてきたので、すっかり浮遊していた心がこちら側に戻ってくる。そういえばシマひとりに昼飯の準備を任せきりだった。

「ごめんなさい。いま行くわ」

立ち上がり、前掛けの紐を後ろ手に括り直す。

「あのぉ、旦那さまが幸八さんを客間にお通しするようにと。お客さんたちを交えて昼飯を一緒にとおっしゃってます」

手に火吹き竹を持ったシマが、むめと幸八の顔を交互に見つめる。

「ぼくが同席してええんですか」

「うちはようわからんのやが……」

客人に昼飯を出すように言われたのだと、シマが告げる。台所に立つシマは、四つの箱膳に飯椀、汁椀、小皿などを並べ始めた。煮炊きをしていた竈から煙が上がってきたのでむめは手を伸ばし紐を引き、天窓を開く。

困惑した顔つきで幸八は下駄を脱ぎ土間の端に揃えると、「ほな」と廊下を抜けて客間に向かう。

「どなたがみえてるん」

むめはシマに向かって首を傾げる。朝からの来客だが用事をしている間に上がっていたので、顔を見てはいない。茶もシマが運んでくれていた。

「おひとりは青山彦左衛門さん言うてました。もうひとりは末吉さんです」

シマにとっては、客人のぶんまで昼食の準備をしなくてはいけなくなったことが大事のようで、応えるとすぐ竈に釜をかけた。青山彦左衛門はせのの親戚で、増永末吉は村で宮大工をしている五左衛門の幼なじみだ。

ご飯に香の物、味噌汁、焼いた塩漬けの鰯に油揚げを箱膳に載せ、シマとふたりで客間に運ぶ。けっしてご馳走ではなかったけれど、予定のなかった来客なので仕方がない。昨日の油揚げがまだ残っていたのでなんとか形になったと、シマとふたり胸を撫で下ろす。

「失礼します」

客間の襖を開けると床の間のすぐ前には青山と末吉のふたりが並び、向かい側に五左衛門、幸八は卓の端に少し離れて正座をしていた。

「どちらにしても、四間に七間もある元の羽二重工場をこのまま放置しておくのはもったいないことです」

箱膳を並べながら、むめは四人の男たちのやりとりに耳を澄ませた。いまこの場で話しているのは幸八ひとりで、他三人の男たちは唇を引き結び難しい顔をしている。

「言うが易しやざ、幸八。羽二重にしても、しまいにはあんなことになったんや」

青山はむめに気づいて小さく会釈すると、幸八に向かって厳しい言葉を投げつける。

「ほやがおじさん、このままでは村は衰退していきます。生野の田畑は十七町歩しかありませんし、その田畑にしても冬になると豪雪に埋め尽くされる。貨幣を稼ぐ手段もなくて、どうやって村人の生活水準を上げるんですか」

羽二重は不運にも失敗に終わったけれど、農閑期にできる産業を興すことが、村の生き残りに繋がる――幸八はむめに話したのと同じことを、男たちに説いていた。

だが五左衛門は、

「産業いうてもこんな辺鄙な田舎でなにができるんや。羽二重で痛い目みた村の者は、もう誰もやらんざ。大阪や東京、世界と互角に商売できるような産業を育てるなんてことはな、夢のまた夢や」

と厳しい言葉を放ち、向かい側に座る末吉も苦い表情で鼻から息を漏らし、箸を手に取る。

「おまえの言うことはようわかった」

腕組みをして目を閉じていた青山が甲高い声を上げ、

「ほやがのう、幸八。めがねなんてもんを世の中の人が欲しがるとはわしはとても思えんのや」

と意地の悪い顔を作って見せた。むめはその険のある顔を横目に捉え、もしかしてこの場は五左衛門が示し合わせたものなのかと疑う。滅入るほど重い空気が客間に立ちこめる中で、男たちが箸を動かす。シマは料理を出してしまうとそそくさと下がり、むめだけが小皿に醤油を垂らすなどの給仕をしていた。誰もなにも話さず、味噌汁を啜り、奥歯をかちかち嚙み合わせながら咀嚼している。幸八はため息とため息の合間に、食べ物を口に運んでいた。

「ほやったらためしに農閑期だけめがねを作ってみたらどうですやろ」

急須を手に膝を折り、空になった湯呑に茶を淹れながらむめは口にする。

「わたしもはじめは硝子玉を顔にくっつけて外を歩くなんて、そんな滑稽なことをする人がそうそういるんやろかと考えていたんです。ほやがこれからの日本は、貧しい家の子でも上の学校に通う世の中になるて聞きました。女子でも上の学校で学問を学ぶ時代やて聞きました」

五左衛門が鋭い視線で制してくるのに気づき、自分でも声が震えるのがわかったが、むめは続けた。

「学問には本が要りますし、目が悪かったら本は読めません。この先もっともっとめがねを必要とする人が増えてくるんやないやろか。青山さんと末吉さんは視力を測ったことありますか？　視力いうんは目がどれほど見えているか調べるものらしいです。生まれつき視力が悪い人もいるそうで、ほやからそういう人にとってめがねはたいした助けになると思います」

そこまで話すと興奮しすぎたせいか息が上がり、むめは着物の上から両方の手で心臓を押さえた。呆気にとられた男たちの目が大きく見開いている。

「ぼくが暮らす大阪の港は、明治三十六年に築港大桟橋が完成して以来、貿易額を急増させてるいう話です。大型の外国船が出入りするようにもなっていますし、日本全国から商人がええ品物を探しに集まってくる街です。めがねも例外やない。生野で作っためがねを大阪に持っていけば必ず販路は開ける思うし、その販路は世界にかて繋がってる思います」

　大阪でめがねを扱っている店を自分は知っている。販路は自分が責任をもって開拓するので、村の存続をかけて挑戦してみてはくれないか。しんと静まった客間に、幸八の力のある声が落ちるのを聞くと、むめは卓に手を添えて立ち上がり、そのまま客間を後にした。

5　明治三十八年　三月

　春の空気がゆらりとたなびく野道を、幸八はのんびりと歩いていた。木の芽が固く閉じた皮をほころばせ、道端の野花が蕾を膨らませる。この村を閉じ込めるように覆っていた雪が解けるこの季節が、幸八は一年で二番目に好きだった。

　六年ぶりに生家に帰った昨年の四月から数えれば、今回の帰省でもう四度目になる。昨年の夏に一度、年末年始に一度、そして今日。帰省の目的はただひとつ、五左衛門を説得することだった。

　ただ帰省を重ねても兄の反応は鈍く、最終的には物別れをしてしまうのだが、年末に戻ってきた時に大阪で流通しているめがねの現物を持参した時は、ほんの少しだが反応が違った。まずこの生野で着手するのはめがねの枠であることを話し、金属が材料とはいえめがね枠は小さく軽い物だということを知ってもらった。作業場にしても広い敷地を要さず、作業台となる幅六尺ほどのおしぎりを数台置き、あとは金属を加工するための車地(しゃち)を入れれば製造を始められる。車地は荷を運ぶ大八車をひと回りほど小さくしたもので、さほど大掛かりな機械ではなかった。めがね枠の製造なら、羽二重工場の跡地ですぐにでも始められる——。もう幾度となく兄に向かって口にした言葉の意味を、前回の訪問で初めて実感してもらえたと思っている。

　それにしても、春の景色が美しかった。田んぼの畦道にはイヌフグリが敷き詰められ、レンゲの花畑にはモンキチョウが群れている。通り過ぎていく風に土の香りが滲みこみ、時折花の甘さが漂う。自分の暮らす大阪船場にももちろん春はくる。花見は店をあげて大々的に行い、見事な桜の木の下で上等の酒を酌み交わす。だが故郷で感じる春は格別だ。

「やせ蛙負けるな一茶これにあり、か」

　まだ水が張られていない田んぼから蛙が飛び出してきて、足先で跳ねた。大土呂の駅から増永の家まで歩いていると、いつものことだが自分がこの村を出た日のことが頭の中に浮かんでくる。なぜだろう。もう八年も前のことなのに、あの時の気持ちがまだ消えていないからなのだろうか。

　十六で東京に出て大阪の船場にたどり着くまで、住む場所も仕事も転々と変えてきたものの、最後の最後には心が故郷に引き戻された。末弟の自分を縛るものなどなにもないはずなのに、たいてい考えているのは村のことばかりで、自分でもそれがどうしてなのか明確な理由はわからない。

　温かく膨らむ春の光の中に、小さな三つの影が浮かんで見え、幸八は目を細める。

「おぉい」

　手を高く伸ばして振ると、三つの影がこちらに向かって駆け出してくる。ひとつだけ走るのが遅い小さな影があり、いちばん大きな影がまた引き返してその小さな影を抱え上げた。

「おんちゃん」

いちばん初めに自分の元にたどり着いたたかのが幸八の膝にしがみついてきた。幸八はたかのの両脇に手を差し込み持ち上げると、

「冬の間に背が伸びたか」

たかのの鼻先に話しかける。ついはみどりを抱きながら走ってきて、幸八が手を上げて合図を送るといっそうせわしく足を動かした。

「なんや。おんちゃんが着くまで土産の菓子が待ちきれんかったんか。腹減ったおんちゃんが、ひとりで食うんやないかと心配になったんか」

二歳になってずっしりと重みを増したみどりを腕に抱き、両脇をついとたかのに挟まれて歩いた。正月に顔を合わせたばかりなのに、どこか確実に変わっている姪たちの成長の速さに驚きながら軽口を叩くと、柔らかい糸のような三つの笑い声が耳に届く。

「おっかちゃんが迎えに行きなさいて」

最近になって語彙が増えたたかのが、利発そうな顔をこちらに向けた。今年で四歳になるからか、幼子の甘さがその表情から抜け始めている。

「そうかぁ。ついも元気にしてたか」

「この春から尋常小学校やな。入学式、もうすぐやろう？　おんちゃんな、ついが学校に通うための新しい着物を大阪で買うてきたんや。草履もいっしょにや」

「へい」

恥ずかしそうに俯き、ついが細い肩をすくめる。「おおきに」という声を聞こえるか聞こえないかの頼りなさで呟くついの頭に、幸八は手を載せた。ついのおとなしい性格は相変わらずで、だが言葉が少ないだけで、細かい気配りをしながら妹たちの面倒をみていた。

姉妹と顔を合わせるのはこれで四度目のことになるが、これが血の繋がりなのだろうか。こうして肩を並べていると妙な安心感があった。二十四にもなる男が、小さな子供に囲まれてそんなことを思うのもどうかしたものだが、それでもこの小さな手が安らぎを与えてくれるのだ。

「おっかちゃんは元気なんか」

幸八が独り言のように呟くと、たかのが「元気にしてなさる」と顔を見上げた。三姉妹のうちでこの次女がいちばん五左衛門に似ていた。顎の張った凛々しい顔立ちをしていて、ふとした表情が幸八のそれにも通じるところがあった。ぴかぴかの額が、春の陽射しを跳ね返している。思わず目を細めて、「そうか。それはよかった」と幸八は笑みを返す。

いよいよ歩き疲れたのか、たかのが「わたしも抱っこ」と両手を万歳にする。「あと少しや、頑張れ」と励ましてもみたが、藁の燃えかすが残る地べたに、しゃがみこもうとする。「よし、おんぶや」と幸八は膝を折り、たかのを背中におぶった。もともと背にかついできた籠は、ついが手を伸ばして引き取ってくれる。

「おんちゃんはどこの小学校に行ってたん」

隣を歩くついが、訊いてきた。

「ついが通うのと同じ、主計尋常小学校や。ついのおとっちゃんも通った学校なんや。おんちゃんが高等小学校の一年生の時までは、文峰簡易小学校いう呼び名やったけどな」

六歳で入学する尋常小学校は四年間であったが、高等小学校に進む者はそれからさらに二年から四年間、小学校に併設する校舎で学んだ。

「ねえちゃんなぁ、学校行くの嬉しいんや。好きな男の子と一緒に通うんやって」

幸八の背に頬をぴたりとくっつけたまま、たかのが口を挟んでくる。ついが「こら、たかの」と叱りつけるが、たかのは「庄吉ちゃんいうんや」と恐がりもしない。泣きそうな顔になったついの髪を、「ええなぁ。羨ましいなあ」と幸八は撫でつける。

「おんちゃんも、女の子を初めて好きになったんはついくらいの年頃やったわ。おんちゃんの兄ちゃんが亡くなった日に、初めて会うたんや」

あれは、秋の日のことだったろうか。葬式に漂う冷たい空気が恐くて、五歳になったばかりの幸八は、式の間中ずっとぐずついていた。妹とふたりで奥の間にいるように言いつけられ、だがそれもまた怖ろしくて泣いているところに、見知らぬ少女がやって来た。少女は幸八を細い背に負い、子守歌を歌ってくれた。小学校に上がると、なにかの催しで幸八の学校を訪れた隣村の上級生の中に少女の顔を見つけ、幸八はその偶然に胸を高鳴らせた。髪を二つに結わえ、角原の鉾ヶ崎簡易小学校からやって来たその少女は、どの上級生よりもきれいで優しかった。だがやがて時は過ぎ、そんな子供だましの初恋などすっかり忘れていた頃、五左衛門に嫁入りする人が、あの時の少女だと知る。初めは本当に、ただの興味だった。兄嫁になる女の顔を見てやろう、という好奇心。初恋の記憶など微塵も残っておらず、用事を作って家まで訪ねて行ったのは、ほんの出来心だった。だが行かなければよかったと、いまは思っている。眩しいほどに美しく成長した少女の姿など、見に行くのではなかったと、あの夏の日からずっと後悔している。

いよいよ歩き疲れた頃合に、ようやく増永家の瓦屋根が見えてきた。

「おっかちゃんとおばばちゃんが庭にいてるみたいやし、ちょっと挨拶してくるわ」

裏庭からせのしわがれた声が聞こえてきたので、玄関に荷を置くとその足で庭へ回った。子供たちには籠に詰め込んできた土産物を好きに取り出していいからと告げ、ふたりを驚かせるつもりで足音を消して歩く。縁側に面した庭はちょうど春の盛りで、山紅葉の小さな赤い花が若葉を彩っていた。

「このまま跡継ぎができんかったらと思うと、夜も眠れんのや」

せのの尖った声に、思わず足を止めた。

「ついもたかのもみどりも、もちろん可愛い。ほやけど次は必ず男子を産んでや。わたしや旦那さんが生きている間に跡取りを見せてもらわんと、死ぬに死にきれんわ」

むめがその言葉になんと応えたのかを聞かないまま、幸八は後ずさる。せのの陰険な物言いを不快に感じつつ、だが関係のない自分がなにを言えるわけでもなかった。

「おんちゃん、どうしたん」

そのまま踵を返してまた玄関に向かっているところについが寄ってきた。この娘がこんなふうに眉をひそめると、むめにとてもよく似ている。

「なんもない。そうや、気に入った土産はあったか。ついの好きなマシマローも入ってたやろ」

めぼしいものはいつも妹たちに先に持っていかれて、残ったものをさほど不満そうでもなく手に取るのがこの娘だった。控えめすぎる性格は誰に似たのか。世の長男は生まれながらに多くのものを手に入れるが、長女はそうでもないらしい。

「幸八さん？」

土間から声が聞こえて、顔を上げた先に頬かむりをしたむめが困惑顔で立っている。

「こんにちは。ついさっき着いたばかりで、挨拶が遅れてしもた」

「子供たちが途中まで迎えに出てたやろ」

「ええ。なにごとか思いました。三姉妹がものすごい勢いで駆けてきましたよ」

　これから畑に出るところだったのだ、とむめは頬かむりを外し手の中に折り畳んだ。どことなく疲れた仕草が、さきほどせのが口にした言葉を幸八の頭の中に浮かばせる。姑の思いやりのない言い草など気にすることはない――そう言って慰めたいとも思ったけれど、義弟の立場で口にするのはよけいなことのようにも思われ、言いかけた言葉を喉の奥に押し戻す。

「そうそう、土産にあんぱんを買ってきましたよ。木村屋のやつ、食べてみたいと前に言うてたから」

「そんなん……お土産も毎度のことでは大変でしょう。次は手ぶらで帰ってきてください、申し訳ないわ」

「一銭のあんぱんでそんなに恐縮されると、なんやこっちが申し訳ないわ」

　幸八がことさら明るく言えば、むめが笑みを返してくる。自分にできるのはこんなふうに冗談をとばすくらいだろう。今年の正月に顔を見てからわずかに二か月ほどしか経っていないのに、むめの笑顔が懐かしかった。

「幸八、来てるんか」

　ふと会話が途切れたその隙に、家の中から自分を呼ぶ五左衛門の声が聞こえてきた。むめとふたり同時に振り返り、声のするほうに視線を向ける。

「ほな、ぼくは奥へ」

幸八は沓脱石に下駄を揃え、気持ちを引き締め家の中へ入っていく。今回の訪問で、一年におよぶ話し合いの決着をつけるつもりだった。


「今日は橋本清三郎というお方から、兄さんに文を預かってきました。橋本さんといえば『明昌堂』というめがね卸商を営み、船場の唐物町では『橋本さんは偉い人で、提灯を持ってどんどん先へ進んでいかはるが、足が早うてようついてゆかれません』と噂されるような大人物です。ぼくもなにかと相談に乗ってもらっています」

挨拶もそこそこに幸八は本題を切り出す。最初の訪問では話すらろくに聞こうとしなかった五左衛門が、少しずつではあるが耳を傾けてくれている。幸八は手ごたえを感じながら語気を強めた。

「この橋本さんという人が協力してくれるいうんか。おまえとはどういう関係なんや」

文を読み終えた五左衛門が、目に訝しそうな色を浮かべている。

「兄さんは同郷の増永伍作を憶えていますか。尋常小学校時代の、ぼくの同級生です。実はその伍作がいま大阪におって、ぼくはいま伍作のところで世話になってます。あいつもなかなか手堅く商売をやっていて、めがねサック——めがねを入れておく袋を作っているんです。そのサックの納入先が橋本さんの『明昌堂』です」

日清、日露の両戦争の勝利で、東洋の島帝国『日本』の存在がいまや世界に名を轟かせている。日本製品の外国輸出も盛んになるなか、めがねも例外ではない。橋本は「めがねはこれから伸びる産業や」と幸八にめがね産業への進出を説いてくれたのだと五左衛門に伝えていく。

「この人は信頼できるんか」

「もちろんです。ぼくが出逢った商売人の中でも際立って商才があり、先が読める人や思います」

「うちがめがねを作ることになったら、力を貸してくれる言うてるんか」

「はい。前にぼくが兄さんに話した『これから日本に教育が普及し、読書する人口が増える。そうすればめがねはなくてはならぬものになる』という言葉は実は橋本さんの受け売りなんや。質のよいめがねを作るいうことは、これからの日本を作ることやと橋本さんはしばしば口にしています。もし生野の村が本気でめがねに取り組むのなら惜しみなく協力する、と言うてくれてます」

これまでの話し合いでそうしてきたように、幸八と五左衛門は客間で卓を挟んで対座していた。両腕を胸の前で組み慎重な顔つきで話を聞く兄と、正座のまま体を前に乗り出し話しかける自分。その光景はなにひとつ変わっていないが、やりとりには少しずつ変化がある。ここまでは自分ばかりが言葉を連ねていたが、前回あたりから五左衛門が幸八に問いかけることも増えてきていた。

こうして会いに来た時はもちろんだが、大阪にいる間も郵便を使って大阪の商いの様子を五左衛門に伝えてきたつもりである。郵便は四匁までなら三銭で届けられたので便箋を余らせることなくびっしりと書き綴った。兄から返事がくることはなかったが、月に二度は必ず文を出し続けてきた。シマからは「旦那さま、幸八さんからの文には必ず目を通しておられますわ」と聞いているのでけっして無意味ではなかったはずだ。

「一般的なめがねのほかにも、ゆくゆくは軍事用の望遠鏡や防塵めがねの需要も増してくるでしょう。日清、日露戦争で盛り上がっている国民たちの間では、戦況を知るために新聞や雑誌を読む者の数も急激に増えてるいう話です。読み物の発刊部数もうなぎ上りやし、それにともなって老眼鏡の売れ行きも好調なようで、ここは潮流にのるべきやないでしょうか」

最初のうちはめがね枠だけを製造し、レンズは大阪の岸和田から調達する。やがて事業が軌道に乗り、利潤を上げられるようになればレンズもいずれはこの付近の村一帯で製造したいのだと、幸八は繰り返し語った。

「幸八。大阪ではうどん一杯いくらや」

「二銭です」

「めがねは安物の老眼鏡でもひとつ十五銭ほど、一般的なめがねの安物は五十銭、少しいいものやったら一円する言うてたな」

「はい」

「一円も出せば、うどんが五十杯ほど食べられるんやざ。ここらでは米一俵でも一円四十六銭で買えるんや。一個一円のめがねがそう簡単に売れるんか」

周囲を見回してもめがねを掛けている者など見たことがないと、五左衛門が硬い声を出す。こちらの話に耳を傾けたかと思えば、またふりだしに戻るようなことを口に出す。兄の慎重な性質はわかってはいたけれど、いいかげん焦れる気持ちが湧いてきた。ここまで詰めてそれでも無理だというのなら、それはそれでしかたがない。そんな投げやりな気持ちを、幸八は必死で振り払う。

幸八は、以前にも話した内国勧業博覧会の様子を、再び口にした。

二年前の明治三十六年に、大阪で行われた第五回の催しに参加した時のことである。

博覧会には国内からさまざまな分野の製品が集まってきていた。展示された製品の中から優劣が明らかにされ、優れたものには賞が与えられた。

「どれもみな力作でしたよ。同じ日本人として、なんや誇らしい気持ちになりました。生野と同じような貧しい村から出展されているもんもあって、都会でなくてももの作りはできるんやと胸が熱うなったんです」

博覧会は出品者の向上心を高めようという意図のもので、産業の発展や魅力的な輸出品の育成を促すために催されたものだ。評価の低いものもあったけれど、高評価を得たことで一躍有名になり、日本全国から注文が殺到した田舎の業者もいた。

「兄さん、人間は生まれも育ちもなにもかも平等ではありません。ほやけど努力し続けてるもんにはいつか必ず好機がやってくる思うんや。ぼくはそれを信じて、やれるだけのことをしたいだけなんです」

本来ならば自分で事業を立ち上げればよいのだが、正直なところそのような資本などどこにもない。増永家の貯えをあてにするのは情けないことだが、好機をつかむにはいま迅速に事を起こしたいのだと幸八は訴える。これを最後の訴えにしようと、全身全霊の言葉だった。

「おまえが長兄やったら――」

五左衛門が独り言のように呟く。「もしもおまえが長兄やったらと、考えることがたまにある。村会議員や小学校の准教員で手一杯のわしとは違い、この村をどこか遠くの都会と繋ぐ、そんな大それたことをやったかもしれん」

「そんなこと、ぼくにかて簡単には無理や。それに、もしもと考えんのは、ぼくは好きやないですから」

「ほんまのところ、いまの増永家には昔ほど金は残ってないんや。うちが持ってる田や畑、山を売却したところでさほどの額にはならんやろ」

「羽二重でずいぶんな損失を出したからでしょう。それはぼくが持ちかけた話で……」

「いや。羽二重の時もおまえは『やってみなわからん。このままなんもしなければ、いずれ村は終わる』とわしに言うたんや。そのとおりや思うて始めた事業やったから、なにもおまえだけが責任を感じることやない」

周辺の主計郷七村ではまだ数えるほどだが、県内の他の村では田畑を捨てて都会へ出る者が、幸八の言うとおり後を絶たないのだと五左衛門が声を落とす。

「村を出たもんは都会の片隅で土方（どかた）、人力車夫、屑拾いなどして日銭を稼いでいるようやが、どれもみな苦しい生活をしているそうや。車夫になった男にしても車を一日十銭ほどで借りて商売してるとかで、ほとんど手元に金は残らんのやと聞いてる。農村を出ていったもんの多くが貧民窟で暮らしているという話はわしの耳にも入ってきてるんや」

兄は幸八も知る名を挙げて、その男の末路を語った。

「ほやけどな、幸八。つぎに新しい事業を起こして失敗すれば、うちの財産は底をついてしまうやろ。増永家をわしら兄弟の代で潰すことになるんやざ」

だから両親が生きている間は、現状のままでいようと考えているのだ、と兄が初めて心の内を明かしてきた。

「おまえもわしらのおっかさんの悲しむ姿は、見てきたやろ」

次男が亡くなってから、せのがどれほど苦しんできたかを、五左衛門は口にする。

それまで朗らかな母だったが、子を失ってからは病を持った人のような翳りが時々見えるようになった。だが母は増永の家を守ることを支えに、ここまで生き延びてきたのだ。隠居した老親に金銭のことで負担をかけるのは、羽二重工場で失敗した日を最後にしなくてはいけないと、五左衛門がきっぱりと言い放った。

「わかりました。もうこれ以上は新しい事業のことを話すつもりはありません」

どこかふっきれた気持ちで、幸八は頷く。兄の本音を最後に聞けたことで、自分の仕事は終わったと思えたのだ。この時間ならまだ帰りの汽車に間に合うだろう。大阪で何年か働きわずかながら貯えをして、またこれぞという商売があれば今度は自分の力だけで始めればいい。村のことはひとまず兄に任せて、めがね作りの話は今日で終わりにしようと幸八は心を決めた。

「そうや、これを渡すのを忘れてました。兄さんに土産です」

幸八は手提げ袋に入れてきたいくつかの珍しい物を、卓の上に並べた。

「なんやこれは」

「ビールです。それと、これはビールを注ぐジョッキいうもんです。ちょっと変わった味のする酒やし、兄さんに飲ませたいと思うてたんです」

大阪では明治の五年に、日本人による国内初のビールの醸造所が建てられ、醸造・販売が行われている。大阪麦酒株式会社などビール会社もいくつか台頭し、千日前や四ツ橋という土地ではビヤホールといい、ビールを飲むための酒場もできている。

どこよりも早くビールの味を受け入れたというのが大阪人の自慢なのだと幸八は言い、

「おとっつぁんと一杯やってくれ」

と笑いかけた。ビールジョッキは陶製のもので、西洋風の凝った飾りの中央に楽器を演奏する西洋人らしき姿が彫りこまれている。

「ビールか……。一本いくらするんや」

「大瓶で十九銭です。うどんやと十杯は食べられる、贅沢な飲み物ですわ。ジョッキは譲ってもらったものやからわからんけど。いま、ちょっとだけでも飲んでみますか」

持参してきた栓抜きを使って瓶ビールの蓋を開け、幸八はジョッキになみなみとビールを注いだ。

「さあどうぞ、飲んでみてください」

「なんや、このカマキリの卵嚢みたいな泡は」

「炭酸ガスいうもんが液体に溶け込んだものらしいです。ビールのもとになってるのは麦の汁で、それに酒と同じように酵母を入れて発酵させるんですが、その過程で生まれるのが炭酸ガスやそうです」

「ガスなんてもん口に入れて大丈夫なんか。それにしても、牛の小便みたいな色の酒やな……」

「ええ。これが美味いんですよ。早う飲んでみてください」
幸八がジョッキを持ち上げて渡すと、五左衛門が目を閉じて意を決したように
ビールを口に含んだ。苦い薬でも飲むみたいにして、ふた口、三口と続けて口をつ
ける。
「どうですか」
「……変わった味や」
「美味いでしょう」
「都会ではこれが売れてるんか」
「えらい人気です。ビヤホールは夜な夜などこも盛況で、多い日には一日五百人も
の客が足を運ぶいう話や」
五左衛門は渋い顔をしたまま、ジョッキに入ったビールを飲み干した。熱いもの
を飲みこむ時のようにひと呼吸置きながら、それでもジョッキが空になると大瓶に
残っていたものを自ら注ぎ足し、結局ひとりで一本を空けてしまった。
幸八は口元に笑みを浮かべて兄の感想を待ったけれど、五左衛門は犬の姿が描か
れたビール瓶のラベルを見つめたままなにも話さない。美味いとも不味いとも言わ
ず、わずかに首を傾げ硬い表情をしていた。
「幸八、日本で初めてビールの醸造所を作った人はどういうお方なんや」
しばらく間を置いてから、黙りこんでいた五左衛門が訊いてくる。

「渋谷庄三郎さんいうて、家業が清酒の醸造をしていたとも綿問屋を営んでいたとも聞いてます」

「こんな変わった味のもん売って作るなんて、えらいこと考えたもんやな」

「ほんまに。ほやがいまではこの味を求めてたくさんの人が集まってくる。渋谷さんの後を追っかけてきた大小さまざまなビール会社が、次々に成功をおさめていますよ」

「わしは、ビールを美味い思うた」

「そうですか。重いのに持ってきたかいがありました」

「めがねもな、ほんまはおまえの言うように、必要なもんや思うてるんや。……いまから増永末吉のとこ行くからついてきてくれんか」

五左衛門が意を決したような表情を見せ、幸八の顔をじっと見つめてきた。幸八が頷くと、卓に並んでいるビールの大瓶を小脇に抱え、五左衛門が足早に客間を出ていく。幸八も慌てて傍らに置いていた風呂敷包みを手に取り、立ち上がった。

十町近くある末吉の自宅まで、幸八は兄と並んで歩いていた。

家を出る際に兄の後を追って食事場を通り抜けると、むめや子供たちがちょうど三時のおやつを食べているところだった。「いまから増永末吉さんのところまで行ってきます」と告げた幸八に、事情を察したのか「手土産にどうぞ」とむめが小さな籠いっぱいのつくしを持たせてくれた。

「末吉さんはご両親と暮らしてるんでしたか」

末吉の家は代々大工をしていて、末吉自身もその評判が別の村に響き渡るほどの腕の良い宮大工だった。

「いや、女房と子供と一緒や」

「へえ、そうなんや。末吉さん、結婚したんか」

仕事一筋の無骨な風貌と、女房子供という言葉があまりに似合わず、思わず頬が緩む。

「おまえは村を出てからの八年間、どうやって暮らしてたんや」

「ぼくは……前に話したように、いろんなことして生きてきました」

帽子屋で丁稚奉公をしていた時には「幸八の口八丁」と店主に言われていた。帽子を売るために斬髪店と懇意になり、出入りを許されたら丸刈、五分刈になったばかりの客人にこれぞと思う帽子を勧めるのだ。髪を切りにやって来た男たちはその日はたいてい休日で、懐も温かい者が多く、ついでに買い物でもするかという心持ちになってくれる。時には斬髪店を手伝ったりもしながら売り上げを伸ばし、客が物を買いたくなる頃合というものを学んだ。歯科医の助手を務めていた頃は「手先が器用だ」と褒められた。自分としては医院で使用している医療器械に興味を惹かれて就いた職だったので、助手としての腕を極めるつもりもなかったのだが、そこで働いているうちに、それなりの技術を磨いた。それまで輸入ばかりだった医療器械が明治に入ってから国内で生産され始めたと知り、うちの村で作ることができるかと考えた。だが精密な医療機器を作るには、それに応じた高額な機械の導入も不可欠で、手作業で始められるものではないと思い断念した。

「おまえはほんまにあちこちで修業してきたんやな」

「修業なんてしゃちこばったもんやないです。とにかく目に映るもん全部が新しくて楽しかったんです」

「増永伍作とは大阪のどこで会ったんや」

「船場です。増永という姓を聞いて、同郷かと思うて店に出向いてみたら案の定そうやった。いや、ああした都会で同級生と再会するのは愉快なもんですよ」

伍作に会ってからというもの、彼が作っているというめがねサックに関心を持ち、店で働かせてもらうようになったのだと幸八は順を追って話していく。その時までは幸八自身、めがねを生野の村で作ることなど考えもしなかったのだ、と。

土手一面にはびこるカラスノエンドウの蔓の中からキジが顔を出すのが見えた。その目がどこに焦点を合わせているのかは知らないが、幸八と視線が合っているようにも思える。こんな風景もあと数週間のことで、田植えの準備が始まると土手の雑草はいっきに刈り取られてしまう。

土手沿いの道をどれくらい歩いただろうか。汗がじっとりと着物の背を濡らし始めた頃、杉林の峠を抜けたすぐ先に萱葺き屋根の家が見えた。幸八も何度か訪れたことのある末吉の家だが、中に入ったことはない。家の周りを竹で編まれた垣根が取り囲み、作業場なのか主屋とは別に小屋があった。

「立派なお宅ですね」

農民の家に門を取り付けてはいけないという江戸時代からのしきたりはあったが、末吉の家には見事な石門が左右に建てられていた。幅が一間ほどある小屋の前には、鋸や鉋などを載せた大八車が置かれている。

「全部末吉ひとりで作ったらしいわ。この辺の新しい神社仏閣はほとんど末吉が棟梁をやって建てたもんや」

五左衛門が玄関先から土間の奥に向かって声を上げ、中から末吉の妻らしき女が顔を出す。末吉は五左衛門と同じ年齢なのに、小春という名の妻は幸八より年下のようにも思えた。玄関先の扉が開くと土間に竈が置いてあるのが見え、細い煙が上がっている。

「五左衛門さん、どうしたんです」

「いや、末吉に急ぎの話があるんや。いま家にいてるか」

五左衛門が訊ねると、末吉はいま山へ入っているのだと、小春がすまなそうに応える。三町ほど持っている山林に時々入ることがあり、手を入れたついでに薪を集めてくるので、戻ってくるのはたいてい夕刻になるのだと小春は話した。

「あの子は娘さんですか」

幸八と五左衛門が六畳ほどの板の間に通され、小春の淹れてくれた茶を啜っていると、時折襖から顔をのぞかせる少女がいた。顔を出しては、目が合うと隠れる。はっきりとはわからないが、年の頃はついより三つか四つ、上だろうか。

「娘のツネやわ」

小春が娘を肩越しに振り返り応える。あれくらいの年恰好をした娘がどうしてこの時間に家にいるのだろう。学校へは行かせていないのだろうか。幸八はふと疑問に思ったが立ち入ったことを訊くのは失礼だと考え、

「ツネちゃんか。おっかちゃんによく似てえらい美人やな」

と微笑み、ツネと小春をかわるがわる見やる。小春がはにかむように笑い、五左衛門が呆れ顔で幸八を一瞥した。ほっそりした顎も、切れ長の二重瞼も末吉にはまったく似ていない。幸八は頰に笑みを残したまま熱い茶を少しずつ口に運ぶ。

そうして半刻ほど待っただろうか。末吉が山から戻ってきた。

「そういうわけや。末吉、おまえの力を貸してほしいんや」

五左衛門は自分も生野でめがね作りを始める気持ちになったことを告げ、末吉にも協力してもらいたいと伝えた。その隣で幸八は、正座のまま頭を垂れる。

「そんな危ない橋は渡れん」

だが末吉は、腕組みをしたまましばらく無言で考えこんだ後に、そうひと言口にした。鉈で木を切るようにすっぱりとした返事は、予測していたものだ。

「そこをなんとか考えてもらいたい」

「いくら五左衛門の頼みでも、これぱかりは断る。本業をやめて手がける仕事ではないざ」

贅沢はできないが、大工の仕事で自分たち一家はなんとか食べていける。宮大工として大規模な建築物に携わる機会もあり、暮らしぶりには満足しているのだと末吉は頑なな顔を見せる。盆に茶を載せて運んできた小春が目を見開くほどの、強い語調だった。板の間の端っこに、いつの間にかツネがかえる座りをして人形遊びをしていた。

「ほやったら農閑期の冬の間だけ、その期間だけでも手伝ってもらえませんか」

雪に閉ざされる十二月から三月にかけての期間は、末吉も出稼ぎに行っているのだと五左衛門から聞いていた。大工の仕事がないその間だけでも手伝ってもらえないか、と幸八は食い下がる。

「さっきから疑問に思うてるんやが、なんでおれを誘うんや。村には農業だけをしている者がたくさんいるやろう。あいつらこそ冬の間は囲炉裏のそばで草鞋を編むくらいの仕事しかないんやで。そいつらに話をしにいくのが先やないんか」

末吉はこれ以上はいくら説得されても無駄だというように、首を振る。

「ものを作る姿勢いうんは、一朝一夕で身につくものではありません。末吉さんはこれまで長年大工としてやってこられたんや。材料の木材を選定し、その木材を挽き、切り削り、彫りこんでいくいう作業が手先と頭にしみこんでいる。部材を測るための曲尺、墨付けのための墨壺、鋸、鉋、のみ、砥石に鑢。多種多様な道具を用途に合わせて使い分け、何十年もの風雪に耐える建物を造ってこられたんや。そうした繊細な技術が、このめがねいう、人の体の一部となるものを作るのには必要なんです」

いまこの周辺の村一帯を見渡して、末吉以上に適任者はいないのだと幸八は再び頭を深く下げた。

「土産や、幸八」

それまで黙って幸八と末吉のやりとりを聞いていた五左衛門が、耳元で囁いてくる。

「末吉さん。これたいしたもんやありませんが、大阪の土産です」

幸八は持参した風呂敷包みを座敷の床に置き、恭しい仕草で包みを解いた。包みの中には大阪で手に入れた流行の煙草の箱が重ねてある。岩谷商会の大天狗、中天狗、村井兄弟商会のヒーロー、それから昨年発売されたばかりの敷島だった。

「これ……全部くれるんか」

末吉の体が幸八のほうへ寄ってくる。

「どうぞもらってください」

「でもこれを受け取ったら、おれをめがね作りに引っ張りこむつもりやろう。いらんわ。いらん、いらん。そんな物騒な商売に手え出したらうちは路頭に迷う。家族のある田舎の大工をそそのかさんでくれ」

いったんは伸ばした手を引っこめて末吉が首を振る。目を閉じ、胸の前で腕組みをして手土産を突っぱねる。

「突然家を訪ねてきたんで、そのお詫びです。協力してもらえんでも、煙草を返せなんて言いません。貴重な時間を割いてもろたお礼です。敷島はここらでは珍しい思うて」

「高かったんやないか」

「それほどでもないです。ほやがちょっとだけでええから、これを見てもらえませんか」

幸八は手荷物からめがねの入ったサックを取り出し、末吉の前に置いた。

「このサックの中に入ってるんが、大阪で実際に売り買いされているめがねです。よかったら手に取ってください」

真鍮枠の丸めがねを、幸八はケースから取り出す。これをこうして耳に掛けると、手を離しても落ちない構造になっているんです——と実際に掛けてみせれば、末吉は口を押さえて吹き出し、腹を抱えた。

「小春、小春、こっちに来て幸八の顔見てみろや。おかしいやざ。男前がひょっとこみたいな顔になってるわ」

とツネの隣で石盤に絵を描いていた小春を手招きした。そんなに笑うことかと、幸八は呆気にとられる。これまでにもめがねを掛けた自分の顔を鏡で見たことがあったが、笑うほどではない。めがねを掛けただけで、ひょっとこみたいな顔になるはずもないだろうと、体をふたつに折って笑う末吉を見つめた。

「ほんまや。そのお顔、えらいおかしいわ」

だが小春も幸八の顔を指差してころころと笑い、その後ろからのぞくツネもまた嬉しそうにその場でぴょんぴょん跳ねていた。笑うなら存分に笑ってくれ、としだいに幸八自身も楽しげな気持ちになり、白眼を剝いた。

6　明治三十八年　三月

兄とふたり、息を切らして急いだ道を、帰りは力なく歩いていた。五左衛門は末吉の家を出てからずっとだんまりで、幸八だけがぽつりぽつり思いついたことを口にしている。

カラス　カラス　カンザブロウ

オヤノ　オンヲバ　ワスルナヨ

「なんや、その歌は」

幸八が口ずさむ隣で、五左衛門がようやく口を開く。

「さっきツネちゃんが歌ってた小学唱歌や。ぼくは音痴やでなかなか上手に歌えんかったけど、何度も教えてもらってやっと覚えられたんです」

ツネが持っていた小学唱歌集にあった短い歌を、幸八は繰り返し歌ってみせる。

末吉はめがね作りに対して最後まで消極的で、力を貸してもらうことは難しそうだった。五左衛門にしても、自分が一年間説得し続けてようやく前に進んだのだ。末吉がおいそれと承知しないのも、当然といえば当然なのかもしれない。

「それにしても、末吉さんにあんな可愛らしい嫁さんと娘がいたとは、驚きましたのう」

　無口で愛想のない末吉は、幼い頃からとっつきにくい存在であった。手先は器用だが性格は不器用で、話しかけても怒っているような返事しか返ってこない。これでは一生独り身だろうと確信していたところに、ひと回りも年下の純朴そうな嫁をもらうなんて、人はわからない。

「小春さんもやが、ツネのことは尋常でないくらい大事にしているみたいやざ」

「尋常でないくらいとは？」

「持ち物はすべて、末吉の手作りやと聞いたわ。けん玉や羽子板、独楽、おはじきはもちろん、下駄や簪までや。学校に持っていく石筆入れや弁当箱まで作ってやったんやと、小春さんが笑いながら話していたことがある」

「へえぇ、あの末吉さんがねえ」

　強面の末吉が真剣な顔つきで小さなおはじきを作っているところを想像すると、愉快な気分になってくる。カラス　カラス　カンザブロウ――ツネは優しい両親に見守られてさぞ幸せに育っているのだろう。

「それにしても兄さん、ツネちゃんはなんで学校へ通わんのや」

「さあ、知らんで」

「入学はしたん」

「まあそうやろうな。学校へ持っていくための道具を作ったいう話やから、最初は通ってたんやろ」

途中で行かなくなるということは、病気にでもなったのだろうか……。幸八は、唱歌集に額をくっつけ歌を教えてくれたツネの姿を、頭に浮かべた。学校に行くのを嫌がるような子ではないだろうが……。

「ちっちゃい兄ちゃんは、いくつまで学校に通ってたんですか」

幸八はふと遠い昔を思い、五左衛門に問いかける。「ちっちゃい兄ちゃん」とは次兄のことで、幸八はむかし五左衛門のことは「兄ちゃん」と呼び、次兄には「ちっちゃい」を付け呼んでいたのだ。次兄が病気で亡くなったのは十歳の時なので、当時五歳だった自分には、元気だった頃の次兄の記憶がほとんどない。体の具合がいい時に、ほんのたまに庭で遊んでいたのを憶えているぐらいだった。

幸八の言葉に五左衛門はしばらく怪訝な表情を浮かべた後、「ちっちゃい兄ちゃん」が誰を指すのか気づいたのか、

「たしか九つくらいまでやなかったか。家で療養していたのは亡くなるまでの一年くらいやったざ」

田んぼの畦道を歩いていると、田を返している村人の姿が見えた。冬の間に硬く固まってしまった土を丁寧に掘り返しほぐしている。

思えば五左衛門の口から次兄の話を聞いたことはほとんどなかった。せのが時々寂しそうに「賢い子やった」と口にするだけだ。五歳の時に兄を失くした自分は、優しかったことを憶えているだけで、顔も背格好も声も思い出せないでいる。

「兄さん、帰りに墓参りしていきませんか」

そういえば次兄の墓参りをもう何年もしていない。

「線香も花も持たずにか」

「末吉さんに断られて力が抜けてしまったわ。ちっちゃい兄ちゃんになんとか活を入れてもらおう思うて」

真剣に言えば、五左衛門が息だけで笑う。

「おまえでも力の抜けることがあるんか……。おっかさんはいまでも月命日には草刈りに行って、花を供えているわ。もう十九年も変わらんことや」

五左衛門はそう口にすると、家の正面に続く道を逸れた。増永家の墓地は家の裏庭にある背戸から出て、十分ほど歩いた松林の中にある。膝の辺りまで伸びた雑草を踏み分け歩きながら、兄と肩を並べ、幸八は無言で前に進んだ。


家に戻る頃にはさすがに日が暮れ、門が見えた辺りで「ただいま」と声をかけると、不安そうな顔をしたむめが玄関先まで迎えに出てきた。

「旦那さま、幸八さん、えらい遅うまでいらしてたんですね。提灯も持たずに出かけておられたから、心配してたんですよ」

春がきて、冬眠から目を覚ました熊が出るかもしれないのに、とむめは眉をひそめるが五左衛門はなにも返さずにその横を通り過ぎる。

「末吉さんはどうでしたか」

さっさと奥の間に入ってしまった五左衛門の背を横目で追いながら、むめが訊いてきた。水仕事の途中だったのだろう。たすき掛けされた着物の袂から水滴のついた白い腕がのぞいている。

「ああ、あかなんだや。そう簡単にはいきません」

幸八は土間で草履を脱ぐと食事場の板間に腰を下ろし、末吉とのやりとりをむめに聞かせた。むめはなにも言わずに黙っていたが、途中で何度も小さなため息を吐く。そんなふうに落胆する顔を見せられると、手を伸ばしてその白い手に触れたくもなり、幸八はむめの顔から目を逸らせる。

「まあしかたがないですよ。そんな簡単に説得できるとは思うてないんで」

それよりもこの辺りの村では学校に通わない子供がまだたくさんいるのかと幸八は訊いた。明治五年に明治政府が学制を発布し、十九年には小学校令が出された。その小学校令は明治三十三年に改正され、尋常小学校の四年間は義務教育になったはずだ。たしかに幸八が通っていた頃も、いったんは入学しても月謝の負担に耐え切れず一、二年でやめていく子供はいた。だが末吉の家がそこまで貧しいとは思えない。

「なんでそんなこと?」

「いや、末吉さんとこのツネちゃんが学校に通ってないようやから、なんか事情でもあるのかと思うて」

　幸八がいまさっき目にしたツネのことを伝えると、むめは納得したように頷く。

「ツネちゃんはついの三つ年上やから、ほんまやったらいまは三年生なんや。ほやが学校の先生から『授業についていくんが難しい』と退学を促されたらしいんです」

「退学とは厳しいなぁ」

「退学しろとはっきり拒まれたわけではないけれど、黒板の字を石盤に写すこともできんらしくて。これ以上学んでても月謝の無駄やないかと、そんなふうに遠回しに言われたみたいやわ」

　言いづらそうに口にすると、むめは着替えをすませて奥の間から姿を見せた五左衛門を振り返り、

「ねえ、たしかそう末吉さんが言うてなはったのう」

　と眉をひそめた。

　あの利発そうな子が黒板の字も写せない……。幸八は不思議な心持ちで「カラス、カラス」と歌っていたツネの様子を思い出す。字は、読めていたように思える。なのに石盤に字を写すことができないとはどういうことだろう。

　囲炉裏の周りに、ついやたかの、みどりが集まってきて夕食が始まろうとしていた。五左衛門が横座に腰を下ろし、幸八は客座で胡坐をかく。たかのとみどりが胡坐をかいた膝の上に乗ってきた。

「つい、悪いがおんちゃんに石筆と石盤を貸してもらえんか」

傍らでふたりの妹を眺めていたついに向かって、幸八は頼んだ。ついは頷くと奥の間に走り、ろう石を丸く削った石筆と誰かのお下がりの古びた石盤を持ってきてくれる。

「つい。ここにおんちゃんと同じように書いてくれんか」

幸八は石盤に「幸」という字を記す。あまり上手ではないが、誰が見ても「幸」と読める字だ。ついは嬉しそうな顔をして幸八から石筆を受け取り、石盤に同じように書いてみせた。縦棒と横棒をなんとか組み合わせて形にした歪んだ「幸」だったが、その字はきちんと形になっている。

「今度はおとっつぁんの五や。こっちのほうが簡単やろう」

大きく頷き、ついはしっかりと五の字を記す。小学校に上がる前のついにとっても、字を写すことは容易く思えた。

「兄さん、日も暮れてしまったこんな時間にすまんがのう、もう一度末吉さんの家に行かせてくださいい。このとおりや」

膝の上に座るたかのとみどりの腹を右腕で引き寄せるようにして、幸八は体を前に倒す。幸八がお辞儀をすると娘たちの体も前のめりになり、はしゃいだ声が上がる。

「なんでや」

「もう一度だけ末吉さんと話をしたいんや。これであかんかったら諦めがつく。ぼくは今日限りきっぱりと、めがね作りの話をしません」

　幸八は力をこめて、五左衛門に告げた。

　提灯を下げた出戻りの訪問者を、小春は困惑の表情を浮かべつつ家の中へ通してくれた。

　さっきの六畳間の座敷では末吉が晩酌をしている最中で、そのそばでツネが遊んでいる。美しい千代紙を使って姉さん人形を折るツネを、幸八はじっと見ていた。器用なところは父譲りなのか、縮緬紙(ちりめんがみ)でこしらえた髪も、千代紙で作った花嫁衣裳も目を見張るくらいに上手にできている。どう見ても、勉強についていけないような娘ではない。幸八と五左衛門が神妙な顔つきで部屋に入ってきたことで、ツネは手を止め、こちらを窺うように眺めてきた。

「どうしたんや」

　夜半に再び舞い戻ってきた兄弟を、末吉が不思議そうに見つめる。

「弟がもう一度だけおまえと話したい言うから連れてきたんや。あと数分だけ、時間を割いてやってくれんか」

　五左衛門は突然の訪問を詫びた後、幸八のほうを見て、「これが最後やざ」と念を押してくる。

「ほんまに、これが最後のお願いです。でもぼくは末吉さんに会いに来たわけではなく、実はツネちゃんに用があって戻ってきたんです」

幸八が言うと、盆に茶を載せて運んできた小春の足が止まり、口を半開きにしたツネが視線をこちらに向ける。

「ツネになんの用が――」

末吉が言い終わらないうちに、幸八は籠の中からいくつかのめがねを取り出し、板間に並べた。

「なんやこれ。さっき見ためがねやないか」

末吉が腕組みをしたまままめがねを顎で指し示す。

「ほうです。ほやがさっきは見本のひとつしか持ってきませんでしたが、今度は手持ち全部を持ってきたんです」

中でもいちばん小さな真鍮枠のものを指先で持ち上げ、幸八は、

「ツネちゃんに掛けてもらってもええですか」

と末吉のほうを見る。末吉の返事を待たずに「ツネちゃん」と手招きし、その小さな鼻の上に、めがねを置いてみる。

「どんな感じや」

いちばん小型なものにしても仕様が大人用なので、幸八は蔓を指先で支えてやりながらツネの言葉を待つ。めがねを掛けたツネは、せわしげに首をめぐらせ部屋の

中を眺めるだけでなにも応えない。

「どうや。見え方が変わらんか」

幸八がツネの顔をのぞきこんで問いかけると、

「眩しい……」

ツネはいったん瞼を固く閉じ、そしてまたもう一度、見開いた。

行灯がひとつだけ灯る薄暗い部屋だった。「眩しい」というツネのひと言に、小春と末吉が顔を見合わせる。

「どうしたんや。なんで眩しいんや」

末吉が心配そうに目を凝らし、ツネの頰に手を当てる。だがツネは末吉の問いかけにはなにも応えず、目に虫でも入った時のように瞬きを繰り返すばかりだ。

「おとっちゃんの顔が……いつもと違って見えるで」

そしてようやく口にした言葉は、末吉の首を傾げさせるものだった。

「なに言うてるんや。顔が違うなんてことないざ」

「ううん、違うんや。目も鼻も口も、なんでかすごく大きく見えるんや」

ツネは天井を見上げ「うちの天井、板の木目がわからんほど煤で黒ずんでいるわ」と笑い、「おっかちゃんのその前掛けに、こんな白い花の模様あったんか」と小春に近づいた。そして、小春の腰に巻かれた三幅前掛けを撫でる。その場にいる幸八以外の大人たちから、表情が消えた。小春は両手で口許を押さえたまま、さっきから動けないでいる。

「末吉さん、小春さん。ツネちゃんは勉強ができないわけやなく、黒板の字が見えてなかっただけちがいますか。もしかすると教科書の字も見えにくかったかもしれん。ほんまは聡い子やで、生まれつき目が悪かっただけやとぼくは思うんです」

　霞んでいたのだ。この娘の視界は、生まれた時からぼんやりと曇っていたのだ。だがそれはこの娘にとっては当たり前のことで、両親や教師に訴えるようなことではなかったのではないか。だから誰も気づかなかった。鼻からずり落ちそうなめがねを人差し指で持ち上げながら、ツネが幸八をじっと見つめてきた。笑いかけると、はにかんだ笑みが返ってくる。

「どうや。おんちゃんの顔もこれまでとは違って見えるやろ」

「うん。肌がざらざらしてる。眉毛が毛虫みたいや」

　弾んだ声を出すと、ツネは自分の両手で蔓を支えながらその場で飛び跳ねた。これまでぼやけていた視界を、初めてはっきりと捉えたのではないだろうか。ツネは襖の間をするりと抜けるようにして奥の間に入ったかと思うと、すぐに戻ってきて小春の前になにかを置いた。尋常小学読本の一巻だった。読本の頁を開いたツネは、小春に読んでくれとせがんでいる。小春は困惑顔のまま頷くと、自分は字が読めないのだとその読本を五左衛門に渡した。

「イ、エ、ス、シ――」

五左衛門がはっきりとした太い声で読み上げれば、ツネがその後について声を出す。時々はめがねを外して裸眼で読本を眺め、また掛け直しては読本を見つめるツネの様子を見て、幸八は自分が推測したことに間違いはないと確信した。

「学校の訓導に、周りについていくのは難しいと指摘されたんやざ。ツネ本人も学校へ行きたがらんようになった時、わしは敦賀までツネを連れて出たんや。そこに良い医者がいると聞いたもんやから……。もしかしたら、どこか体の具合が悪いのかと思うてな」

末吉の声が上ずっていた。「医者には、頭が足りないんやて言われたざ。この子は生まれつき、他の者より知能が足らん。板書を写せんのは、なんで写さなあかんのかがわからず、写し方も理解できんのやろと医者は言うたんや」

勉強がだめならと機織りをさせてみたが、なかなか要領をつかめなかった。だから自分と小春は、それならばツネを家の中で育てようと思ったのだと末吉は喉を震わせる。

「ぼくは眼医者じゃないんで詳しいことはわからんけど、ツネちゃんは近眼やないでしょうか。近眼は、めがねを掛ければ矯正できるものや」

大阪では子供用の小さなめがねもあつらえるのだと幸八は話す。

「ほやが幸八よ、めがねみたいなおかしなもん掛けて学校へ行ったらツネは笑われるざ」

「たしかに……笑われるかもしれません」

「ほやったら」

末吉の顔が翳った時、五左衛門がすかさず首を振る。いま笑われるくらいどうでもない。このまま学校に通わず、教育を身につける機会を得ないまま大人になれば、笑われるよりも辛いことがツネに降りかかるだろう。親は子供より先にいなくなる。末吉や小春がいなくなった後、ツネはひとりで生きていかなくてはいけないのだ。いま心ない人間に笑われたとしても、親がしっかりと守ってやればきっと耐えられる。

「これからは女にも学問が必要や、末吉」

それまで口を挟まずに静かにやりとりを見守っていた五左衛門が、強い口調で説得した。

「ツネちゃんに聞いてみたらどうやろ。めがねを掛けてでも学校へ行きたいかどうか。ぼくにはツネちゃんがどう答えるかは、わかっていますけど」

ツネは尋常小学校の読本を捨てずに手元に残していたのだ。それだけで、いままでどんな気持ちで過ごしてきたのかがわかるのではないか。

幸八は、東京で出逢った数学者から聞いた話を、末吉に持ちだした。負の概念の話である。負とは零よりも少ない数のことで、わかりやすくいえば赤字のことである。昨今のもの作りといえば、より便利に、人より有利に立てる道具にばかり目がいきがちだが、自分は負を補う道具も同じくらい大切だと思っている。めがねは、見えないという負を正に転じる重要な道具だ。これからの世の中、めがねは必ずなくてはならないものになるはずだと幸八は語った。

「末吉さん、この村で一緒に、めがね作りをやってはくれませんか」

　幸八は改めて末吉に頼みこんだ。だがそうやすやすと末吉の気持ちは変わらない。末吉の表情が、幸八の言葉で渋いものに変わり、長い沈黙が座敷に落ちる。

「うちではあかんやろか」

　沈黙を破ったのは、小春だった。ためらうようなか細い声が、末吉の座る後ろから聞こえてくる。

「女でもかまわんのやったら、うちが手伝うわ」

「おまえ、なにを勝手に」

「ほやけど……。めがねがもっと、当たり前になったらええんやない。そうやったらツネが掛けても目立たんし、ツネみたいに生まれつき見えんで勉強のできん子ぉも助かるわ」

　ふたりのやりとりを、幸八は胸が詰まる思いで聞いていた。いまツネが掛けているめがねは好きに使ってくれと告げると、小春が切なげに眉を寄せる。

「末吉さん、奥さんの言うとおりです。いまはめがねを掛けた顔が風変わりに見えるかもしれんが五年後、十年後にはごく当たり前のものとして人の目に映るはずや」

幸八はこれが最後という覚悟で、末吉を見据える。めがねという道具はただの商品ではない。人の体の一部となり、生活をともにするものに違いない。人の暮らしを守る建物を造ってきた末吉であるからこそ、めがねの価値もわかるはずだ。宮大工としての技術や経験が欲しいのはもちろんだが、兄と自分はもの作りの尊さを知る末吉の心を、増永工場に宿してほしいのだ——。

これで良い返事がもらえなければ、もう席を立とう。幸八はそう覚悟を決めていた。隣に目をやると、五左衛門も真剣な表情で末吉を見つめている。

「わかった」

しばらく黙ってツネの顔を眺めていた末吉が、ぼそりと呟く。

「増永兄弟には、借りができたざ」

大工の技術がめがね作りに通用するかはわからない。だが突拍子もないことを始めようとする増永兄弟に力を貸せるとしたら、この村では自分をおいていないだろうと末吉は言い、口端を上げる。

「末吉。おまえのほかに三人は必要や。あと三人、それが難しいならせめてふたり。手先が器用で忍耐力のある男を教えてくれ」

五左衛門が膝を寄せると、末吉が身を乗り出してきて、どこぞの誰はどうかという話が始まる。小春が運んできた酒に口をつけ、幸八は酔いが回っていくのを感じていた。

時間を忘れて酒を酌み交わしすっかり夜も更けた頃、幸八は五左衛門とともに末吉の家を後にした。都会で見るよりひと回りも肥えた黄色い月が、頭のすぐ真上まで上っていて、往路に比べてむしろ明るい野道を、兄と並んで歩いていく。田畑を月が照らし出し、道端の切り株が白く浮き上がって見えた。

「遅くなったざ。今日の汽車で大阪に帰るつもりやったんか」

柔らかな春の虫の音が、チリチリと夜道に転がる。

「いいえ。もともと明日にするつもりやったんで」

「ここから大阪まで、どれくらいかかるんや」

「そうですね、大土呂から敦賀まで出て、そこから米原を経由して大阪まで――まあ、ざっと半日はかかりますか」

それでも明治二十九年に大土呂駅が開業してからというもの、大阪は自由に行き来ができる身近な場所になったのだと幸八は笑った。

「来月になったら、兄さんと末吉さんのふたりで大阪に来てくださるというのは、ほんまですか」

ついさっきまとまった話では五左衛門が末吉を伴って、『明昌堂』の橋本に挨拶に行くのだという。

「まさか兄さんが、あんなことを考えているとは思いませんでしたよ」

「あんなこと?」

「これからの世は女にも学問が必要や、と口に出していたでしょう」

幸八の目から見て、父親としての五左衛門はあまり三姉妹に関心を持っていないかのように思えたのだ。せのと同じように、跡継ぎができないことを憂いているのかと。

「わしは小学校の准教員をしていたこともあるんやざ。学問の大事さはわかっている」

この前の新聞で読んだところでは、現在工場労働者は全国で四十七万人以上いるのだと書いてあった。そのうちの六、七割が婦女子であり、多くが農村の貧農や小作人の子女とあった。賃金でいえばたとえば紡績工場だと女工の賃金は日に十銭前後。白米が一升十八銭の時代にこの賃金でどうやってまともな暮らしをするのかと、五左衛門が苦渋の表情を浮かべる。

「たしかに大阪の紡績工場もそんなもんです。女工たちの労働時間にしても平均で十二時間、昼夜二交代制で多い日は十八時間も働くといいます。丁稚や女中ならそこまでひどい扱いはないんやろうけど」

知り合いの口利きで勤める丁稚や女中と違い、工員の扱いは最悪だった。働けるだけ働かされ、病気になったり不況で人減らしが必要な時は即座に切り捨てられる。寄宿舎というのは名ばかりで、家畜小屋のような部屋に定員以上が詰め込まれ自由もなく、文ですら断りもなく開封される。外から鍵をかけられる女工部屋もあり、火事などで焼け死んだ話も聞いたことがある。

「男にしても女にしても、人間の扱いがされん場所が、いまの日本にはたくさんありますわ」

　冷たい風で酔いがしだいに醒めていくのを感じながら幸八は言葉を返す。こうした農村の悲劇とわが生野の村が無関係ではないことを兄も感じているのだ。

「それに――」

　言いかけて、五左衛門が口を閉ざした。幸八は風を懐に入れその冷たい感触を楽しみながら、言葉を待つ。

「それに、女も自立すれば、親が決めた生き方をせんでもすむんやないか」

「親が決めたような生き方とは？」

「家同士が決めた結婚など、断ったらええざ。自分の好きな相手と添い遂げればええんや」

　珍しく冗談めかして言い放つと、五左衛門が歩く速度を速めた。だが兄が早足になったのではなく、自分の歩みが遅くなっただけだった。前を行く兄の背は目の先七、八間で揺れていたが、遅れる幸八を振り返ることなく進んでいった。

7　明治三十八年　六月

五左衛門は大土呂駅の駅舎の中で、幸八が乗ってくるはずの汽車の到着をいまかいまかと待っていた。傍らには髪を銀杏返しに結い、薄化粧を施したむめが自分と同じように気もそぞろに立っている。むめの浅緑色の羽織と長着はよそいきのもので、帯にしても五左衛門がこれまで一度も目にしたことのない上等なものを選んでいた。

「そんな帯、持ってたんか」

美しく装った妻を褒めてやりたかったが、うまい言葉が見つからず、詰問するような口調になった。

「この帯はお嫁入りの時に母がもたせてくれた、京友禅の縮緬です。わざわざ大阪からお越しくださるのやから、ええ着物でお出迎えしたいと思いまして」

似合っていませんかと、むめが眉をひそめる。

今回幸八は、ひとりきりでやって来るのではなかった。大阪から米田与八というめがね枠作りの職人とその妻を伴って、この生野に戻ってくる。

末吉がめがね作りに協力することを約束してくれたのは、いまからちょうど三か月前のことになるが、それから工場でともに働いてくれる村人を探した。生野の村だけに限らず近隣の村々を訪ねて歩いたもののそう簡単に見つかるものではなく、方々に声をかけてようやく見つけたのが三人。心もとない始まりではあるけれど、末吉を巻き込んだのだ。もう後戻りはできない。

重厚で慎重だと世間で評される自分の性格は、ただ小心なだけではないかと自省することがある。羽二重の工場が行き詰まった時も、自分の器以上のことに手を出したからだとわが能力を恨んだ。こうしてまためがね作りに挑むことになり、大阪から職人とその家族まで招くからには必ず軌道に乗せなくてはいけないという思いが、眠れない日々をまねいている。

「汽車、遅れてるんやろか。もう定刻やのに」

むめが駅舎の柱時計に目をやり、不安げな面持ちになる。

「汽車は遅れるもんや」

さっきから落ち着かない様子で、むめが線路の向こうを眺めている。

「そういえば旦那さま、橋本清三郎さまはどんな方でしたか」

「そうやな。第一印象でしかわからんが、幸八の言うてたとおりの大人物という気がしたな」

末吉の承諾を得た翌月に、五左衛門は末吉を伴って大阪の橋本のもとまで挨拶に出向いたのだ。大阪までは考えていた以上に長旅であり、これまで村に帰省してきた幸八をさほど労わなかったことを詫びる気持ちになるほどだった。定員六十人ほどのボギー客車の座席は板張りで硬く、照明のランプは点いたり消えたり、便所もついていなかった。いまから五年前の明治三十三年には、山陽鉄道がプルマン式一等寝台車を導入したと新聞で読んだことがあり、各鉄道会社が社内整備を競って改良しているとも聞いていたが、北陸線に限ってはまだまだだといわざるを得ない。汽車ひとつにしても都会と田舎の路線ではこれほどまでの差異があるのだと末吉とふたりで実感したものだ。

「大阪の町はどんなでしたか」

「とにかく人が溢れてたざ。福井の人口は四万人やが、あっちは五十万人もいるんや。それはもう比べようもない」

橋本清三郎の店『明昌堂』のある船場は、大阪城の西側に位置する四方を川と堀に囲まれた商人の町であった。料亭や両替商、呉服店など立派な構えをした蔵屋敷が建ち並び、町を歩けば津々浦々から集結した商人たちの、どこの方言かわからない言葉が飛び交うのが聞こえてくる。店先で商いをしている虫籠窓、卯建などの家屋が軒を連ね、目新しい光景に五左衛門も末吉もただ目を見張るだけだった。

あのような生き馬の目を抜く場所で生きる幸八が、十七町歩の田畑しかもたない生野を案じるのも当然のことかもしれない――。大阪で行き交う人と肩をこすれ合わせ歩いていた道すがら、五左衛門はそんなことを考えていた。十六で東京へ出た幸八は、自分よりもずっと遠方を見据え、世の中の深海を見透かす目を持っている。

そのことをいいかげん素直に認めなくてはいけない時期がきたことを、大阪の町は自分に思い知らせたのだ。

「あ、旦那さま。汽車が来ました。あれですよね、あの汽車は大土呂に停まるやつでしょう」

むめが五左衛門の袂をくいと引っ張る。紅をさした唇がはしゃいだ声を上げる。

「落ち着かんか。みっともない」

下ろしたばかりの縞木綿の襟元を引き寄せ背筋を伸ばせば、煙突から煙を吐きながら近づいてくる汽車がたしかに見えた。

米田与八らをホームに入って出迎えることを駅員に許してもらい、五左衛門はむめとともに乗客が降り立つのを待った。いちばん前の車両から幸八がまず顔を出し、後から末吉が続く。

「遅うなってしもてすみません。なんや汽車に問題があったんか途中で何度か停まったもんですから」

和装に流行りの山高帽を被った幸八が帽子をとって挨拶をする後から、小柄な男がふたりと妻らしき女がひとり、疲れた様子で降りてくるのが見えた。

「こちらが米田与八さんです」

幸八がふたりのうち年嵩のほうを手のひらで示し、五左衛門に紹介する。目が細く、唇も薄い神経質な感じが、いかにも細かい手作業をする職人といった様子だ。

年の頃は三十四の自分とそうは変わらないだろう。

「これはこれは遠路はるばるお越しくださって、ありがとうございます」

五左衛門とむめは腰を折り深く頭を下げる。

「それからこちらが、下働きの猪原平治郎さん」

猪原と呼ばれる男はまだ十代にも見える若い青年で、両手と背にめいっぱいの荷を携えていた。米田夫妻が手ぶらなので、おそらくふたりのぶんも運んできたのだろう。身幅の狭くなった縞木綿の着物の前が、荷に引っ張られてはだけていた。

「幸さん、なんで平治郎がうちより先なん？　米田の次はうちのこと紹介してもらわなあかんのとちがうか」

不意打ちのように米田の妻が横から甲高い声で入ってきたので、その場にいる誰もが目を見開く。気の毒なのは平治郎と呼ばれた青年で、女の機嫌をとりなそうと瞳をすばやく動かしている。

「まあええわ。うちの名前はミツノいいます。以後よろしゅうに」

上方の抑揚をつけミツノが言い、口の端を歪ませて笑みらしきものを作った。

「お疲れのところ申し訳ないんやが、さっそくいまから作業場のほうへご案内します。道具なんかで足りんもんがあればすぐに揃えんといけませんので、ざっとでいいので米田さんに見ておいてもらいたいんです」

四月から六月にかけて末吉が大阪に残り修業をしている間に、五左衛門は工場の再生に取り掛かっていた。建物は羽二重工場を再利用し、隣村から大工をひとり呼び、手を入れた。作業場の道具については四月に大阪へ挨拶に行った際に視察し、同じものを揃えてある。低い作業台となるおしぎりが四台、合金を伸ばす機械である車地は一台、金属を接合する鑞付け作業のため、文机の三方に囲いを付けたような台も、四つ準備していた。ひき鋏などの小さな道具は大阪で買ってきたものを鍛冶屋に持っていき、同じものを作ってある。

「ここから工場まで一里ほどです。歩いて一刻足らずで着きますわ」

五左衛門が先頭に立って駅舎を出た時だった。

「一里も歩けんわ」

ミツノの不機嫌な声が、五左衛門の足を止めた。

「人力車呼んでくれるか、増永さん」

汽車に酔ったのか、顔色の失せた米田も、ミツノに負けず劣らずのしかめっ面で言ってくる。夫婦というのは不思議なものだ。片方がよく出来ていてもう片方が不出来、ということはめったにない。ミツノの無礼を夫の米田がたしなめるわけでもなく、むしろそれを助長させる言動に五左衛門は言葉を失い、ふたりを見据える。

「ええ、そうしましょう。工場までは人力車で移動しましょう。せやけどここは都会の駅舎とは違って、客待ちをしている車はそう多くないんです。すぐに呼んでこられるかどうかわかりまへんけど、どうぞここで待っててください」

その場をとりなすように幸八が駅舎を飛び出していく。大阪では上方の言葉を話す弟であったが、米田夫妻に対しても彼らと同じ訛りを使った。

「それにしても、えらい田舎やなぁ」

平治郎が差し出した日傘を開きながら、ミツノがむめに話しかける。

「はい。でも福井駅に行けばここよりは開けておりますし、二年前には駅前の百間堀が埋め立てられて道幅が八間もある駅前道路が整備されたんです。あ、百間堀というのは福井城の堀のことなんですが――」

「そういえば、おたく誰ですのん。女中か?」

「うちは増永五左衛門の家内で、むめと申します。もしよかったら日を改めて福井駅前を案内させてもらいます。ここよりは露店もたくさん出てる思いますし」

「ええわ。幸さんに案内してもらうし」

末吉はすでに道中でミツノの性格を知り尽くしていたのか、その目は女を通り越して他のものを眺めている。五左衛門にしてもこのような高飛車な物言いをする女を目にするのは初めてだったので、結局はむめだけがミツノの相手をしていた。

駅舎を飛び出していってから四半刻ほどした頃、幸八が戻ってきた。辺りを駆け回っていたのか額に汗の粒をびっしりと浮かせている。

「遅うなってすんまへん。人力車、やっぱり出払ってて見つかりませんでしたわ」

すまなそうに首を振る幸八は、荷車を持って戻り、自分は引き棒の中に入っている。

「おまえ、荷車など引いてなにしてるんや」

「借りてきたんです。ここに荷物を載せて工場まで運んだらずいぶんと楽でしょう。平治郎はんもその荷物を持ったまま工場まで歩くのは大変やろし」

以前、汽車の待ち時間が一刻もあった時に世話になった家が、この近所にあるのだと幸八は笑う。腹をすかせていた自分に大根飯と味噌汁をふるまってくれた親切なお宅だ。それ以来、大阪から戻ってきた際にはたいてい立ち寄るようにして懇意にしていた。その家から荷車を借りてきたと言い、

「平治郎はん、はよここに荷物置いてや」

と促した。

「結局は歩きかいな」

苦々しく吐き捨てるミツノに、

「奥さんも乗ってください。ほっそりした奥さんひとりくらいやったら簡単に引いていけますから」

幸八が満面の笑みで声をかける。

「ほんま？　ええのん」

「どうぞ。乗り心地はあんまりようないですけど、この行李の上に腰掛けたらさほど辛くはないはずです」

自分の羽織りをその場で脱ぎ、座布団がわりに行李に敷く幸八を、五左衛門をはじめとする四人の男たちは物も言わずに眺めていた。女に対してこうした気配りができる男は、田舎にはそうはいない。むめの顔を盗み見ればなにか言いたげに唇を引き結んでいたが、ミツノに肩を貸すように言われ、荷車のそばで膝を折る。

「ほなみなさん、工場に向かいますで」

そうして汽車が駅に着いて半刻近く経ってようやく、工場に向かって歩き出すことができたのだった。

草木の色が瑞々しい初夏の陽の中、七人はゆっくりとした足取りで工場へ続く道を歩いていた。水を張り、土を平たくするしろかきを終えたばかりの田んぼは、太陽の光を弾いてきらめいている。五左衛門は、前へ進むたびに文殊山が自分に向かって迫ってくるような気になり、自分がいつになく高揚しているのだと感じる。

「ところで米田さん。めがねの枠作りというのは、どれくらいの期間で習得できるもんなんですか」

長旅に疲れ果てたのか、米田はさっきから憮然とした顔つきで荷車のすぐそばを歩いていた。

「どれくらいと言われても、半年かかるもんもおれば、一年経っても下手くそなやつもいてる。尋常小学校みたいに四年通ったらはい卒業、てなわけにはいかへんで。

末吉さんにしても大阪で二か月修業したけど、まともなもんは作れんかったんやろ」

　米田の物言いに、末吉が表情を硬くする。

「そうでもありまへんで。まだ売り物というわけにはいきませんが『だいぶと形になってきた』と大阪の工場では言われてましたから」

「形になってきた、やて？　末吉さんは田舎の人やから素朴なんやなぁ。そんなん都会もんのお世辞にきまってるやろ」

　もともと負けん気の強い末吉が、米田の言い草に腹を立てていることに五左衛門はその顔つきから気づいていた。だが末吉はなんでもないふうに「ほうですか」と返し、首をめぐらせ田んぼに目をやる。その視線の先で水鳥が田んぼの水面に尾を打ちつけ遊んでいた。

　こらえてくれや、末吉。五左衛門は心の中で末吉に声をかける。末吉は尋常小学校を卒業した十の時から、隣村の宮大工のもとで住み込みで見習いをしてきたのだ。その棟梁は「腕はあるがとんでもなく厳しい男だった」と末吉から聞いたことがある。棟梁の意に沿わないことをすれば血を出すまで鉋で頭を殴られ、一日中飯を食わせてもらえない日もざらだったと。二十で独立するまでの十年間は地獄だったが「閻魔の技術を根こそぎ盗んでやる」という思いで耐えてきたのだとその頃の話を末吉はいまでは酒の肴にしている。

工場に近づくと、末吉のほかにめがね作りをともに始める男たちが、道端に立っているのが見えた。沢田五郎吉、増永三之助、佐々木八郎の三人が、道幅いっぱいに並んでいる。「おぉい」荷車を引いていた幸八が大きく手を振ると、「おぉい」と三人同時に大きな声を返してくる。田んぼの畦道を歩きながら、五左衛門は凱旋をしているような誇らしい心地になる。

いまはこうして師となる米田与八を笑顔で迎え入れている男たちとの間にも、簡単ではないやりとりがあったことを思い出す。末吉と幸八とで話し合い、村でめがね作りができそうな器用で忍耐力のありそうな男を幾人か取り上げ、それぞれの家まで交渉に行った時のことだ。「めがね作りをしないか」と声をかける自分たちに対して、「そんなもんで食ってはいかれんざ」と初めのうちはほとんど話を聞いてはもらえなかった。増永の兄弟が、またとんでもないことに手を染めようとしている。こんどはめがねだそうだ。なにを考えているのか、今度ばかりは関わってはいけない。そんな噂がこの村だけではなく主計郷七村に広まっていることを、五左衛門はシマから聞かされて知ったのだ。

それでも橋本清三郎の計らいで米田が村に来てくれることが決まり、五左衛門と末吉は工場の準備に入った。まだ働き手も見つからないうちに、末吉は大阪で修業をし、自分は資金の工面や道具の取り寄せに奔走した。工場で働く徒弟を見つけるいちばん厄介な仕事は幸八に任せきりになってしまったが、五郎吉をはじめとして他のふたりも口説き落としてくれたのだった。

「わたしらの指導のために遠路はるばるお越しいただき、ありがとうございました。ここが、増永工場です。これからご指南いただきますことを、一所懸命に学び励みたいと思っておりますので、どうぞよろしくお願いします」

工場の前までたどり着いた時、五左衛門は一行の数歩先に出て、工場を背にして頭を下げた。四間七間――およそ三十坪ほどの二階建ての増永工場ではあるが一階には三十畳の作業場とその奥に職人の休息場があり、二階は米田夫妻の居住場所として心を尽くして準備をしてきた。平治郎には職人の休息場で寝泊りしてもらうことになるが、もし要望があれば増永家の離れを使ってもらってもかまわない。とにかくここにあるものが、いまの自分たちが持つすべてであることを、五左衛門は切々と語る。米田がこの小さな工場をどう思っているのかは、その表情からは読み取れなかった。

「さっそくやが工場の作業場を見ていただけますか」

なにか必要なものがあればすぐに取り寄せるからと、五左衛門は米田に向かってもう一度念を押す。言葉の裏には、一刻も早く作業に取りかかってもらいたいという気持ちがこめてある。

工場は正面から見れば横長の建物で、左側にある出入り口から中に入り、正面が二階へ続く階段になっていた。出入り口を入って右へ行けば作業場があり、その奥が休息場になっている。階段を上れば八畳と五畳の板間が続き、箪笥や座卓などささやかな家財道具を備え付けていた。休息場の奥には小さいながらも台所をつくり、竈が置いてある。台所の隣には納屋を設け、作業で必要な藁などが保管してあった。

「うちは、工場なんて見んでもええやろ。とにかく冷たいもん飲ませてほしいわ。さっきから言ってるけど、ほんまに疲れてるんや」

男たちが出入り口の三和土(たたき)で草履を脱いでいるところに、後方からついてきたミツノが気だるい声を出す。

「ああ、ほうですね。旦那さま、わたしはミツノさんをお連れして、先に家に戻っていますわ。みなさんもいったん工場を見られた後はうちに来て、御飯を召し上がっていただくつもりですし」

脱ぎ散らかした草履を揃えていたむめが顔を上げ、ミツノを振り返る。ミツノはむめを好ましく思っていないのか、わざとらしい仕草で視線を外す。

「こっからまた歩くんか。ええかげんにしてほしいわ」

「じゃあぼくがまた荷車に乗せて行きますよ」

結局は幸八の言葉で気を取り直したミツノとむめが出入り口から出ていくのを見送り、五左衛門は米田を案内する。気がはやっていた。いますぐにでも米田からめがねの枠作りの技を徒弟たちに伝授してもらいたい。そんな気持ちを抑えながら、五左衛門は米田とその弟子の平治郎を改築したばかりの工場内に通した。

「作業台のおしぎりは二台ずつ向き合うように並べました。もし違った並べ方のほうが便利やったら位置を動かしますで言うてください。あと車地はまだ一台しかありませんが、職人が増えたら追加するつもりで――」

「まあそんなでええやろ。いまは車地をまともに使えるのはわしだけやろしな」

真新しいひき鋏を手にして表、裏とひっくり返し眺めていた米田が、面倒くさそうに言葉を遮ってくる。

「そうしたら米田さん、明日からさっそく作業してもらえますか」

五左衛門のすぐそばでは末吉、五郎吉、三之助、八郎たちが、緊張した面持ちで棒立ちになっている。誰の瞳も期待に満ちていて、頼もしいくらいだった。なんども通い詰め、ようやく首を縦に振ってくれたとはいえ、いまこの四人は志を高く持ってここに集まっている。無謀だと人が言う新事業に懸けてくれた四人のためにも、一刻も早く事業の基盤を築きたかった。

翌朝、五左衛門が工場に着くと、末吉をはじめとする徒弟たちはみな顔を揃えて出入り口の前に立っていた。

「朝早うからごくろうさんやざ。ほやがなんでこんなところにつっ立ってるんや。中に入ったらええやろ」

はじめのうちは注文もないために、始業時間は朝の七時から終業は夜七時と決めていた。昼休みは講義の進み具合に応じて、半刻ほどとるようにと米田には伝えてある。

「戸が開かんのや」

木綿を藍色に染めたつづれを着込み、股引を穿いた末吉が不満げな声を出す。朝の七時には戸を開けておいてほしいと、米田には頼んであるはずだった。

「ほんまか」

たしかに五左衛門が手で押し出しても、戸はびくともしない。内側からしんばり棒を下ろしたままになっているようだ。

「おはようさんです」

五左衛門は拳を戸に打ちつけ、二階の窓に向かって声を張る。昨夜は歓迎の意味をこめて米田夫妻と平治郎をうちに招いてささやかな宴を開いたために、深酒をしてしまったのだろうか。だが事業立ち上げの初日にこんな様子では徒弟たちにしめしがつかない。

「米田さん、米田与八さん、起きてください」

腹立ちの混じる気持ちで、五左衛門は戸を叩き続ける。自分の傍らでは同い年で三十四歳の末吉を筆頭に、二十四歳の五郎吉、ともに十三歳の八郎と三之助が戸を透かしてその奥にあるものを睨みつけるようにして立っている。

「なんやねん朝っぱらから」

木戸の向こう側でしんばり棒が外される気配があり、戸が開くと、まだ瞼の開ききらない米田の白い顔がすぐ目の先に見えた。

「米田さん、始業時間やでみんな集まってきとるんです」

不穏な気持ちをひた隠しにして、五左衛門は「おはようございます」と挨拶を告げる。自分の後ろで四人の男たちも同じように野太い声で頭を下げた。

「ああ、そうやそうや。もう時間やったな。ちゃちゃっと朝飯食べてしまうから、作業場で待っててや」

足音を立てて階段を上がっていく米田の後ろ姿を一瞥してすぐに、五左衛門たちは三和土に草履を脱ぎ揃え、これからの人生を懸ける場所となる三十畳の板間へと入っていく。覚えたことを書きつけておくためか、三之助と八郎の手には石盤と石筆が握られていた。

「真鍮とは銅と亜鉛の合金のことや。色はくすんだ赤みの黄色をしてるで、黄銅という言い方をすることもあるんや」

米田が朝飯から戻ってくるまでの間、時間を無駄にしないためにと末吉が大阪で学んだことを話し始める。米田に習うのが真鍮を使っためがね枠だということで、まずは真鍮というものがなんなのかを他の三人に教えていた。末吉はこれまで大工の経験があるが、五郎吉と三之助と八郎は、農業だけをしてきた者だ。めがね枠作り以外にも、覚えることは山ほどある。

「真鍮は錆びにくいで、昔から機械や器具の部品に使われることが多かったんや。切ったり削ったりもしやすいし、細線や板や箔に加工するのも容易や。細いめがね枠に真鍮を使うのも、そうした性質を使ってのことや」

真鍮は全体の量に対して亜鉛を三割から四割五分ほど混ぜるのだが、その割合によって性質を変えることができる。めがね枠にしてもこの微妙な性質の変化を利用して、それぞれの部品を作るのだと末吉は五郎吉たちに説明した。

どこからか、手を打つ音が聞こえてきた。作業場にいる全員が手の鳴るほうへと顔を向ける。いつの間にか作業場に入ってきていた米田が、気難しい目つきでこちらを眺めていた。

「すんまへん。時間があったもんやから、末吉に話してもらっておりました」

五左衛門は手の平を上にして、米田を輪の中心へと促す。末吉も半歩下がって米田の言葉を聞こうとする姿勢を見せた。

「ほな、始めるわな」

機嫌を損ねたかと気をもんだが、米田がそう言っておしぎりの前に座ったのを見て小さく息を吐く。米田はおしぎりを挟んだ向かい側に、末吉ら四人を並ばせた。米田がなにやら話し始めたのを見届けると、五左衛門は邪魔にならないようそっと作業場を後にする。自分がこんなところで目を光らせていたのでは、米田もやりにくいだろうと思ったからであった。

田んぼの畦道を歩きながら、グワ、グワという蛙の鳴き声を心地よく聴いていた。水が張られた六月の田んぼは一年のうちでいちばん美しい。泥の臭いも、むせかえるような新緑の香りも心地よかった。

いまから二か月前、幸八について歩いた大阪の景色も、たしかに胸を鷲づかみにされるものではあった。滝が落ちる時の水流とでも譬えればいいのか。日本という国がなにかの渦にのまれたかのように、めまぐるしく変化していく様子を皮膚で感じ、武者震いをした数日間を思い出す。風と雲を味方につけた龍が天に昇っていくがごとく、豪傑が世の中でめきめきと頭角を現す好機を風雲というらしいが、大阪のような都会ではそうした風雲児が幾人も力を奮っているのだろう。だが自分はそうした風雲に乗る器ではない。故郷の匂いを忘れることができない、根っからの土地の人間なのだ。五左衛門はひとり笑い、澄み渡った空を見上げた。空には大小二羽の鳶が羽を広げて風に漂っている。

「いま帰ったぞ」

屋敷に戻った五左衛門は玄関先から土間に向かって声をかけた。家の中からたかのとみどりを両脇に伴ったシマが朝飯で使った箱膳の後片付けをしながら、「おかえりなさいませ」と顔をのぞかせる。

「ついはどうしたんや」

「ついさんは学校に行かれました」

「ああ、そうやったな。……むめは？　どこかへ出かけているのか」

土間の沓脱石の上にむめの草履がないことに気づき、五左衛門は家の中をのぞきこむ。そういえば朝からどこか落ち着かない様子で家の中を行ったり来たりを繰り返していた。

「むめさんは、青山の親戚のうちに行っておられます」

「青山の？」

青山というのは五左衛門の母、せのの旧姓だった。せのの生家は河和田村小坂という近隣の村にあり、祖父にあたる青山彦左衛門の遠縁の者がこの生野の村にも数人暮らしている。

「三か月ほど前でしたか、この村を出た農家がありましたやろ。そこが空家になってて、むめさんはそちらにおられます。一刻ほど前に向かわれたんやが」

シマによると、ミツノが昨夜の宴会の席で「工場の二階が住いなんて」と不満をもらしていたらしい。それを聞いたむめが、せのに「あの空家を貸してもらえないか」と頼みこみ、まだ返事はもらえていないのだが、とりあえず掃除に向かったのだとシマは言った。

「大きな声では言えんが、米田さんの奥さんはいけ好かない人ですなあ。うちはちょっとお見かけしただけやけど、わがままというか居丈高というか、上方の人はみんなああなんですかねぇ」

　露骨に顔をしかめると、シマは「子供が聞いたらあかん話やわ」とたかのとみどりを振り返った。

　ミツノがそんなことを口に出していたとは、まったく知らなかった。米田といい、その妻といい、暮らしぶりの違う都会の人間を田舎に招くというのは考える以上に難しいことなのだろう。米田とは月々の報酬として二十五円を支払う約束を交わしている。機織の女工などひと月に二円に満たない給金で働き、小学校の教員や巡査の初任給は九円ほどだ。末吉のような宮大工や経験のある工場長ですらひと月に稼ぐ額は二十円ほどのところを、五左衛門としては精一杯の額を提示したつもりだった。二十五円といえば羽二重織りのバッタン機を一台購入できる大金なのだ。住む場所も食事も提供している。それなのにまだ不服を口にするのかと五左衛門もシマと同じ苦々しい気持ちになる。

「まあそう言うな。うちは技術を丸ごと教えてもらう身やざ」

　自分に言い聞かせるように口に出し、それからシマにその空家の場所を訊いた。

「家の前の農道を道なりに行ってもいずれ着きますけんど、裏手にある椎森のすぐ下の道を西側へ歩き、一重の藪を通り抜けるのがいちばん近いですわ」

　シマは「もし行かれるのならこれを奥さんに持っていってください」と竹皮を手渡してくる。まだ温かいその竹皮には、むめの昼飯用の握り飯が包まれていた。

8　明治三十八年　六月

ああ、あれやな。藪を通り抜けた先に、萱葺き屋根の簡素な家屋の裏庭が見えてきた。家にしても山野にしても、人の手が入らない場所は目に見えて荒れ果てる。家屋の周囲はあけびの枝や下草の蔓が伸びっぱなしになっており、かつては畑だった場所にも雑草がびっしりと蔓延(はびこ)っていた。

女ひとりの力ではとてもじゃないが、この民家をまともな状態にはできないだろう。五左衛門は握り飯だけを持ち、手ぶらでここまでやって来たことを後悔していた。

少し傾斜のある細道を下って裏庭に入ると、家屋の正面に続く農道に、着物姿の男を見かけた。男は猫車を押す幸八だった。幸八は五左衛門が家屋の裏手にいることには気づいていないようで、「おねえさん」と家の中に向かって大声を張り上げている。

「幸八、おまえも来てたんか」とそう自分が屈託なく声をかければなんでもないものを、どうしてなのか後ずさり、家屋の陰にわが身を隠す。

「あら幸八さん。どうしたん」

頭に手ぬぐいを被り、手甲をつけたむめが玄関から現れ、その驚いた声を聞いて、五左衛門は安堵する。ふたりでしめし合わせてこの古家に来たのかと疑っていたのだ。つまらないことを考えている自分を恥じて、もう引き返そうかと背を向けたがふたりの声が耳に入ってくる。

「昼飯を届けにきたんです。弁当も持たずに出かけていったと、たかのから聞いたもんやから」

晴れた秋空みたいな幸八の笑顔が、見てもいないのに脳裏に浮かんだ。幼い頃から、幸八はせのに対してもこんなふうにまっすぐな優しさを示したものだ。自由で素直で腕白な末息子を、せのがこの上なく愛しく思っていたことを、自分は誰よりも知っている。

「いややわ、箱膳ごとここまで運んできたん。相変わらず無茶するなぁ、土瓶まで載せて」

鈴が転がるように笑うむめの声。楽しげなやりとりが胸に迫り、五左衛門は自分の草履のつま先を見つめる。

「いやいや。運んできたんは昼飯だけやないですよ。大工道具一式持ってきました。ついでに鎌も。ここいらの雑草をいっきに刈ってしまおうかと思うてね」

五左衛門はふたりの声を後方に残したままゆっくりと歩き出し、藪に覆われた道を戻っていく。足音をさせないようにと気を遣って歩いていたが途中からは、自分の草を踏む音など風にかき消されるだろうと大股で歩いた。

早足で家に戻ると、シマが「奥さんと会えんかったんですか」と訊いてきたので、途中で引き返してきたと応えておいた。さっき目にした光景を意識の隅に無理矢理に押しやり、庭の見える縁側に腰を下ろしてめがね枠の材料となる真鍮について考える。いまは幸八の口利きで、元は金銀箔粉問屋であった大阪の製造工場から仕入れているが、もっと近隣で仕入れることはできないだろうかと思っている。徒弟たちの腕が上がりいずれ大量に生産することになれば、材料の真鍮にしてもある程度の量を保管しておかなくてはならないだろう。

以前、羽二重織りを営んでいた頃、原糸の価格が急激に騰貴したことによって経営に行き詰まった経験がある。生糸が不足して生産量が落ちることもしばしばあり、安くて高品質の原料を安定して仕入れることのできる工場だけが生き残れるのだと身をもって知ったのだ。

「真鍮のつぎは、なにが必要になってくるんや……」

橋本の営む明昌堂には真鍮枠のめがねだけではなく、洋銀や赤銅(しゃくどう)を使った枠のめがねも並んでおり、いつかはそうした金属も扱わなくてはいけないだろう。徒弟たちが必死で技術を習得しようとしているいま、自分は材料の確保と資金繰りを確実なものにしておかなくてはならない。

いつの間にか空が曇り、雨が降り出してきた。予測がつかないのは山手にある村の天気の常だ。あのあばら家、雨漏りはしてないやろか――。ふとむめのことが気になり、雨具やランプを持っていってやろうかと思ったが、幸八が一緒だから大丈夫だろうと、空に垂れ込める雨雲を見上げる。ふぞろいな灰色の流れを見ていると、むめが角原の久々津家から増永家に嫁いだ日に見せた、いまにも泣き出しそうな困惑顔が雲を透かして浮かんでくる。むめを思う時はいつも、その困惑顔が頭の中に浮かび上がるのだ。まだ幼い、取り繕うことを知らない頃の素の顔だった。

婚礼の日、むめは黒の裾模様の振袖に文金高島田、角隠しを被って花嫁道中をやって来た。角原の名家の長女ということもあり、鏡台や箪笥、長持、布団、座布団、盥、手桶などの嫁入り道具はどれもみな豪華なもので、婚礼を見物するために集まった生野の村人たちは目を見張ったものだ。なにより美しい花嫁姿が村人たちの心を摑んだ。その賞賛の声は五左衛門の耳にも届き、誇らしい気持ちになったものだ。日陰になった地面には雪がうっすらと残ってはいたが、春の晴れ間の広がる午後のことだった。

だが婚礼の儀が始まってからずっと、むめは五左衛門の顔を見ようとはしなかった。奥の間で三三九度の杯を交わした時でさえも、夫となる自分と目を合わせることはなかった。宴席にしても、五左衛門は両家の親族が楽しげに唄い酒を酌み交わす姿を眺めていたが、むめは蝶足膳に載せられた八十椀や猪口に視線を置いたままだった。膝の上で重ねていた手が時々微かに震えていたので、よほど緊張しているのだろうとその時は思っていた。

そうして宴席が終わった後、盛装を解いてはじめて奥の間で顔を見合わせた時のことだ。下唇を噛み締めるようになにかに耐えていたむめが、自分の両方の手のひらの中にゆっくりと顔を埋めた。五左衛門はといえば式の間中、その細い顎や首元、白い頬に見惚れていたのだ。切れ長の目に優しげな笑みが浮かぶところを早く見てみたいものだと考えていたのだ。障子越しに月明かりがうっすらと部屋に届き、行灯の灯りがゆらりと揺れる中で、むめは五左衛門の存在などないかのように涙を流した。紋付羽織袴を脱ぎさり、黒木綿の着物姿になった自分に失望したのかと五左衛門はうろたえたが、その時は言葉をかけることもできなかった。

婚礼の夜の涙の理由を知ったのは、それからしばらくの日にちが過ぎてからのことだ。「若奥さん、結納の日まで幸八さんを五左衛門さんやと勘違いしてたんやて。せのさんから聞きましたわ。いくらしっかりしてても幸八さんはまだ十五やのに、よっぽど若い男の人を見慣れてないんやなぁ」とシマがいかにも愉快なことのように言ってきた。そういえばそんなこともあったと記憶を手繰り、結納の日に見せたむめの驚愕の表情を思い出したのだ。ああ、そういうことやったんかと、自分は一瞬にして悟った。まだ言葉も話さぬよちよち歩きの時分から、人に愛される弟だった。朗らかで優しく芯の強い弟はお天道さまで、周りにいる者は大人も子供もお天道さまを追いかける向日葵みたいにその姿を目で追っていた。結納の日にむめが見せていた沈鬱な表情は、緊張ではなく落胆だったのだろう。お天道さまみたいな男との結婚を待ち望んでいたとしたら、可哀想なことをしてしまった。

「旦那さまと幸八さんとでは十も歳が違いますのに勘違いなさっていたなんて、むめさんいうお人はおっちょこちょいに違いありませんわ」シマは軽口を叩いたつもりだろうが、その日のやりとりは針のごとく胸に刺さり、いまも抜けていない。


米田が生野に来てから三か月もすると、末吉をはじめとする徒弟たちはめがね枠らしきものを作れるようになっていた。

「習うというのは、やっぱりすごいもんやざ。めがねに触れたこともなかった五郎吉や三之助、八郎らがここまでやれるとはなあ」

五左衛門は素直に感心し、成長しつつある徒弟たちの前で馬車めがねを試しに掛けてみる。馬車めがねとは真鍮の枠にレンズではなく網を張り付けたもので、防塵用や草取り用に使うものだった。この日は昼過ぎから資金繰りの件で第九十一銀行へ赴き、その帰り道に工場へ立ち寄ったのだ。米田は今日は休日だということで工場にはおらず、徒弟たちだけで作業をしているところだった。

「どうしたんや」

馬車めがねのせいで視界に紗がかかったが、すぐ前にいる末吉の顔つきが曇っているのがわかる。

「あの米田という人やが……」

　末吉が口にすると、ほかの三人の顔にも険が浮かんだ。

「どうした。米田さんがどうかしたんか」

「きちんと教えてくれんのですわ」

　三之助がまだ幼さの残る不満げな表情で訴えてくる。

「教えてくれんとは」

「職人というんはそういうもんかもしれんが、言葉で説明するということをほとんどせんのや。『わしが作るのを見て同じように作れ』ってな具合や」

　よほど我慢していたのか、末吉が憎々しげに舌を打つ。陰口が耳に入ったら厄介だと思い辺りを見回せば、米田はいまミツノを伴って福井の繁華街に出かけているのだという。

「大工仕事でもたしかにそうや。親方が手取り足取りなど教えてはくれん。ほやがおれらは一日でも早く技を習得したいんやざ。いまは儲けが一銭も無いところを、大将が米田さんに給金を支払い、おれら徒弟に賃金を出しているわけや。悠長なことはやっておれんわ」

　末吉が五左衛門のことを大将と呼ぶようになったのは、工場を立ち上げて間もない頃からだ。旧知の仲だからといって経営者を呼び捨てにしていたのでは、他にしめしがつかないからという理由だった。

「めがね枠というんは、二十以上の部品で成り立っている。それもすべて小さな部品や」

レンズを嵌める二つの丸枠、その丸枠を繋ぐ山、耳にかける蔓、丸枠と蔓を繋ぐ蝶番、ネジ——そうした精巧な部品を手作業で作るのだから、要となるところは細かく教えてもらわなければいつまでたっても着け心地のよい品物はできないだろうと、末吉は憤っていた。

「言うてもまだ始めて三か月やざ」

「いや、もう三か月です。このままやといつまでたっても二流のもんしか作れん。この前も大阪の問屋から返品されためがね枠に、十八枚の付箋がついてましたし」

数週間前に、幸八が出来上がっためがね枠を大阪に持っていったのだが、「これでは売れん。作り直してくれ」と問屋からあっさりつき返された。だが直そうにも具体的にはどうすればよいのかわからず、米田に訊ねたものの「自分で考えろ」と言われてしまったのだと八郎は訴える。

工場での米田の講義にそれほど不満が噴出しているとは知らず、五左衛門は言葉を失った。

「もうええ。大将責めてもしかたのないことや。とにかく作業を続けるで」

末吉が気を取り直したかのようにおしぎりの前で胡坐をかき、めがね枠作りの第一工程となる真鍮を溶かすところから始める。重ねた炭の中心に湯呑のような形をした『融猪口（ゆちょく）』と呼ばれる器を置き、そこに真鍮を流し溶かしていく。温度は千度近くまで上げなければならないので、ゴムの管の先に付けたパイプを口に咥えた三之助が、息を吹き風を送った。

融猪口の中で溶けたものは、八郎の手によって長方形の鋳型に流しこまれる。これは『融型（ゆがた）』と呼ばれる型で、溶けた真鍮を冷まして固める道具であった。

八郎の隣では、鋳型から外したものを三之助が金槌で叩き、伸ばし、延べ棒のような形にしていく。この棒が直径が一分ほどの線条になるまで根気強く叩くのだと三之助は言い、「この作業が難しいんです」と真剣な目をする。強く叩きすぎればちぎれてしまい、弱いとまっすぐな線条にはならない。

線条になった真鍮は、車地に空けられた穴に通すことで均一な針金になっていくのだが、車地とは大八車をひと回りほど小さくした道具で、穴とは反対側にある棒をてことして使い線条を引っ張り、針金となったものを木筒に巻きつけていくものだった。穴には種類があり、針金の太さはその穴の直径によって区別される。

「ずいぶん手際がようなったな」

五左衛門は心底感心していた。ほんの短い期間でここまでの技術を習得したとは、よほど鍛錬したことだろう。

「ほやけど、なんか違うんや。問屋から返されるいうんは、売り物にはならんいうことやざ」

五左衛門が褒めるすぐ傍らで、末吉は納得のいかない様子で首を傾げている。

「あんたらがあかんのは、なます作業が下手やからとちがうかぁ」

徒弟たちのひりひりとした空気が流れる場所に、気の抜けた大阪弁が響いた。

その場にいた五人の視線がいっせいに、作業場の奥にある休息場の扉に注がれる。

「藁が多すぎてもあかん。少なすぎてもあかんで」

米田夫妻が出かけていることしか頭になく、平治郎がここに残っていることをすっかり忘れていた。自分たちが米田の教え方に不満を持って陰口を叩いているところをこの青年に聞かれたのではないかと、五左衛門は身構える。告げ口でもされ気分を損ねさせたら、困るのはわれわれなのだ。

「あ、この着物ですか。奥さんがくれはったんです。大将が昔着てたやつを直したから言うてきて。ほんで……」

その場にできた冷たい沈黙を、自分が身につけている着物のせいだと勘違いした平治郎が、的外れな言い訳をする。ここへ来た時は当て布だらけの着物に半纏を着込み、身丈に合わない汚れた軽衫袴を穿いていたが、いまはこざっぱりとした装いに変わっていた。

「平治郎さんもめがね枠作りができるんですか」

ふらりとそばに寄ってきた平治郎の目を、五左衛門は見つめる。

平治郎は米田夫妻の下男のような仕事をしていることが多く、めがね枠作りの知識がさほどあるとは思っていなかったからだ。

「八つの時に師匠に拾われてから、ひとつ、ふたつ、三つ――十年はしてるなぁ」

三之助や八郎と同じ十三くらいに思っていたが、意外にも年嵩だったことに驚きながら、平治郎が火打石で火を起こし、藁を燃やすのを眺めていた。

「車地を使って針金にしたやつを藁の火の熱でなます時やけどな、針金が硬すぎても軟らかすぎてもあかんのや。それとな、めがねの枠のどの部分に使うかでなます時間も変えなあかん」

硬めの針金を作りたい時はこれくらいの火の赤さ、軟らかめのはこれくらいの火の赤さ――。平治郎は節をつけて歌いながらふっふと息を吹きかけ、火の強さを調節してみせた。

「平治郎さん。もしよければ、米田さんの休みの日に、こうしていろいろ教えてもらえんやろか」

五左衛門は、火箸で藁をいじっている平治郎に訊いた。米田は気を悪くするかもしれないが、ひとつでも多くのめがね枠を作って技術を習得したいのだ、とでも話せばわかってもらえるだろう。

「わてがですか」

「そうです。いまみたいな感じでわしらがようわからんことを教えてくれるだけでええんや。もちろん給金も出させてもらいます」
「師匠は給金なんてくれはらへんから嬉しいなぁ」
まだいくら渡すとも言わないうちに、平治郎は子供のような笑みを返してくる。
肩越しに振り返れば末吉が頷いていた。

普段は米田がめがね枠を作るのを見習い、週に一度ある米田の休日には平治郎に具体的なやり方を伝授してもらう。このふたりの師匠のおかげで、徒弟たちの腕は急激に上達していった。

米粒より小さなネジを細長い真鍮を加工して手作りするのも、針金同士を接合する鑞付けの作業も上達していき、知らない者が目にしたらこの道何十年の職人のような手の速さである。徒弟たちはおしぎりの下に大きな木製の鉢を置いて座り、針金の屑が出るとその鉢に集めた。切り屑を再度溶かして針金にするためで、原料を無駄なく使おうとする姿勢は、末吉が他の徒弟に教えたものだった。

そして米田がここへ来て五か月が過ぎた頃には、見た目も掛け心地も師匠のものとほとんど変わらないめがね枠を作れるようになり、「これなら問屋もつき返してはこんやろう」と幸八が完成品を大阪へ持ち帰るようになった。幸八はといえば拠点を大阪の増永伍作のめがねサック工場に置き、二か月に一度、村に帰ってくるという生活を送っている。盆には村で暇を持て余しているミツノを伴って大阪へ戻り、機嫌をとってやることも忘れなかった。

十二月に入ってすぐの、ある日のことだった。

「えらい上手に吹くようになったな。徒弟やのうて、もう立派な職人や」

鑞の温度を上げるためにゴム管の先のパイプを口に咥えて作業する末吉に、五左衛門が声をかけると、

「おおきにのう。ほれで大将、わしらのめがね枠の売れ行きはどうなんや」

作業の手を止めた末吉が、真剣な眼差しで五左衛門を見据えてきた。

「売れ行きか？　そんなことはおまえらがそう気にすることやない。職人はいい品物を作ってたらええんや」

思い詰めた末吉の顔から視線を外すと、五郎吉、三之助、八郎も自分の表情を窺っているのがわかる。

「先月幸八さんが問屋へ卸したぶん、どれくらい売れた？」

十一月に、幸八が問屋へ卸しためがね枠は真鍮が三十、馬車めがねが二十だった。他にも二十の真鍮を明昌堂の店頭に並べてもらっているが、売り上げについてはまだ連絡はない。

「まだ文がきてないからわからん。幸八も忙しいのやろう。まあ、めがね作りを立ち上げてまだ半年や。右から左へ飛ぶように売れるはずもない」

五左衛門は自分自身にも言い聞かせ、熱のこもった作業場を見渡す。真鍮を溶かすための火や、藁を燃やしているせいで、工場の中はいつも熱がこもっている。鑞付けにしても如雨露のような形をした鉄製の器に灯油を入れ火を起こし、口の先から出てくる炎を利用して作業を行うために、職人たちは顔中から汗を噴き出させている。冬はまだしも秋の始まりや夏の間は全身がうだるような暑さの中で、必死で働いてきたのだ。出荷したものがすぐに売れないからといって落胆するわけにもいかない。

「なあ大将。わしらに新しいもんを作らせてくれんか」

「新しいもんとは、どういうことや」

「真鍮のめがね枠と馬車めがねの技術は米田さんから習ったで、次はまた他の技術を身につけたいんや」

「それは……米田さん以外の師匠から、ということか」

五左衛門は首をめぐらせ周囲を見回した後、声を潜める。米田は奥の間かあるいは二階かで休憩をしているはずだった。

「そうや。米田さんからはひととおりのことを教わった。わしらはさらに上を目指したいんや」

平治郎から聞いた話なのだが、と末吉は半歩前に出て五左衛門の耳元に口を寄せる。真鍮線を使った真鍮枠はいわゆる安物のめがねと見なされている。馬車めがねにしても防塵や草取りに使用するものなのでいわゆる主流ではない。いま都会でもてはやされているめがねはもっと上等のもの――銀や赤銅、あるいは金を使ったものなのだと末吉は言うと、そうした新しい技術を学びたいと訴えてきた。

「ほやが米田さんには三年の約束で来てもらっているんや。それを『もう技術を習得したのであなたは要りません』とは言えんやろうが」

橋本清三郎の口利きで、大阪の工場にいた米田をこの生野まで招聘したのだ。ミツノにしても夫の決断に渋々ついてきている節があり、米田夫妻がこの生野行きで犠牲にしたものを考えるとこちらの都合だけで契約を打ち切るわけにはいかない。とはいえ米田をここへ残したまま新たな技術者を招くことは不可能だった。米田に支払っている月に二十五円の報酬や食費に併せて出費が嵩めば、わずかに残っている資金もたちまち底をついてしまうだろう。

「少し待ってくれんか」

蛙の指先のように歪に膨らんだ末吉の手を、五左衛門は見つめていた。千度の温度で真鍮を溶かし、針金を火のついた藁でなまし、鑞付けのために指先で炎を扱う。職人たちの指先はみな一様に火傷でただれていた。

福井駅で汽車を降りると、五左衛門は思いきり深呼吸をした。胸を膨らませてから頬に空気を溜め、音を立てていっきに吐き出す。自分の内にある小心を消すためのもので、飛びこみ営業をする前の活入れでもあった。

「それにしても福井の駅前は立派になったもんや」

誰に言うでもなく、思わずひとりごちる。二年前に福井城の百間堀を埋め立てて新設された駅前の道路には、塵ひとつ落ちてはいない。客を待つ人力車が、龍の尾のように連なっていた。

小売店を一軒一軒、歩いて回るか。昨日、末吉らにめがね枠の売れ行きを訊かれ、なにも答えられなかったことを苦く思い出しながら五左衛門は一歩を踏み出した。大阪にいる幸八に任せきりではなく、自分もめがねを卸せる店を開拓しなくてはならない。そう思い立ち、出来上がった真鍮枠のめがねを柳行李に入れて、朝一番の汽車に乗って行商に出てきたのだった。

駅前には人通りも多く、大小の店が軒を連ねて並び建っている。圧倒的に呉服屋が多いが、うどんを食べさせる小さな食堂や、団子、焼餅屋など食べ物屋も店を構える。『番匠』という、棟梁の呼び名のような屋号を持つ蟹飯の店などもあり、まだ早い時間であるのに通りには賑わいがある。西洋家具店や牛鍋屋などが並ぶ大阪の繁華街とは比べ物にはならないとはいえ、生野の村からすれば福井駅前の賑わいは十分に都会であった。

「すんまへん、おじゃましますす」

一軒の時計店を見つけると、五左衛門はその扉を開けた。中には五十がらみの男がひとり、店番をしていた。

「へい。いらっしゃいませ」

男は五左衛門の姿を素早くみとめるとすぐに立ち上がり､愛想よく近寄ってくる。

「お忙しいところ申し訳ありません。わたしは客ではないんですが、こちらの店主さまにお目通りしたい思うて参りました」

五左衛門が口にしたとたんに男の声色が変わり、「わしが店主やが、なんの用ですか」とぞんざいな物言いになる。椅子に座り直し、読みかけの新聞に再び目を向けた店主に対し、

「わたしは足羽郡麻生津村生野でめがね枠を作っている増永という者です。実はこちらの店に、うちで作っためがねを買ってはもらえないかとお願いに参りました」

もう一度深くお辞儀をした。

駅前の店だけあり、店内には種類の豊富な時計が並んでいた。高級な品なのだろうか、ガラス箱の中に入れられたものもある。見たところめがねはひとつも売られていなかったが、数個ほどなら並べてもらえる余白はありそうだった。

「めがねを作ってるて?」

語尾を上げて男が訊き返してきた。

「はい。いまはめがねの枠だけを製造してまして、レンズは大阪の岸和田から取り寄せております」

羽二重工場を営んでいた頃､福井では羽二重はすでに安定した産業だったために、きまった問屋にだけ製品を卸していればよかった。それだけで一定数の需要が見こめていたのだ。五左衛門にしてみれば今回が生まれて初めて経験する飛びこみ営業だったが、幸八が大阪でやっているのを思えば、怯んでもいられなかった。

「めがねなんて、置いても売れんで」

小ばかにしたように店主は言うと、手の甲を五左衛門の顔の前に伸ばし、しっしと追い払うような仕草を見せた。商品を見てくれと食い下がってみたが面倒そうに首を振られ、五左衛門は店を出る。そこから六十間ほど離れた場所にも時計屋があり同じように飛びこんだが、店主の反応は一軒目とほぼ似たものだった。

「そう簡単にはいかんざ」

三軒目、四軒目、五軒目の時計屋を回ったあたりで膝と足の裏にじんじんと熱い痺れが滲んできた。どの店主も口々に言い放った「めがねなど売れない」という言葉が体の中に重く溜まっている。

五左衛門は福井城址の水堀（みずぼり）に架かる御本城橋の上で立ち止まり、欄干に凭れて体を休める。柔らかな冬の光を跳ね返す水堀に目をやりながら、十二月の身を切るような冷たい風に体をさらしていると、自分の力の無さを思い知る。向こうに見える西洋風の豪奢な二階建ては、たしか福井県庁だっただろうか。

いつしかすれ違う人々の顔をじっと見つめるのが癖になった。その癖は、顔にめがねがあるか無いかを確かめるためだった。たしかにめがねを掛けている人は珍しい。五十人すれ違えばひとり。下手をすれば百人と行き交ってもめがね顔には出合えない。欄干に両肘を乗せぼんやりとしているところに、十ほどの少女が胸に幼子を抱いて通り過ぎていった。粗末な縞木綿に薄汚れた兵児帯を締めている。幼子の年はひとつか、ふたつ……みどりくらいだろうか。この時間にこのようなところを歩いているということは、小学校へは通っていないのだろう。

少女の顔を一瞥し、めがねが無いのを見届けるとまた五左衛門は視線を水面に戻す。水堀を眺めるふりをして末吉の娘、ツネのことを思い出す。今年の秋から尋常小学校に通い直し、年齢では四年生だけれどつい一年生の組で勉強を始めているのだ、と末吉からは聞いている。五左衛門はその場で目を固く閉じ、初めてめがねを掛けた時のツネの顔を思い浮かべる。嬉しそうに笑っていた。その隣で小春が涙を滲ませツネを見つめていた。めがねなんて売れんで――そんなふうに言われたとしても、自分はめがねひとつで人生が変わった瞬間を、この両目で見届けたことがあるのだ。

まだ五軒回っただけではないかと、気を取り直す。幸八がこれまでに何軒の店に飛びこんで営業をしてきたことか。それに比べて自分はまだ五軒。

五左衛門は足元に置いていた柳行李を手にして、再び歩き出した。もう他に時計屋が見つからないので、次は萬屋のような雑貨店を回ってみようかと考えていた。

少し休んだせいか、足の痛みが軽くなっていた。

　一度通った道を駅前に向けて戻っている途中、五左衛門はある店の前で足を止めた。店は間口が狭く、一見なにを商っているのかわからないのだが、小窓からのぞきこむようにして中を見れば水晶のようなものが置いてあるのがわかる。宝石屋か……。

　大阪では時計屋以外となれば、宝石屋でめがねを置いているところがあった。実用品ではなく装飾品としてめがねを認識しているのだろうか。珊瑚、翡翠、真珠や鼈甲、水晶、象牙をあしらった指輪や帯留め、髪飾りにまじってめがねが売られているのを何度か目にしたことがある。

「お忙しいところ、おじゃまします」

　五左衛門が意を決して臙脂色の暖簾をくぐり、店の中に入っていくと、意外にも店番をしていたのはまだ年の若い女だった。宝石職人というのは明治以前には武士の刀の鍔などを作っていた職人が転身していることが多く、また高価なものでもあったので、宝石はおのずと男の商いだという思いこみが五左衛門にはある。

「いらっしゃいませ。なにかお探しですか」

　女が笑みを浮かべて首を傾げた。

「わたしは足羽郡麻生津村生野でめがね枠を作っている増永という者ですが、今日はうちの工場で作っためがねを行商して歩いております。もしお時間が許されるのなら、うちのめがねを手に取ってもらいたいと思って参りました」

女は途中で言葉を遮ることなく、五左衛門の話を黙って聞いていた。目を見張っているのは、この福井でめがね枠を作っているということに驚いたからなのか。それとも飛びこみの営業に戸惑っているからなのか。

「へえ。見せていただいてよろしいですか」

五左衛門の手にある柳行李を指差し、女が訊いてくる。初めて目が合った時には女学生のような印象だったが、近くに寄れば目端が利く女主人という感じも受ける。柳行李の蓋を開けて商品を見てくれたのは、この店主が初めてだ――五左衛門はただそれだけのことで女に手を合わせたい気持ちになる。

柳行李の中から端切れに包まれためがねをひとつ手に取ると、五左衛門は布を外して女に手渡した。柳行李は蓋の裏や内側に和紙が張ってあり、中身を保護できるように工夫されている。だがむめが念のために、とめがねひとつひとつを端切れに包んだので、蓋を開けただけでは品物を見せることはできない。

「これを麻生津村で……」

女は両手でめがねを受け取ると鋭い目つきで表裏とくまなく眺め、それから「掛けてもええですか」と訊いてきた。五左衛門が頷けば、蔓を左右に開きゆっくりと耳の上に掛ける。細い指先が丁寧にめがねを扱う様子を、五左衛門は息を詰めて見つめていた。

「生野に工場があるんですか」

「そうです。今年の六月に立ち上げたばかりです」

「他のめがねも、見てええですか」

女はそれからいくつかのめがねを手に取ると、同じように表裏を確認し自分の顔に掛けて試した。真剣なその顔がどのような言葉を発するのかと思うと、膝が微かに震えた。

「良い品ですね」

女はほっと息を吐くようにして口元を綻ばせる。

「良いですか」

増永めがねが初めて評価を得た——五左衛門は嬉しくて目のふちが熱くなるのを感じる。

「ええ。良い品や思います。どれもしっかり作ってあるし掛け心地もええです。ただ……」

「ただ？」

「ただ、うちの店で取り扱うことはできません」

女は掛けていためがねを外し、丁寧な手つきで端切れに包み直した。

「理由を……聞かせていただいてもよろしいですか」

やっと出た声はしわがれ、ひと回りも年下だろう女の前なのに落胆を隠せない。

「うちで取り扱えるとしたら、真鍮のように安価なものではなく、もっと高級なもんです。すみません、高級という言い方には語弊がありました。単に値が張るいうのではなく、時代の最先端をいくようなめがねやと売れる思います」

「うちのめがねは時代遅れやいうことですか」

「はっきり言ってしまえばそうです。いえ、技術は悪くないと思います。ただ増永さんの製造しているめがねはもう売れ筋ではないように思います」

　女は、自分は福井の高等小学校を出た後、東京の親戚を頼って師範学校に通っていたのだと遠慮がちに話した。今日はたまたま実家の手伝いで店番をしているが、本来は尋常小学校で教鞭を執っているのだと。

「正直に申し上げますと、わたしがこれまで東京の店舗で見かけためがねはもっとお洒落でしたわ。増永さんのめがねは掛け心地はよいけれど、洒落っ気のある知識人や女子供が好んで使いたいとは思わんのちがいますやろか」

　冷たい口調ではなく、むしろ気遣いをこめて女は言うと、

「でも教壇に立っていて、わたしはよう感じています。大人が気づいていないだけで、視力が悪いことに苦しんでいる子供が実はたくさんいるのではないかって。いまめがねが欲しいと思うても、わざわざ都会へ出てあつらえないといけませんし、それはたやすいことではありません。だからこの福井でめがねが普及し、手軽に買えるものになったら、それはありがたいことやと思います」

僭越ながらとはにかんだ笑いを見せ、女は頭を下げた。これでは、けなされたのか褒められたのかわからない。だが五左衛門の心に残った感情は悔しさと落胆だけではなかった。

「ありがとうございました」

柳行李の蓋を閉じて半歩下がった五左衛門は、両手を太腿に置いてから膝と腰を折る。小窓から射し込む太陽の光が、さっき店の外から見えた水晶の、三角形の錐面を照らしていた。

9　明治三十八年　十二月

年の瀬も押し迫った十二月三十日。工場は今日を仕事納めとして、大晦日と正月の三箇日の四日間は休みということになっていた。

六月に米田与八を生野に招いてからというもの、末吉、五郎吉、三之助、八郎は月に一度与えられている休みもほぼ工場に顔を出し、技術を学んできた。

「今日は早めに帰ってゆっくり休んでくれ。半年間、よう頑張ってくれたな」

午後四時を回った頃、五左衛門は工場に顔を出し、その場にいた米田や平治郎、いまや一人前の職人となった四人の男たちに労いの声をかける。二日には増永の家で餅つきをするつもりでいる。雑煮や屠蘇を振る舞うから、用事がなければ家族を連れて来てくれと五左衛門は末吉らに伝えた。

四日間の休みが嬉しくてか、三之助と八郎が肩を組みながらまず最初に工場を飛び出していく。蓑で体を覆い、笠を頭に載せ、深沓を履いたふたりの後姿は兄弟のようにも見える。体格のいい三之助が気のいい兄貴で、線の細い八郎が弟。五左衛門は喜びが滲む背に向かって、

「滑って怪我するんやないで」と叫び、手を振り送り出した。末吉や五郎吉もこの日ばかりは妻子の待つ家へいそいそと帰っていく。

五左衛門が工場に現れる前に作業場は片付けられ、火の後始末もきちんとすまされていた。平治郎は「大晦日に末吉さんの家に呼んでもろうてますんや」と言い、上機嫌で奥の部屋に入っていった。

「米田さん、折り入って話があるんですが少しだけよろしいですか」

作業場に米田とふたりきりになったことを確かめてから、五左衛門は切り出した。

「なんでっか、そんな改まって」

米田は明日からミツノを伴って芦原の温泉へ行くとのことで、今朝から浮き足立っている。芦原は灌漑用の井戸を掘っていて鉱泉が見つかり、いまはすっかり温泉地として名が知られるようになった。たしか五左衛門が十二歳の頃だったろうか。温泉が発見されてからというもの、毎春盛大な祭りが催され、そうした発展を羨む村人の声を五左衛門はたびたび耳にすることがあった。

「六月からこの七か月間、ほんまによう教えてくださった。米田さんのおかげで、ずぶの素人がなんとか形になるものをこしらえるようになりました。心から感謝しております」

三日ほど前、幸八から『四国の行商人に真鍮のめがね枠が五十枚、馬車めがねが三十枚売れた』という文を受け取った。残りはなんとか問屋に引き取ってもらえるよう頼んであるのだ、と。これほど大量に商品がさばけたのは、工場を立ち上げて初めてのことだった。

「ええんや。それがわしの仕事なんやし」

炭の火も、藁の炎も、鑞付けで使う灯油の熱もすべて落としてしまっているので、作業場はいっきに冷えこんできた。外は相変わらずの大雪で、田畑も家々も農道もすべてが雪で埋め尽くされている。

「米田さん。実はわたしの話と申しますのは、三年契約でめがね枠の生産を教えてもらうところを、半年に短縮してもらえないかということなんです」

五左衛門はそこまでひと息に告げると、これまで以上に深く頭を下げた。作業場に沈黙が落ちる。平治郎が休んでいるはずの奥の間から、物音が聞こえてきた。

「半年、やて?」

顔を上げると、米田が五左衛門の顔をのぞきこんでくる。

「はい。正直に申し上げますと、真鍮枠の次には赤銅枠、銀縁枠の作り方を習得したい思うております。東京や大阪で人気を博しているという先端技術を身につけたいんです」

「真鍮はもういらん、そう言いたいんか」

「そんなことは言うてません。真鍮には真鍮の価値があります。大阪で四国の行商人が買うてくれたと、幸八も文に書いてきています」

「ほなどういうことやねん」

「わしらには時間がないんです。米田さんに三年間みっちりと真鍮枠だけを仕込んでもらっている余裕がないんです。新しいもの、売れるものを作っていかんと、立ちゆかんのです」

「そんなんやったら、初めから三年契約なんてせんかったらええやないか」

「おっしゃるとおりです」

「契約違反いうんやで、こういうの」

「わかっております」

「わしの給金はひと月二十五円や。そしたら残りの二年半ぶんをまとめて支払ってもらわなあかんで」

米田はその場にしゃがみこむと、近くにあった炭で板間に数字を書きこんだ。そして二年半ぶんの給金を計算すると、「合計で七百五十円や」と吐き捨てる。

「まとめてというのはすぐにお約束できませんが、分割にしてでも必ずお支払いします」

五左衛門は頷いた。公務員の年収が六百円といわれるこの時代で、七百五十円もの現金を即座に準備するのは厳しい。羽二重工場の失敗で貯蓄はずいぶんと目減りしている。先祖以来の田畑もかなり手離してしまったいま、残るは屋敷を抵当に入れて銀行に現金を借りるほか方法はないだろう。増永家は地主ではあったが、小作地を耕す農家も少なく、収穫量が年々減ってきているのが現実だった。

「せやけどひどい話や」

能面のような顔つきの米田が、ぼそりと呟く。五左衛門は両膝を板間につけて跪き、米田の足元にひれ伏すと、

「申し訳ございません」

床に額をこすりつけて詫びた。

米田が怒るのはもっともなことだった。自分はなんて勝手な言い分を突きつけてしまったのか。それでも、三年はとても待てない。いまやすっかり職人の気概を持った四人の力を信じて、一日でも早く売れるめがねを作らなければならないのだ。

土下座したまま動かずにいると、米田が作業場を出ていく音が聞こえてきた。顔を上げた先に、米田の怒りに満ちた後ろ姿が見える。

五左衛門は力なく立ち上がると、額や手のひら、着物についた切り屑を払った。それから深く息を吸い、気持ちを立て直してから作業場を出る。目の前の景色がやけに眩しいのは、夕陽を受けた雪が波打って見えたからだった。光が目に滲みるな。このまま夜にかけて冷え続けたなら、明日の朝はおしょりんになるかもしれない。

田んぼも畑も川も農道もすべてが雪で覆われ、その雪が硬く凍りつき、けっして割れたりしない状態を、この土地の者はおしょりんと呼ぶ。おしょりんになった日の朝は、尋常小学校まで一直線に進んでいけるのが、子供の頃はなにより嬉しかった。田畑の上を歩き、大きな川や池の上を横切り、道なき道をぐんぐんと歩いていく。とにかく目的地までの最短距離を、脇目も振らずに……。

「旦那さま」

すぐそばにむめが立っていることなど、まったく気づいていなかった。むめの声に、空に漂っていた心の芯が戻る。

「ああ、むめか」

「……牡丹餅を差し入れに参りました。仕事納めや思うて」

むめは棕櫚を編んで作った防寒具を着込んでいたが、その体を小さくすくめている。

「中にはもう誰もおらんざ」

五左衛門は牡丹餅を、階段を下りてすぐの板の間に置いておくよう告げ、手に持っていた笠を頭に載せる。そのうち階下に下りてきた米田が気づいて持って上がるだろう。

「帰るぞ」

五左衛門は雪の中を歩き出した。こんもりと雪の乗った硬い地面に足を踏み出すと、深沓が足跡を刻印するかのようにめりこんでいく。日が落ちてから戻ることを考えて持ってきたのか、むめの手には長い柄が握られ、その先には提灯が結び付けられていた。

「すんまへん。来るのが遅うなってしまったのう……」

むめがなにを謝っているのかわからなかったが、牡丹餅のことを言っているのだ

と気づき、

「いや。今日は特別早う仕事が終わったんや」

と四時には職人たちを家に帰したことを聞かせる。この半年間、ろくに休みも取らず働き詰めだったのだ。年末年始くらいは家族とゆっくり過ごしても罰はあたらない。いま頃はのんびりと囲炉裏端で熱い茶を啜っていることだろうと、五左衛門は雪に覆われた文殊山を眺めながら職人たちの顔を思い浮かべる。文殊山はその頂きまでをまっ白に染め、もともと柔らかな稜線がことさら優しげに流れていた。


　会話はそこで途切れてしまい、雪を踏みしめる音が響いてくる。五左衛門は少し遅れてついてくるむめにちらりと目をやった。頬がりんごのように紅くなっていたが、これはむめの性質らしく「皮膚が薄いんで、頬の細かな血管が目立つんです」といつの日か言い訳をしていたことがある。体が温まると血管が膨らみ、特に寒い日は頬が紅く染まってしまうのだ、と。むめは幼い子供のような顔になることを恥ずかしがっていたが、五左衛門は紅い頬をした妻の顔が嫌いではなかった。

「歩くんが速すぎるか」

　むめは足元だけを見つめ、必死でついてくる。考えてみれば家から工場まで半刻かけて歩いてきたのだ。休む間もなくまた引き返すとなると、さすがに足も痛んでいるだろう。

「いえ、大丈夫やわ」

むめが首を振って、歩幅を大きくする。同時に木枯らしが正面から吹きつけてきて、むめの着ている防寒着が風を孕んだ。

「提灯をこっちへ」

五左衛門は手を伸ばし、むめの手にある長い柄を取り上げた。妻に対して柔らかな言葉を口にしたかったがなんと言えばいいかわからず、むめが慌てて手を離し、また早足で自分の後をついてくる。

冬の間はすっかり凍ってしまう小川に沿って、ふたりは歩いた。どこを歩いていても文殊山はいつも目の前にあり、家にいても工場にいても田畑に出ている時でも、この山が見えない日はない。角原で育ったむめにしても同じだろう。自分とむめに似たところがあるとすれば、これから先もずっと文殊山の麓にある村で暮らしていくという思いだけかもしれない。

「めがね枠作りのほうは、どうですか」

肩越しに振り返れば、むめが遠慮がちな笑みを浮かべている。

「そうやな。末吉も五郎吉も三之助も八郎も、ほんまにようやってくれてる。正直ここまで頑張ってくれるとは思わんかったざ」

五左衛門は素直に返し、この半年間のことを振り返る。本当のことを言えば末吉以外の三人にはさほど期待していたわけではなかった。村人を勧誘してもことごとく断られ、五郎吉は末吉の親戚筋ということで頼みこみ、三之助と八郎は仕事に就けず困っている若者を探してたどり着いたのだ。三之助は体が丈夫、八郎は絵が上手い、それだけが入職前に聞いた特技であった。

「わたしはまだ信じられんのです」

「なにがや」

「山と田んぼと畑しかないこの小さな村が、めがねなんてもんを作ってるて」

めがねを掛けた村人などたったひとりもいないのに、とむめは口元を綻ばせる。

「旦那さまがあんなふうに熱心に人に頼みごとをしている姿、初めて見ました」

「頼みごと――ああ、米田さんとのことか。見てたんか」

どんな時も冷静で慎重な旦那さまやからびっくりしました、とむめは申し訳なさそうな表情を見せる。

冷静というのは、裏を返せば熱くなれないということだ。慎重であるということは、なにも変えられないということだ。だがいまの自分はどんなみっともない姿を人の目に晒しても、新しい道を切り開きたいと願っている。こんなふうに自分が変われたのは、やはりめがね作りがあったからだろうと五左衛門はむめに語りかける。

おそらく以前の自分なら、むめの言うようにあそこまでして人になにかを乞うことはなかっただろう。庄屋の後継者として必要なのは威厳であり、誇りであり、品格であり、みっともないことはしてはならないと、そう教えられ育ってきた。

だが商売はまったく別物だということを、幸八から学んだ。大阪での幸八はどのような立場の者に対しても謙虚だった。小売店の丁稚にも、粗末な身なりの行商人にも腰が低く、便宜を取り計らってもらった際には必ず御礼をしていた。「商売は善悪でするもんやない。損得でするんです」幸八はそう五左衛門に教えながら、「ほやけどな兄さん、最後の最後は心のある人間が手懸ける商いだけが生き残るんや」と言いきった。

「明日の朝起きたら、この辺り全部おしょりんになっているかもしれんな」

いまからずっと昔、幸八がまだ十にもならない頃の話だ。おしょりんの朝になると、幸八はきまって「汽車が見たい。外に連れてってくれ」と五左衛門にせがんできた。その当時はまだ福井周辺に駅はなく、汽車などどこにも走っていなかったのだが、どこで知ったのか幸八はしきりに汽車を見たがった。おしょりんの朝ならどんな遠くへも行ける――幼い弟は、そう信じきっていたのだろう。五左衛門はそんな幸八の手を引いて、納得するまで歩いてやった。父も母も硬く凍った雪の上を歩き続けることなどできない。だから幸八を連れ出すのは、いつしか自分の役目となった。

「こいつはなんでこんなに汽車を見たがるんやろかと、わしは不思議に思うとった。ほやが明治二十九年になって、福井と敦賀の間に汽車が走るようになったとたん、幸八は東京に出よった。開通したばかりの汽車に乗って、外の世界に飛び出したんや」

いま自分は、あの日の幸八のようにこの場所からまっすぐ前に進んでいきたいと思っている。前というのが日本の中心を指すのか、世界のことなのか、それ以外の広い場所なのかは定かではないが、いまの自分にはめがね作りを成功させることしか頭にないのだと五左衛門は言った。これまでは責任という、むしろ逃げ場所の用意されたところで生きてきた。だが、いまはそうではない。風が強くなり、枝葉が人の悲鳴のような音を立てていた。今夜は気温が下がりそうだ——むめの紅い頬がかじかんで見えたので、五左衛門は提灯に火を入れた。

正月三箇日が過ぎ、工場では再びめがね枠作りが再開されたものの米田は現れなかった。工場の二階に上がってその姿を探したが年末年始ここにいた形跡もなく、火鉢の炭も手つかずのまま残っていた。

「二日の日に大将の家にも来ませんでしたしね」

八郎は不安そうに口にすると、「誰か米田さんの姿を見かけなかったですか」と周りに訊ねる。五左衛門は何事かと顔を見合わせる職人たちに年末のやりとりを話し、「米田さんを怒らせてしまったのはわしやざ」と事の顚末を話した。

「どちらにしても赤銅枠や銀枠の技術を教えてくれる新しい師匠を招くつもりでいたんや。米田さんにはほんま申し訳ないことやが、きちんとお詫びをして相当の報酬を支払い納得してもらうざ」

真鍮の枠なら問屋に引き取ってもらえる域にまで達しているのだから、とにかくいまは真鍮枠と馬車めがね――できるものを作ってくれと五左衛門は末吉らに伝えていく。あれほど憤慨していたのだ、米田がミツノと平治郎を連れて大阪へ戻っていても不思議はなかった。だがこのまま戻ってこないことはないだろうし、きちんと話をして終わらなければならない。そのためには米田に支払う金額を準備しておく必要があると思い、五左衛門は工場を後にする。七百五十円という大金を現金で支払うことが、いまの増永工場にとって致命的な打撃を与えるかもしれない。

工場を後にすると、五左衛門はその足で角原の久々津家に向かった。角原までは一里ほどの距離だったが、雪深い道を歩くので一刻以上はかかるはずだ。いまが九時を過ぎたところなので昼前につけばいいほうだろう。

白いばかりの野山を見渡しながら、むめの実家を訪れるのはいつ以来だろうかと考える。ついが生まれた時にむめがひと月ほど実家に帰り、その際に何度か顔を出したのが最後ではなかったろうか。この辺りでは初児は実家で産む慣わしがあるが、ふたり目からはそうしたきまりごとはない。ついがいま七歳ということは、もうそれだけご無沙汰しているということになる。

娘婿が七年ぶりに顔を見せた理由が金の無心では、久々津家もたいそう迷惑なことだろう。五左衛門は重い足取りで雪道を歩きながらやりきれない気持ちになる。年末年始の間は寝る間もなく資金繰りのことに頭を悩ませていたが、屋敷を担保にして銀行から金を借り入れ、両親の貯えから出してもらったとしてもまだ、七百五十円には二百円ほど届かない。あとはむめの生家である久々津家に借金を申し入れるしかないと腹を括ってきたのだ。久々津家にしても増永家と同様に身分は農民であったが、江戸時代から村政を担当する村役人、庄屋として村方三役の長に就く豪農である。二百円を現金で貸してもらえる家となると、あとは妻の実家しか考えつかなかった。

「おじゃまします。増永ですが、どなたかおられますか」

久しぶりに訪れた久々津家の屋敷は、古びたところもなく立派な佇まいをしていた。竹で編まれた背の高い垣根が家の敷地を覆うように延び、屋敷自体は主家とその奥に離れや倉庫があるが全貌は見渡せない。屋敷の東側には手入れの行き届いた広々とした庭があり、なんとも美しい曲線をもつ松が雪をのせながら青々と伸びていた。

「どちらさまですか」

通いの女中だろうか。まだ尋常小学校を出たばかりに思える少女が、玄関口から顔を出す。

「増永という者です。こちらのご主人さまにお会いしたく参りました」

手伝いに来て間がないのか、女中は増永という名に覚えがないようでぼんやりと首をひねっている。

「いまはちょっと来客中でして……ここでしばらくお待ちください」

玄関先で待っているようにと告げてから、女中が屋敷の中に入っていく。板の間を走る足音が外にまで聞こえてきた。

五左衛門は女中が戻ってくるまでの間、門扉から続く玉砂利の道まで引き返し、雪の積もる庭を眺めた。庭には松のほかにもツツジや梅の木が植えられ、どれもが美しく剪定されている。梅は思うより手がかかる樹木のひとつだが、この庭の梅はきっと美しい花を咲かせ、熟した実をつけるのだろう。久々津家の丁寧な暮らしぶりが、そのままむめという妻の内に引き継がれているように思え、五左衛門は垣根に沿って立ち並ぶ梅の木にしばし見惚れていた。

首を伸ばして樹木に目をやっているところに、

「先客さまとのお話がまだ立てこんでいるんやが、寒いんでどうぞ中でお待ちください」

女中が呼びに戻ってきた。

「外でけっこうです」

「いえ、雪も降ってますんで」

女中が玄関の引き戸を開けて土間に通してくれる。主人の了承も得ずに座敷へ上がるわけにはいかないと、五左衛門は台所の上がり端に腰を下ろし、「ここで待たせてもらいます」と女中に告げた。土間にある沓脱石の上に水の滴る女物らしい深沓が脱がれている、先客は女らしかった。

「十六歳で家督を継がれ、村の方々にも敬われていると耳にしていたのに……」

半分泣いているような声が、奥の間から聞こえてきた。女中がばつの悪そうな顔をして、土瓶を手に茶を注いでいる。

「この辺りにも噂は届いているざ。『村一番の資産家が、機屋とめがねで損をした』なんて言うて笑い話にしてる者もいるくらいなんや」

漆塗りの盆に湯呑を載せて運んできた女中は、緊張した面持ちで茶を差し出した。義母の話し声は筒抜けで、奥の座敷にいるのが自分の妻だということはすぐにわかった。

「良い縁談やと喜んでたのに……わたしらの見込み違いやったいうわけや」

襖越しにむせび泣く声が聞こえてきた時には、女中は慌てたようにその場から立ち去り、奥の間に駆けこんでいく。目の前にいる男が、「見込み違い」と罵られている本人だと気づいていないにしても、客人の前でこみ入った話が聞こえてくるのはいたたまれないのだろう。五左衛門は湯呑の茶を飲み干してからゆっくりと立ち上がり、静かにその場を後にした。手土産にと籠いっぱいに詰めてきた蜜柑は、台所の板間に置いておく。むめは実家の両親に、離縁の相談に来たのかもしれなかった。

玄関で振り返り、誰もいない奥に向かってお辞儀をしてから五左衛門は早足で屋敷を出た。玉砂利を踏み、門扉を抜けた時にもう一度体を反転させて屋敷を見上げる。この辺りの庄屋の中でも群を抜く、瓦屋根をのせた白壁の見事な建物だった。むめの両親に会うことが叶わず、むしろよかったのかもしれない。借金の申し込みなどを自分がしたなら、この屋敷で何不自由なく育ってきたむめの人生に傷をつけることになる。お手玉におはじきにままごと遊び……幸せな少女時代を過ごしてきた妻が自分に隠れるようにして実家に里帰りしていることを知り、五左衛門はむめに対してではなく自分自身に腹が立った。ただふがいない己が情けなく、深沓を履いた足の先の冷たさに顔が歪んだ。

家に戻るともちろんむめはまだ帰っておらず、大阪からやって来た幸八が、囲炉裏の前に座っていた。

「どうしたんや、突然」

「どうしたって兄さん、米田さんが年始に突然ぼくのところへ来たんや。まだ半年やいうのに生野から追い出されたって」

幸八は珍しく不機嫌な顔で、どういうことなのだと言い募ってくる。五左衛門は着替えもせず、蓑だけを外しその場で胡坐をかくと、福井の宝石屋での出来事や職人たちの赤銅枠や銀枠への意欲について話して聞かせた。娘たちが囲炉裏を囲んで小皿に載った菓子を食べている。

「それはええことやないですか」

五左衛門の話を聞き終えた幸八の顔が晴れわたり、力が漲る。

「末吉さんたちがそういう気持ちでいるんやったら、新しい師匠を呼んだらええ。米田さんには、ぼくからもお詫びをしておきますから」

「そう簡単に言うなや。問題は米田さんへの謝罪の方法やざ」

「違約金のことやったら払いましょうや。米田さんも三年間かけて稼ぐぶんを、半年で手にできるんや。文句はないでしょう」

幸八の目に熱がこもっていくにつれて、自分の体からは力が抜けていく。やはりこの男は能天気なのだ。根っから楽天的な末弟なのだ。どこにもぶつけられず、とぐろを巻いていた苛立ちが、鎌首をもたげて幸八に向けられていく。

「その違約金がいくらやと思うてるんや」

「さあ。たしか米田さんの月々の給金が二十五円やで、単純に計算してみると……」

つい、算盤を貸してくれんかと幸八は立ち上がり、奥の間に向かう。

「あと七百五十円か。これまた大金やな、どうしようか。たかのかみどりに借りたらええか」

奥から戻ってきた幸八が、子供たちを膝に乗せ笑っているのを見て、五左衛門は、

「夕食まで寝間にいるから起こさんでくれ。おまえとでは話にならんざ」

と腰を上げた。このまま顔を突き合わせていたらなじるようなことを言ってしまいそうだった。雪道を歩いた疲労と、むめの実家で耳にした自分への非難が、全身に重くのしかかっている。

「あといくら足りませんか」

「なにがや」

「七百五十円のうち、いまの増永で用意できるのはどれくらいですか」

思いのほか真剣な表情で訊ねてくる幸八に、

「二百円足りんざ」

と五左衛門は額を告げた。

幸八は頷くと、大阪の知り合いを回ってみると言ってくる。

「兄さんばかりに資金繰りを任せっぱなしで、ほんま申し訳ない」

娘たちの両脇に手を差し込むようにして抱き上げ、膝から降ろすと、幸八が胡坐をかいたままの姿勢で首を前に傾けた。しばらくの沈黙が兄弟の間に流れる。

この弟にしても、実家の資産をあてにすることなく十六の頃から都会で働いてきたのだ。自分たちの知らないところで数々の辛酸をなめてきたことだろう。たかが雪道を一日歩いたくらい、妻の実家になじられたくらいで音を上げている自分をみっともないと感じる。

「謝ることやない。おまえの言うとおりや。すぐに新しい指導者を探すことがなによりいちばんにせなあかんことやざ」

五左衛門は幸八の目を見ながら頷いた。

それから五左衛門は、幸八に、むめを迎えに行ってくれるよう頼んだ。むめは朝から角原の実家に行ってる。もうそろそろ帰ってくるだろうが、この雪の中だ。荷物でも持ってやってくれないか――。五左衛門は言いながら土間に下り、壁に掛けていた蓑を手に取った。これから汽車に飛び乗れば、福井の第九十一銀行の終業時間までに間に合うかもしれない。

10　明治三十九年　一月

柱時計が午後の二時を指していることに気づき、むめは慌てて腰を浮かせた。いつの間にこんなに時間が経っていたのだろう。

「おとっつぁん、おっかさん、そろそろおいとましますわ。昼飯はシマに任せてきたけれど、夕飯を作らなあかんのやわ」

雪道は足をとられるので、角原から生野まで一刻以上はかかってしまう。思いのほか長居してしまったことに驚き、むめは傍らに置いていた風呂敷包みに手をやった。

「どうせなら昼飯を食べていったらええ。むめの好物の干しかぶらや煮豆があるでのう」

泣いては怒るを繰り返していた母は、疲れた様子で腫れぼったい目を向けてきた。乾いた肌に涙の跡が幾筋もついていることが申し訳なく、その顔から視線を外す。

「そうやざ。正月用の棒鱈や数の子もまだたくさん残ってるから食っていったらええわ。米や芋や甘味噌も、土産に持って帰るように包んでやるから。砂糖も持ってって、子供らに砂糖湯を作ってやれや」

気詰まりな話が済むと、それまでほとんど口をきかなかった父親も「おい、さな。

背負籠持ってきてくれんか」と座敷の襖を開けて張りのある声を出した。

新参の女中はさなという名前なのか。むめはすっかり冷めてしまった茶を啜りながら、懐かしい実家の床の間を眺めていた。正月になるときまってお目見えする七福神の掛け軸がまだそこにあるのを見て、どうしてだか涙腺が緩んでくる。まだ小さい頃、妹たちと一緒に「あの福禄寿さま、うちのおばばちゃんに似ている」とこっそり笑い合ったのを思い出した。

俯くと、手の甲にぽたりと涙が落ちた。

「大丈夫か、むめ」

顔を上げて父親に「大丈夫や」と告げたいが、頭が重くて動かない。

「あの増永さんというお人、とんだ見当違いやったわ。実直な人柄やと聞いていたから安心して嫁に出したのに、羽二重の次はめがねやとはな。きっちり財産守っていけば食うに困らんはずやのになぁ」

父親が忌々しげに呟くのを、むめは首を振って聞いた。涙が出たのは生活が苦しいからではない。こうして実家に借財を申し入れることしかできない、非力な自分が悔しいからだと言い訳をしたかったが、声にはならなかった。

「一日も早ううちに戻っておいでや」

むめの涙を目にしたからか、母親がまた泣き始める。「運のいいことにうちの孫はみんな女の子や。増永さんも跡継ぎやから渡しとうない、なんてことは言わへんやろ」

もう何度となく聞いた言葉を、母はまた口にする。むめは目尻を拭い、

「そろそろ帰るわ」

と立ち上がり背筋を伸ばした。

結局、父親に申し出た借金の返事はもらえないままで、離縁を勧められるばかりの話し合いだった。父親は「増永家を助けるための金は貸せる。ほやがその金でめがね作りを続けるのであれば無理や」の一点張りで、説得の糸口もなかったのだ。むめは昼飯を食べていけというのを丁寧に断り、玄関に向かって歩いていく。沓脱石の上にある自分の深沓を揃えて地べたに下ろすと、

「ありがとう、おじゃましました。さなさん、いうたかのう。これからもうちの両親のこと頼みます」

と台所の上がり端のところで所在なく立っている女中にお辞儀をした。さなは父親の言いつけたとおり、背負籠にたくさんの食料を詰めてくれたけれど、持ち帰ることはしなかった。

「せっかくやけど、ここへ来てることは内緒なんや」

むめが笑みを向けると、

「もしかしたらさっきのお客さんは、奥さまのお知り合いですやろか」

さながしくじったような表情を浮かべる。

「さっきのお客さんて？」

「増永さん言うてました」

「増永……どんな風貌やった」

「四角い、ちょっと岩みたいな。あ、すんまへん。あたし、岩やなんて」

土間の上がり框に座って茶を飲んでいたはずなのに、手土産だけ残していつの間にか消えていたのだとさなは眉をひそめる。

「手土産っていうんは」

「これです」

丸い竹の籠いっぱいに詰め込んだ蜜柑を見せられ、
とむめは応える。

「ああ、わたしの主人です」

籠に手を伸ばして蜜柑をひとつ手に取ると、むめはその明るい橙色に鼻を寄せた。この大雑把な蜜柑の詰め方は、うちの主人やと思います——。

「ええ香り。さなさんも、家の人に持って帰ってください」

むめが笑いながら玄関に出て玉砂利の上を歩いていると、裏口から回ってきたのか門扉のところまで両親が見送りに出てきていた。半纏を羽織って外に出ていた両親に、むめは両膝に手を当て、深々とお辞儀をする。生家も両親も自分とはかけ離れた追憶の中に在るものと思えるのは、嫁いで十年にもなるからだろうか。

空の高いところにある太陽の陽射しを受けて、道端の雪が溶けだしていた。柔らかい雪を踏みしめむめは歩き、時々後ろを振り返る。どうしてか自分の姿がなくなるまで父も母も家に入らないような気がしたのだが、やはり思ったとおり、ふたりはそこに立っていた。離れがたいのは、次に会えるのがいつになるのか、あと何度会えるかわからないからだろう。金の無心などではなく、今度は娘たちを連れて遊びに来ようと、ぼやけて豆粒ほどになった両親に視線を当て目を細める。ふと、めがねを掛ければもっと遠く離れていてもその姿がはっきりと見えるのかしらと考え、無意識に強張っていた肩の力が抜ける。どんな時もめがね、めがね。自分ももう、骨まで増永めがねに染まっているのだと思うとおかしくなって笑みがこぼれた。

空を見上げれば、晴れた冬空に小さな雲が飛び石のように浮かんでいる。前にみどりが丸い小さな雲がふたつくっついたのを見て「あれは、めがねや」と嬉しそうに手を伸ばしたことがあった。まだ立ち上げて半年の工場だけれど、自分たち家族の生きる道はこの場所にしかないのだろう。

「よほど実家で楽しいことがあったんですか。それとも美味いもんでも食うてきたんですか」

顔を上げ、空を見ているところに、人の声がした。誰もいないと思っていたのでふいをつかれ視線を下ろせば、妙な装いをした幸八が立っていた。

「なんですか、その格好は」

むめは足を止めて、思わず大きな声を出す。幸八の頭の上には、ぶ厚いフェルトの山高帽が載せられ、その身には新聞の挿絵か娘たちが読む絵本の中で見たような、洋装を纏っていた。

「これですか。これはインバネスコートというてね、まあ簡単にいえば西洋から入ってきた外套ですよ」

深い緑色の外套は、肩から腰辺りまで鳶が羽を広げたように広がり、腰から下は普通のコートの体をしている。むめも和装に羽織る東コートを持っているが、幸八のはそれにマントを合わせたような形をしていた。仲良くしている知人に安く譲ってもらったのだと幸八は言い、「おかしいですか」と眉根を寄せる。

「おかしい、いうことはないけど……。それよりも、なんで幸八さんがこんなところにいてるんですか」

「兄さんに迎えに行くように言われたんですよ」

大阪にいるはずの幸八が、なぜ生野にいるのかわからない。そういう意味でむめは言ったのだが、幸八が的外れな応えを返してきた。だが米田と五左衛門の間に起こった一件を知り、急遽こちらへ来たのだと聞いて納得する。

「実家に帰ると、新しい女中が家にいたんです」

幸八とふたり、肩を並べて歩き出したところで、むめはさっき実家で顔を合わせた女中、さなの話を口にした。「まだ尋常小学校を出たばかりくらいの幼い娘で、なんや待たしていた客が挨拶もなく帰ってしまったらしく、自分の粗相や思うて反省していたんです」

　幸八は口元に笑みを浮かべ、興味深そうに聞いている。

「それで、わたしがその知らぬ間に帰ってしまった客の名を訊ねると『増永』やと言うんです。それ聞いてわたし、初めはその客人が旦那さまなんか、幸八さんなんか迷ってしまって……。まあよう考えれば、幸八さんは大阪にいるはずやからそう思うのはおかしいんやけれど……。以前にも幸八さんが、突然うちの実家を訪ねてきたことがあったもんやから」

　むめは十年以上も前の、あの夏の日のことを、初めて口に出した。

　籠を背負って生家にやって来た幸八を、すっかり自分の結婚相手だと勘違いしてしまった日のことだ。文殊山に上りたいという幸八を案内しながら、ひそかに胸を高鳴らせていた。少し子供みたいなところもあるけれど、この人となら一生を添い遂げられそうだと覚悟を決めた、あの幼い夏の一日だ。

「結納の日、わたしは心臓が止まりそうなくらい驚いたんです」

　幸八のほうは見ずに、遠くの山を眺めるようにして話す。幸八の視線が自分の横顔にあることはわかっていたが、その目を見ることはしなかった。

「わたしの夫になる人が、あなたじゃなくて……びっくりしました」

　むめは言いながら、他人の家の庭先に並んで植えられた梅の木に目をやった。蕾はあと半月もすれば膨らんでくるだろう。梅は花が終わった後も実をつける楽しみがあるので、鮮烈な美しさを瞬時に残して散っていく桜よりはむしろ好きな木であった。ただ梅の木はこまめに剪定してやらないと、果実を採る際に手がかかる。

世の中に自由恋愛というものが存在することは知っていたけれど、自分には縁遠いものだと思っていた。年頃になれば親が決めた相手と結婚することは、生家では当たり前のことであったし、恋に憧れたことも一度もない。だからどうすればいいかわからなかった。あの日、突然目の前に現れた人を、しかも自分の夫となる人を、あれほど好ましく感じていることが不思議でならなかった。眩しかった。男の人をそんなふうに思うなんて、生まれて初めてのことだった。遠くで光る雷を眺めている時のような高揚感、とでも言えばいいのか。夏の終わりに溜まった熱が、秋が過ぎて冬がきてもまだじんわりと体の内を焦がし、次に会える結納の日をどれほど心待ちにしていたことか……。むめはため息まじりに笑みを浮かべる。

「ごめんなさい、急にこんな話始めて……」

五左衛門と夫婦となった後も、手違いで別の人の元に嫁いだような気持ちがいつまでたってもぬぐえなかった。夫と交わすひと言ひと言が空々しくて、お芝居でもしているようなとでも譬えればわかってもらえるだろうか。たった一日だけの夏の日に心が引きずられ、誰もいない場所では暗鬱な表情で過ごすこともあった。だから幸八が東京へ行くと言い出し、増永の家を出た時は正直ほっとした。悲しかったけれど、もうこれで胸の奥が引き絞られるように苦しい思いをしなくていい。これでやっと元の自分に戻れるのだと、文殊山に向かって手を合わせたのだ。

だが幸八が去った後も、夫との距離はいつまでたっても縮まることがなかった。娘たちが生まれ、増永家の嫁としての自分の居場所が固まっていくのは感じたけれど、夫婦の形は変わらなかった。どこまで行っても平行線。夫もただ親の望む結婚をしただけだから、それもしかたのないことだと頭の中では理解していた。

「増永の大事なお得意さんが大火事に巻き込まれてしもたときは、わたしのせいやと思うたんです。幸八さんと夫婦になるんやと思いこんでいた自分に、罰が当たったんやって」

そうひと思いに話してしまうと、むめはようやく幸八の顔に視線を戻した。幸八はこれまで一度も見せたことのない思い詰めた表情で、むめを正面から見返してくる。

「そんなんで罰当たったら、世の中のほとんどの人が罪人や」

「そうかもしれません。ほやがその時はほんまにそう思うたんです」

六年前のあの頃が、自分にとってはいちばん辛かった時期かもしれない。

工場が潰れて村の未来が暗転した。五左衛門は毎日のように後処理に追われ、自分はなにを手伝うこともできず、二歳のついとふたり家の中に引きこもった。幸八がめがねの話をもって生野に戻ってきたのは大火から四年後のことで、それまでの四年間は村にも増永の家にも重苦しい時間が流れていた。

「この話をなんでいま、ぼくにするんですか」

「わかりません。ほやがいま話さんと、一生言えん思うて」

幸八がむめの家を訪ねてきた、あの夏の一日がなかったらどれだけ楽だったかとこれまで何度も思ってきた。だがもうそんなふうに思うことは、二度とすまい。いまこのめがね作りがもし失敗したら、生野の村も増永家も二度と再起はできないだろう。五左衛門もそのことを十分に知っていて、なりふり構わず前に進んでいるのだから。

「男の人は……男の人は大事なもんをひとつでもふたつでも手に入れることができる。ほやけど女はひとつに決めなあかんのやわ。ふたつ欲張ったら両方失くすんや」

「それで、ひとつに決めたと？」

「ええ。わたしもめがねに懸けています。旦那さまと一緒に家族と村を守る。それを自分の一生にしよう思います」

幸八を前にそう口にすることで、むめの中でこれまでずっとくすぶり続けていた小さな炎が、遠のいていくような気がした。自分の進む道はひとつだけだということを、むめ自身も信じることができた。

生野の村に入る頃には、ふたりはもうなにも話さなかった。深沓が雪を踏みしめる音と、自分の呼吸音だけがむめの耳の奥で響いている。言いたいことを伝えきったことにむめは安堵し、落ち着きを取り戻していた。長年つき続けた嘘が、今日ようやく自分の内から消えた。

「旦那さまは米田さんの代わりに最先端の技術を持つ職人を招きたい思うてるんや。幸八さん、どうか助けてあげてください」

道のずっと先に増永家の石門が見えてくる。門の前には子供たちが作ったのだろう、遠目にも大きな雪だるまが両目を光らせ鎮座している。幸八は、むめの顔に視線を置くと、口を開いてなにか言いかけたが、結局なにも話さずにただ頷いた。近づくと、雪だるまの両方の目には蜜柑が埋めこまれていた。

11　明治三十九年　一月

五左衛門は草履の裏を引きずるようにして、繊維卸の集まる丼池筋(どぶいけすじ)辺りを歩いていた。日が暮れ始めると船宿や料亭の軒先に吊るされたランプに火が入り、昼とは違った粘り気のある熱気が大阪の町に流れ始める。両替商や呉服屋、金物屋といった商家の表戸もまだ閉ざされずに客が出入りし、だがその町の賑わいがかえって虚しさを募らせるのだった。

「明日あたりいっぺん生野に戻ったらどうですか。おねえさんも心配してることでしょうし」

傍らを歩く幸八が、油屋の前にできた人だかりを眺めながら話しかけてくる。米田の代わりとなる職人を求めて大阪に出てきたまではよかったが、今日でもう丸七日間なんの収穫もないまま時間が過ぎていた。

「いや。帰ってしまうとまた出てくるんが面倒やざ」

五左衛門は首を振りながら、頭の中で福井から大阪までの汽車賃の計算をしていた。いまの増永工場の資金繰りを考えれば、いったん戻って出直すなどといった悠長なことはとても言ってはいられない。

「ほやが大阪にあるめがね工場や卸問屋は、たいてい聞いて回りましたよ」

唐物町にある明昌堂の看板が見えてくると、幸八は着物の襟を正した。明昌堂の店主である橋本清三郎には大阪に到着して間もなく会いに来たのだが、留守のためにまだ面通りがかなってはいなかった。

「遅い時間にすみません。増永ですが、橋本さんはおられますやろか」

店先に立つ丁稚らしい男に、幸八が頭を下げる。橋本が戻ってくる日の夕方に改めて挨拶にやって来ると伝えてあったので、

「お待ちしておりました。旦那さまはたったいま、戻ってこられました」

と丁稚は中に案内してくれた。

五左衛門は緊張した面持ちを崩さずに丁稚の後をついていく。橋本には米田のことで借りがあり、きちんと詫びをしなくてはいけないと申し訳なく思い続けていた。

後片付けを始めていた店内を横切り奥にある八畳の座敷に招かれると、五左衛門と幸八は並んで正座し、橋本が現れるのを待った。東京から戻ってきたばかりだという橋本は、脚絆を外しただけの旅装で現れ「東京の新橋から大阪まで、東海道線で帰ってきましたんや。十五時間も汽車に揺られてえらい疲れましたわ」と兄弟に向き合うようにして胡坐をかいた。

「うちの米田のことは、まあええとしましょか。そやけどまた別の職人を福井に送るんは、そうたやすいことではありまへんで」

米田との経緯をすでに熟知していた橋本は、五左衛門を責めることはしなかった。

むしろ、わずか半年で真鍮枠の技術を習得した職人たちの心意気を賞賛する、といった鷹揚な態度を見せた。だが増永工場が、いま新たに先端技術を持つ職人を望んでいることを話すと、表情を硬くして首を振る。

「それで兄とふたりでこの七日間、大阪中を探して歩いたんです。でもやはり簡単には見つけることはできませんでした」

新しい職人を派遣してもらいたいという五左衛門の要望を、橋本が「難しい」のひと言で打ち切ったところに、それまで黙っていた幸八が口を開いた。

「第一級の技術を持つ職人がそこらへんにごろごろいてるわけでもありませんし、いたところで生野の村に来てくれるかというたら別の話やと思います」

「そらそうや」

「でも諦めずに、もう少しあたってみよう思てます」

「いっそ東京か名古屋辺りで探したらどうやねん」

「そうですね。それもええかもしれません。ほやが大阪にもまだ回ってないめがね工場もありますで」

橋本が四半刻ほど前から腰を浮かせ、話を終わらせたがっていることに五左衛門は気づいていた。だが幸八はなぜか話を切ろうとはしない。普段ならこちらが呆れるほどに気の走る男が、今日に限っては無遠慮に居座っているのが五左衛門の目には奇妙に映った。

疲労が顔に滲みはじめ、しびれをきらした橋本が「ほな今日はそろそろ」と口にし膝を立てたところで、

「橋本さん、どうか豊島松太郎さんに話をさせてもらえんでしょうか」

鋭く切りこむような口調で、幸八が言った。

そのひと言を告げるために、幸八が橋本に会いにやって来たのだということが五左衛門にはわかった。

「豊島に？　なんでや」

「豊島さんに生野に来てもらえんか、頼んでみます」

「あほなことを……。豊島は大岩金之助の門下生、うちの秘蔵っ子やで。福井に出すわけにはいかんわ」

ふたりのやりとりから、豊島松太郎という男のことが五左衛門にも伝わってくる。橋本は、東京で修業をした豊島という腕のたつ職人を、自宅の二階に住みこませているほど重宝しているらしかった。

「豊島の作るめがねで、うちの明昌堂は商売してるんや」

「一年間だけでええんです。うちは豊島さんから教わった技術でめがねを作ります。そうしてできた商品は、明昌堂さんに卸させてもらいます。増永工場は必ず一年間で最先端の技術を習得してみせます」

「あかんあかん。あんたらに協力してあげたい気持ちはあるけど、うちも商売やか

らなあ。豊島を出すわけにはいかんで。大阪いうところは、食うか食われるかいう気持ちでみんな商いやってるんや」

豊島を手離せば明昌堂の存続に関わると、橋本は火鉢の上に両手をかざし、顔をしかめた。

「ひと月四十円、その豊島さんという方にはお給金を出させてもらいます。それから明昌堂さんにも同じ額を、豊島さんを遣わしていただく謝礼として支払わせていただきます」

五左衛門は重苦しい沈黙を破るように、そう口に出した。幸八が口を開いてなにか言おうとするのを、手で制して話を続ける。

「一年間だけ、どうにかして生野の村に豊島さんというお方を授けてもらえませんでしょうか」

「四十円いうたら中学校の教諭の給金や。豊島と明昌堂に四十円ずつ払ってたら、えらい額になりますで。普通の勤め人の給金がひと月七円、八円のなかそんな大金、どうやって工面しますんや。売れるもんがすぐに作れるわけでもないのに、ちゃんと算盤はじいて物言うてますか」

橋本はそれまで見せていた柔和な面持ちを消し、苦々しげな声を出す。その目は冷淡で、五左衛門の心の内を見透かすようでもあった。だが五左衛門にしても、怯むわけにはいかなかった。自分の頭の中には算盤の珠などなく、ただ幸八の言葉を信じてみようと思う、強い意志しかない。

「約束は必ず守ります。どうか一年間だけ力を貸してください」

　自分たちにしても長期間、この金額を払い続ける余力はないだろう。一年という約束は必ず守る。だから今回だけは話を通してもらえないだろうかと五左衛門は自身の持つすべてを懸けるつもりで橋本に頭を下げる。実際に、すべてを投げ出すつもりであった。先代から受け継いだ田畑はもうすでに売り払い、あとは屋敷を抵当に入れて銀行から借り入れるしか金を作る手立てはないのだ。そしてその金を豊島と明昌堂、それから米田への違約金に充てればもう家にはいくらも残らない。事業にしくじれば、自分たちも他の貧しい村人同様に村を離れ、都会の片隅の貧民窟で暮らすしかなくなるのだ。

「増永さん、顔上げなはれ」

　五左衛門の肩に手をかけ、橋本が静かな声を出す。無意識のうちに体を折り曲げ額を畳にこすりつけるようにしていたようで、頭を上げたとたんに呼吸がすうと楽になる。

「不思議なもんですな、人の本気いうんは、なんやこの辺りにずしんと響きますんやなあ。わたしのここにいま、あんたの気持ちが入ってきましたわ」

　視線を上げた先に、橋本が自らの鳩尾を押さえる姿があった。

「なんやろなあ。生きてると、理屈抜きに心が動くことがありますなあ」

人に頭を下げられたところで、普段はそう気持ちが変わることはない。金儲けは楽ではない。利益のためならどんなことでもやってのける人間をこれまで何百人も見てきたのだ。お世辞も言えば太鼓持ちもする、土下座もする、嘘もつく、そうした商売人たちの間をぬって自分も生きている。だからそうやすやすと情にほだされることはないのだがと前置きし、

「そやけど増永さん兄弟は、そこらの商売人とはなんかが違うんやな」

と橋本は毒気の抜けた笑みを見せた。

「山上りや。あんたら見てたら、高い高い山を上ろうとしているように思えるわ。無謀ていう名の山や。夢いう名の山かもしれん。はじめは幸八やった。幸八がわたしのところに来て、自分の故郷でめがね作りをやりたい言い出しよった。なかばおもしろがって力貸すて言うたら、ほんまに五左衛門さん連れてきて、工場準備して――。損得、利益、金勘定。そういうもんを超えてなにかを目指そうという人間を応援しとうなるんは、これはやっぱり自分が根っからの商人やからなんやろかなぁ」

豊島をお貸ししましょうと橋本は頷き、だがこれから一生、増永めがねは明昌堂優位の取引に徹してくれと言った。明昌堂が「めがね枠を百個くれ」と言ったら、他のところは後回しにしても必ず百個持ってきてもらう。だがこちらの求める品質に達していない商品は、ただの一個でも引き取らない。それがこちらの譲れない条件だとして、橋本は豊島の働くめがね工場へふたりを連れていくことを約束してく

れた。

翌日、橋本は唐物町の片隅に建つめがね工場に五左衛門と幸八を案内した。工場といっても生野の増永工場とさほど変わらない三十坪ばかりの敷地にある平屋の小屋で、引き戸を開けると皮膚を刺すような熱気がこもっているところも同じであった。橋本は豊島に「このふたりに赤銅を使っためがね枠の説明をしてやってくれ」と伝え、豊島はそれに従い懇切丁寧な説明とともに工場内を案内してくれた。

「赤銅というんは銅にわずかな金を加えたものを、緑青、胆礬、明礬を合わせた液の中で煮沸して作るんです。出来上がりはこんなふうに、紫っぽい黒色になるんですわ。金は上物の赤銅なら銅十匁に対して六から七分、中物で三から四分、安く上げようと思ったら一分でええんです。金属の配合比率は何度も変えて試してみて、いちばんええ具合なんを皮膚感覚で覚えていくんです」

豊島は仕上がっためがね枠の中からいくつかを取り出し、木製の机の上に並べていく。

「こっちのめがねの枠は紫金銅と呼ばれるもんで、赤銅よりちょっと多めに金が入ってます。こっちは黒味銅。これは銅に白目を加えてある。白目はアンチモンでできた金属ですが、砒素いう毒が含まれてるから扱いが危険なんで、しっかり教えてからやないと徒弟に使わすことはできませんのや」

この銀灰色の枠は銅と銀を三対一で混ぜた朧銀(おぼろぎん)、こっちは金に銀を加えた青金の枠——豊島が並べためがね枠は、明らかにこれまで増永工場で作り出された真鍮の枠とは格が違った。素人の五左衛門が見てもその違いははっきりとわかるくらいで、なんと言えばいいのだろうか……豊島の作り出すめがね枠は見た目がとても優美であった。実用品というより装飾品を目にしたきらめきがあり、思わず手に取りたくなる。これが福井の宝飾品店で店番をしていた女教員の言っていた「売れ筋の洒落ためがね」なのかと、五左衛門は痺れた。

「こんなにたくさんの種類が市場で出回ってるんやったら、そら真鍮の枠だけでは太刀打ちできんわ」

思わず口にした五左衛門の声が、工場内に大きく響く。両腕が粟立っているのは、橋本が昨夜口にしていた高い山の頂が、想像以上にはるか彼方であることがわかったからであった。

「お客人、こんなくらいで驚いていたらあきませんで。わしは東京に長くおりましたけど、あっちのめがね産業は日進月歩ですわ。鍍金——メッキいうもんの研究をしたり、鋼鉄の製品を試作したり、枠に手細工の撚りこみを差し込む機械を作ってみたり。セルロイドいう軽くて丈夫な、金属に代わる材質の枠も売り出そうかっちゅう勢いなんや」

五左衛門に説明すると同時に、豊島は手を動かす職人たちに向かって、

「ぼんやりすんなや」

　と怒鳴りつけ、そして間を置かず合金素材を溶解する方法を示してくれた。

「これは鞴いう送風器ですわ。鞴はこういう気密性のある長方形の箱に板状のピストンを差し込んだもんで、このピストンを往復させて送風するんです。合金素材を溶解する時に温度をそうとう上げなあかんのですが、これを使えば高温が保てるんです。金で千六十四度、銅は千八十四度まで温度を上げなあきません。炭だけでは上がりきらんから、鞴と、あとはコークスと松脂を加えて最後の百度を上げていくんですわ」

　コークスとは石炭を高温で乾留させたもので、灰黒色をした固体だった。点火はしにくいが一度火が点けば無煙燃焼し、強い火力を維持することができる。豊島の語りは句読点のない文章のようで、早口でもあったが、五左衛門と幸八は必死の形相で聞き入っていた。「溶解した赤銅は鋳型に流しこんでインゴットという固体にするんです。これをこの金床の上に置いて大槌で打ち伸ばすんですわ。強く叩きすぎてもあかん、弱くてもあかん。それで適当な厚みになったものをこの台ぎりで切るんですわ」

　五左衛門のすぐ傍らで大きな鋏を使って赤銅の板を切断しながらも、豊島は職人たちの手の動きに目を光らせ、少しでも横着などしようものなら、「そんなんでええんか」「おまえはもう、粉うけ鉢のお守り役をしとけ」と容赦なく叱りつけた。

粉うけ鉢というのは売り物にならない不良品や欠陥品を捨てておく鉢のことで、粉うけ鉢のお守り役に指名された者は、その日は鉢の中から再利用できるものを選別する作業しかさせてもらえない。切りくずや出来栄えのよくない枠を磁石で仕分けするのだが、退屈なうえに技術を学べないために徒弟にとっては辛い罰なのだと、弟子たちの教育にも話は及んだ。

「仕事中にえらいすんませんでした。勉強になりました」

ひととおりの案内を受けた後、五左衛門と幸八は礼を言って工場の外に出た。圧倒されていた。恐いくらいの気迫が、工場の中に立ちこめていた。この豊島という人は本物だ。五左衛門は豊島松太郎という人物にたどり着いたことがただ嬉しくて、自分たちの事業が前に進んだのを感じる。

「どうやった、増永さん」

なにも話さずに五左衛門と幸八の少し後ろを歩いて回っていた橋本が、口元に笑みを浮かべて訊いてくる。

「なんも言うことはありませんざ。本心から、豊島さんに来てもらいたい、そう思うだけです」

手のひらで額の汗をぬぐうふりをして、目尻に浮かぶ涙を抑える。高鳴る胸に、息苦しさが残っていた。

「ほなここで少し待っておいてください。豊島を呼んできますわ。増永さんが直接話をしてくれはったらええわ」

　橋本は笑顔のままで再び工場に入り、豊島を伴って五左衛門と幸八の前に戻ってくる。股引を穿き、上っ張りにねじり鉢巻姿の豊島が片側の口端を上げて目の前に立つと、五左衛門は「豊島さんの力を、うちの工場に貸してもらえんでしょうか」とひと言だけ伝え、頭を下げた。話はもうすでに橋本のほうから聞かされているらしく、頑固そうな顔に笑みを浮かべ、

「福井は初めてやけどおもろそうや。給金はずんでもらえるんやったら、わしはどこでも行きまっせ」

　と豊島は言い、「よろしゅうに」という言葉を残してまた工場の中に戻っていく。

「線の細い米田とはまた違って、豊島は荒い性格やから扱いづらいかもしれませんで」

「ほやけど、あの人しかおらんと確信しました」

「そうですか。ほな連れていったらええわ。細かい話は後にして、まあ飯でも食いましょか」

　橋本は「鴨鍋の美味い店にお連れしましょ」と工場横の路地を折れ、先を行った。豊島から快い返事を得たとたん、五左衛門も大阪の町歩きを楽しむ余裕が出てきて、腹も減ってくる。明日の朝には福井へ帰る予定にしていたが、ここ船場から東のほうにある大阪城を遠目でいいから見てみたいと考えていた。

橋本との会食をすませ、幸八とふたりで商店が建ち並ぶにぎやかな通りを歩いている時だった。

「兄さん気づいてますか、さっきから屑拾いの小僧がぼくらの後ろをついてきてますわ」

幸八が五左衛門の耳元で囁いてきた。

「屑拾いの小僧？」

振り返れば、この寒空の下を素っ裸に汚れた木綿の上っ張りを引っ掛け、裾のほつれた股引を身につけた男が、古びた猫車を引いて後ろを歩いてきていた。幸八が小僧と言ったように、まだ尋常小学校の上級生ほどの背格好で、ついと同じくらいの年齢にも見える。五左衛門と目が合うと小僧は肩をすくませ下を向き、物盗りといった風情ではないようだ。

「わしは全然気づかんかったが、どこからついてきてるんや」

「たぶん、豊島さんの工場の帰りくらいからや思います。ぼくらが飯食ってる間もたぶんその辺で待ってたんやろ」

いったんは立ち止まったが、五左衛門と幸八はそのまま北へ向かって歩き出し、伏見町へと向かう。そしてあとひとつ角を曲がれば幸八の下宿先の家屋だというところまで来ると、五左衛門はゆっくりと体を反転させ、「おい」と後ろを振り返った。

五間ほどの距離をとって後ろを歩いていた男が、その場で跳ねるようにして後ずさる。

「大丈夫や、逃げんでええ。さっきから後を尾けてきてるやろ、なんか用でもあるんか」

幸八が膝を折り、目線を合わすようにして男に訊ねた。近づけば近づくほどに、頬かむりをした手ぬぐいの中にある男の顔は幼く見える。

「なんか用かと訊いてるざ」

金に換えられるような屑が集まらず、物乞いにでもきたのかと思い、五左衛門は懐に手をやる。十銭でも持ち帰らなければ家に入れてもらえないのかもしれない。農村でもこんな大阪の都会でも、貧しい家の子供は苦役を強いられる。

「なんて言うたんや」

くぐもった男の声が聞き取れず、五左衛門は幸八を見る。

「言葉が懐かしかっただけやて言うてます。なんやおまえ、足羽の出身なんか」

幸八が笑顔を見せると、男の顔にわずかに安堵が浮かんだ。悪意をもって後を尾けてきたわけではないことがわかると、話を聞いてやりたい気にもなり、

「温かいもんでも食うていくか」

と五左衛門は男を誘った。

「気い遣うなや。一杯二銭のうどんや」

困惑顔を見せる男の袖を引き、幸八が通りの屋台を指差すと、男は猫車を引きながらついてくる。男は促されるまま路地の隅に猫車を立てかけると、屋台の前の木椅子に座った。

「名前はなんて言うんや」

店主にうどん三杯を注文し、幸八が訊いた。

「……清水千代吉や」

「千代吉か。年はいくつや」

「十三」

幸八の問いかけに、千代吉は素直に応えていく。よほど腹がすいていたのか、うどんを喉に流しこむようにして食べると、口から白い湯気を出している。五左衛門は自分のぶんの丼を千代吉の前に押し出した。すると千代吉は一杯目と同じ勢いでうどんをかきこみ、最後の一口まで汁を飲み干す。

「へえ……下文殊村の出身か。おれら兄弟は生野やし、ほんまに近いなあ」

聞いた話によれば、千代吉は農家の四男坊に生まれたために、九歳でマッチ工場の幼年工として大阪に出されたのだという。十二歳までマッチ工場で軸木を枠に並べる仕事をしていたのだが一日に十銭しか賃銭がもらえず、これではとてもではないが実家に仕送りができないのでやめることにした。昨年からは元締めの下で屑拾いの仕事を得て、生計を立てている。地元にはもう四年ほど帰っていない。千代吉は幸八に訊かれるまま、訥々と身の上を語っていった。

「ほれで故郷の言葉が懐かしくなって、おれらの後をついてきてたんか」

幸八がおかしそうに笑えば、千代吉は恥ずかしそうに俯く。

「おれも十六で家を出たんや、その気持ちはわからんでもないなあ。ひとりで住んでるんか？　仕事終わったら誰か話できるつれはおるんか」

「へえ。いまは元締めの世話になってるで」

自分と同じような年恰好の屑拾いが数人、長屋の一間で生活しているのだと千代吉は話す。昼の間は屑を探して回り、朝夕は水屋の使いをする。西国橋の西詰めの川岸で水を汲み、水瓶を満たして水屋に持っていけばそこそこいい小遣い稼ぎになる。マッチ工場を出てからは実家に金を送っているのだと、千代吉は初めて笑顔を見せた。

「なあ千代吉、めがね工場で働かんか。うちは増永めがねいうて、福井の生野に工場を持ってるんや。この人は経営者やで」

うどんを食べ終えた幸八は店主に安酒を注文し、五左衛門にも勧めてきた。

「十三やったら雇うてやれる。うちの工場で働けば福井にも帰れるし、なにより技術を持った職人になれる。おまえも一生こないして屑を拾って歩いてもおられんやろ」

気骨さえあれば学歴、家柄などいっさい関係なく増永工場は人を雇う。就業時間は朝の七時から夜の七時とし、休みは毎月十五日のみだが、正月と盆は数日間の休暇がとれる。いまよりは人間らしい落ち着いた暮らしができるはずだ、と幸八は千代吉の肩を叩いた。

「まあそうはいうても、めがね作りはそう楽な仕事でもないんや。農家なら田植えや種蒔きした後は休めるが、めがね作りに休みはない。受注が立てこんだら夜もランプの下で作業することもある。日が暮れたから仕事は終わり、ということはあらへんのや」

空になった丼の底を見つめる千代吉に向かって、幸八は機嫌良く話し続けた。五左衛門はそばで黙って酒を飲むだけだったが、千代吉という男を雇ってもいいという気にはなっていた。豊島を迎えることが決まった、幸先の良い日に出逢った同郷の若者だ。この若者を雇い入れることは、福井を根にしてこの先も生き抜いていこうとする、自分たちの意志そのものであるように思えたのだ。千代吉がもし幸八の誘いを受けるようであれば、自分も快く迎え入れよう。杯の安酒がやけに美味く感じられ、五左衛門は手酌で味わった。

「奉公には二種類あるんや。通勤するもんで三年間、住み込みは五年間や。入門する時には差入契約書を書いてもらうことになっていて、もし契約途中でやめることがあったら定めにある損害金を払うことになる」

気の早いことに、幸八は手持ちの鞄から雇用契約書を取り出し、屋台の卓の上に出してきた。「おまえはほんまに準備がええな」と五左衛門が驚いていると、腕のいい職人がいたらその場で引き抜くために、いつも持ち歩いているのだという。

「兄さん、商いには速さが必要なんです。即断即決が勝敗を決めることもある。悩んだり迷ったりしている間に、よそにさっと取られてしまう場合もあるんや。なあ千代吉、おまえもさっとここで決めてしまえ。未来が変わるぞ」

幸八はそう言うと、契約書の出だしを読み上げる。契約書の文字の上を千代吉の目が行ったり来たりするのを、五左衛門は酒を呑みながら見つめていた。幸八は、「奉公が明けたら、一年間のお礼奉公の後で給金が年百円もらえる」など詳しく話していったが、千代吉はなにも応えない。

「どうしたんや。なんでなんも言わんのや」

ひととおり説明をし終えてもまだ千代吉がなにも言葉を発さないので、幸八は焦れていた。「初対面の人間の言うことや。信じられんのかもしれんな」と五左衛門が幸八に伝えたその時だった。

「わしは学校に通ったことがないで、字が読めんのや。そんなもんが、めがねなんてもんを作れるんか……」

千代吉が膝の上で握りしめた拳を震わせ、小さく言った。

五左衛門は幸八と顔を見合わせた後、「ほやったら、うちにちょうどええ」と千代吉に語りかける。「うちの工場ではおまえみたいな徒弟を、これからたくさん雇うつもりでおったざ。学校を出とらん徒弟には、仕事が終わってから勉強をする時間を持たそうと思うてるんや。めがね作りだけやなくて、学業も学ぶんや」

徒弟たちに学業を授けるという話は、絵空事ではなかった。麻生津分教場の鈴木兼吉という先生にもすでに声をかけてあり、時期がきたら工場の二階に学校から借りた机や椅子を搬入するつもりでいた。産業を育てるためには、それに携わる人間を育てなくてはならないというのは、羽二重工場を立ち上げた頃からの変わらない思いであった。

「弟の言うたように、うちで働いてみんか。めがね作りをしながら勉強もして、高等小学校を卒業するのと同じくらいの学力は身につけさすつもりやざ」

五左衛門はそう口にすると、どちらにしても契約書を持ち帰るように言った。自分の暮らす場所で信用できる大人に読んでもらい、納得したらまたそれを持って幸八の下宿に訪ねてくるといい——。そこまで話すと千代吉にはもう仕事に戻るように告げ、五左衛門は新しい銚子を一本追加する。張り詰めていたものが切れたのか、千代吉はしばらくぼんやりと屋台の端を見つめていたが、やがてぽたりと一滴涙を落とし「おおきに」と契約書を握りしめ立ち上がった。そして車輪を軋ませながら猫車を引き、何度も何度もこちらを振り返りながら遠ざかっていった。

12　明治三十九年　十一月

　豊島松太郎が指南役として生野に来てから五か月が経ち、増永工場の職人は徒弟を含めて十三人に増えていた。作業場もこれまで以上の熱気が立ちこめ、そろそろ作業道具も増やしたいと考えていた。だがまだ利益が上がらず、限られた道具を譲り合うようにしてめがね枠を作っている。

「千代吉、なんや、粉うけ鉢のお守り役してるんか」

　五左衛門は用があって夕方ふと訪れた工場で、大阪から連れ帰った清水千代吉の姿を見かけると、声をかけた。

　千代吉はばつの悪そうな顔で会釈した後、

「大将、おつかれさんです」

と丁寧なお辞儀をしてくる。初めて出会った頃はろくに敬語も使えなかった千代吉の成長に、五左衛門は目を細めた。

「豊島さん、どうですか」

　作業場の中央に椅子を置いて座り、徒弟たちの作業を監視している豊島と目が合うと、五左衛門はそばに寄っていく。自分が頻繁に足を運んでいたのではやりにくいだろうと、ふだんは就業時間内に工場へ来ることはめったにない。五左衛門が工場に顔を出すのは早朝五時から朝食までの二時間だけで、その間に住み込みの徒弟とともに工場周りを掃除しながら、生活の様子や体の具合を見て回ることにしていた。それも豊島から「めがね作りは微細な金属の粉にまみれるため、胸を病むものが多い」と聞かされていたからだった。

「一期生の四人が徒弟らを引っ張っていってるからやろ､みんな覚えが早いですわ」

材料が真鍮から赤銅や銀になったことで、金属を溶かす温度も、鋳型で固めたインゴットを槌で叩き伸ばす感覚も、ネジの締め付けの加減すら微妙に変わってくる。その繊細な技術を､末吉たち一期生はわれ先にと習得している。たいしたものだと、豊島はあながちお世辞でもない賞賛を五左衛門に向けてきた。

だが、だからといって増永工場で作っためがね枠ですぐに利益が上がるかといえばそうではなく、なまじ最先端のものであるがゆえに買い手の目も高い。真鍮枠のようにすぐに商品になるというわけではなかった。

豊島は五左衛門と話しながらも灯台よろしく顔をめぐらせ、手順を間違えた徒弟の頭を擦り板で小突く。めがね枠となる針金を留める微小なネジひとつも、糸鋸を使い手作業で作らなくてはならず、些細な失敗がめがねを掛けた時の違和感に繋がるのだと怒鳴りつけている。

「それより、この前大阪に持ち帰ったぶんの売れ行きはどうでしたんや？」

作業する徒弟たちの手に視線を据えたまま、豊島が訊いてきた。

　大阪での問屋巡りを幸八だけに任せるのも無責任だと考え、二週間ほど五左衛門自ら、めがね枠を売り歩いてきたことを、豊島は言っていた。

「なかなか厳しかったですわ。商品を見せたとたんに、めがね枠にいくつもの付箋を貼ってくる問屋もありました」

　明昌堂の橋本が五十仕入れてくれた以外は、ひとつの問屋で五枚ほど引き取ってもらえるのが精一杯だったと五左衛門は話した。

「付箋を貼られて返されたんでっか」

「そうです。ここをここを直せ、という具合で」

「それはありがたいことや」

「……ありがたいですか。そこの問屋では一枚も仕入れてもらえませんでした」

「あかんところを具体的に指摘してくれる問屋は、親切や思わなあかんで。あかんとこを直したら仕入れてくれる、いうことや」

　赤銅や銀の材料を丸線、角線、溝線、太線、細線――それぞれのめがね枠の用途に合わせて針金にするところまでなら誰でもできるのだと、豊島は作業台を指差す。

「難しいんは針金をめがね枠に加工する作業や。めがね枠の型を元に、鏨打ちにしてやすりをかけ、鋏で形曲げをする。形になったものは石油ランプの炎の芯で炙り、鑞付けしますやろ。その際にはゴム管をつけた管で息を吹き込みながら温度の調節をして――この塩梅ができてようやく一流の品物になるんや」

自分がここへ来てまだ五か月ではないかと、豊島が五左衛門の肩を叩く。金属を溶かす順番や流しこむ頃合などを皮膚感覚でつかむまでには、もうしばらくはかかるだろうと豊島は笑った。

「ほやがもう五か月やざ。あと七か月しかいてもらえんかと思うと、先が不安です」

豊島は大阪でも引く手あまたの名工なので、取りつけた契約期間を延ばすことは不可能だろう。豊島が生野にいるうちに工場を軌道に乗せたいという思いは、五左衛門の中で日増しに膨らんでいた。なんとかして職人たちの士気を高めることはできんやろか——終業時刻まであと四時間を残して五左衛門は、

「みんな今日はこれで終わりや。いま思いついたんやが、これから汽車に乗って足羽山まで花見に行かんか」

と手を打って作業を止めた。はじめは訝しげな顔をしていた豊島が、じきに「行きまひょか」と腰を上げる。職人としては手厳しかったが、いったん仕事を離れると気のいい男だった。

「こんな季節に花見なんて、大将はなに考えてるんや」

三之助が千代吉に耳打ちしているのを横目で見ながら、五左衛門は十三人の職人、徒弟に先立って工場を出た。

大土呂駅から福井駅まで徒弟たちを汽車に乗せ、駅から西の方角へ向かって歩きながら、五左衛門は自分の後を歩いてくる十三人の顔をひとりひとり頭の中に浮か

べていた。増永末吉、沢田五郎吉、増永三之助、佐々木八郎——この四人は工場を立ち上げた時からただひたすらに自分とめがねの可能性を信じてついてきてくれていた。清水千代吉、佐々木久志ら九人の新しい徒弟もまた、これからの暮らしを懸けて工場での修業に励んでいる。一期生には月に十五円ほどの給金を出しているが、年季奉公をしている徒弟には月の小遣いをわずか三十銭渡しているだけで、それではとてもではないが家族を養うことはできない。一期生にしても、十五円といえば小学校教員の尋常科担任正教員と同じほどの稼ぎであり、工場での長時間勤務の割に合ってはいないだろう。だが一期生も徒弟たちも、いつかはめがねで成功すると信じているからこそ、厳しい修業を続けてきている。自分はこの男たちの、男たちが守るべき家族の人生を預かっているのだと、冬支度の始まった福井の町並みを眺めながら胸に刻む。

「大将、どうしたんや。なんかあったんか」

すぐ後ろを歩いていた末吉が、五左衛門の肩を小突いてくる。豊島を除いては、もはや増永工場ではいちばんの腕前になった末吉だ。めがね枠の最終工程である『磨き』を豊島から任せられているのは、いまのところこの末吉だけだった。

「いや、やっぱりこの辺りは開けてると思うてな。銀行や電話局もあるざ。それに比べたら、うちの村はまだまだや。もうじき冬がきたら、生野はまた雪に閉ざされるんかと考えてたんや」

「ほやなあ。村に長い長い冬がくるなぁ」

末吉が調子を合わせて深いため息を吐く。

「なあ大将、大阪の町で見た電気灯を憶えてるか」

「ああ、商館の前にあったやつか。ものすごう明るうて、目え潰れるか思うたざ」

十年ほど前から、電気灯というものがランプと併用して家庭で使われるようになった。ここ福井市でも明治三十二年に使用が始まったが、生野にはまだ一灯もない。都市部では電灯会社が電柱を立て配線し送電しているらしく、だが麻生津の辺りで電気を引いている家など一軒もなかった。たった一灯つけただけで、ひと月に一円三十銭も支払わなくてはいけないい電灯など、もったいないだけだ、と村人たちは言い合っていた。

「あの電気灯が、いつか生野に立つこともあるんやろか」

末吉が遠くを見る目で呟く。特に返事が欲しそうでもなかったが、「そら立つざ」と五左衛門は口にする。

「なあ大将、おれらがめがね作りを始めてからまだ一年半や。昨年の冬は村が雪に埋もれても、工場の灯りは落ちんかった。村が明るく照らされてたんや」

「ほやな。夜になってもおまえら四人は、家にも帰らんと米田さんに食らいついてたざ」

「おれはな、いつかこのめがねを、村の電灯にしたい思うてるんや。この仕事を最後まで放り投げんと成し遂げて、村を照らすんや。おれらが年取っていつか死んでしもても、『麻生津の生野に、日本の誇るめがねあり』と言われるような、そういう大きいもんにしたいんや。そやから大将、もう少しだけ踏ん張ってくれや。おれらも必死で頑張るで」

末吉がなにを伝えたいのか、五左衛門には充分わかっていた。羽二重工場を再建する時から常に傍らにいたのだ。徒弟も増え、傍目には軌道に乗り始めたかに見える増永めがねであったが、資金繰りは日を追うごとに苦しくなってきている。

「おまえら職人は、最高のめがねを作ってくれたらほんでええ。他のことはわしがなんとかするざ」

先祖から受け継いできた田畑も山も手離し、抵当に入れられるものはすべて入れ、いよいよ資金が底をついたかというところで、むめの実家から援助の申し入れがあった。むめが自分に黙って実家に帰っていたのは離縁への準備などではなく、借金の申し入れに行っていたのだと知った時、五左衛門は妻を誤解していた自分を恥じて文殊山に頭を垂れた。

後ろの列から「大将、どこまで歩くんですか。足の裏がじんじんしてきましたで」と弱音を吐く声が上がった頃、足羽山が見えてきた。足羽山は文殊山の半分の高さもない小山で、緩やかな斜面に雑木林が広がっている。五左衛門は山のすぐそばを流れる幅の広い川を指差すと、

「ほらみろ、足羽川や」

と声を張った。福井平野の南東端を流れる足羽川は、山間部を蛇行しながら福井の中心部を貫流している。流域の村に洪水被害をもたらすことで厄介な川でもあったが、鮎が捕れる清流として重宝されている。

「みんな、あの堤防沿いを見てみろ。この十一月に、桜と楓が合わせて千本も植樹されたんやそうや」

五左衛門は川を指差したまま目を細め、徒弟たちに向かってさらに大きな声を張り上げる。

「堤防沿いに樹を植えるんは、川の氾濫を抑えるためや。桜や楓は成長が早うて地にしっかりと根を張るで、堤防を頑丈にするといわれてるんや。これから毎年、こうやってみんなであの若木を見に来ることにせんか。あの桜の若木がきれいな花を咲かせる頃には、わしらの工場も大きく育ってるはずや」

冬の気配を感じさせる十一月の冷たい風が体に吹きつけてきたが、五左衛門の心は沸き立っていた。末吉の言うように、めがね作りを始めてまだ一年と半年しか経っていない。桜や楓のごとくこの地に根を張り、生野の村を支える産業に成長するまでは、自分が弱音を吐くことは許されない。今日ここへ来たのは徒弟たちではなく自分に活を入れたかったのだと気づき、五左衛門は口端を上げた。等間隔をあけて土手に植わる若木が、風に吹かれてしなる。豊島が「花見や花見や。秋の花見や」

と懐に入れてきた酒瓶を取り出し旺盛な声を上げると、まだ花のない若木に目をやりながら徒弟たちがその場に腰を下ろした。

秋の花見をした二か月後、正月の三箇日が終わったある日、豊島が改まった様子で五左衛門の家を訪ねてきた。

「どうしたんですか。わざわざ家まで訪ねてきはるなんて」

奥の間で帳簿を睨みながら算盤をはじいていた五左衛門は、工場でなにかあったのかと胸を冷たくしながら出迎える。

「帳簿つけたはったんか」

むめが運んできた茶と菓子に手を伸ばし、豊島が訊いてくる。

「先月の収支の計算が、まだできてなかったもんやで」

五左衛門は帳簿を閉じ、脇に寄せた。

「先月はどうでしたんや？　利益は出ましたか」

「いや。売り上げは少しだけ伸びてましたけど、まだまだ赤字や。まあ師走はなにかと入り用でしたから」

増永工場では、盆と正月には徒弟たちに新しい下足を支給すると決めていた。徒弟たちはたいていが貧しい農家の次男や三男だったために、わずかな小遣いはそのまま家に持ち帰り、家族に渡してしまう。真新しい下足は、自分の格好に構う余裕のない徒弟たちに対する、せめてもの親心だった。下足の他にも成績の良かった者に対しては石田縞を一反支給するなど褒美を与えていたが、そうした出費も嵩んでいた。

「あのな五左衛門さん。徒弟らのことなんやけどな」

ひとしきり世間話をしたところで、豊島が切り出した。

「なんかありましたか」

「いや、なんもない。ただな、一日置きに工場の二階で開いてる夜学校、あれ、やめるわけいかへんか」

豊島の思いがけない言葉に、五左衛門は眉をひそめた。夜学校は仕事を終えた後、夜の八時頃から二時間だけなので仕事には支障のないはずだった。

「……それはどういうことですやろ。徒弟らが、夜学校の翌日に居眠りなどしてるんかのう」

夜学校を始めるにあたっては豊島にも相談したが、その時には別段なにも意見はなかったはずだ。

「居眠り？　そんなことしよったら擦り板で殴ってやるわ。ただやな、あいつら一緒に机並べて勉強してるからかしらんけど、仲間意識が強すぎるんや」

苦々しい顔で豊島が口にするのを、五左衛門は腑に落ちない思いで聞いていた。

「仲が良かったらあかんのですか」

「同じ工場の人間やから、協力はせなあかん。せやけど職人いうんは、互いが競争相手なんや。どっちの技が上か下か。上のもんはたくさん金が稼げて、下のもんはそれを指咥えて見てる。そういう世界がほんまで、ご学友とは違う、いうことをこの職人らはわかってないみたいなんや」

豊島はそう言うと、職人に学問はいらない、現に自分も尋常小学校へは通ったことがないと顔をしかめた。

豊島が煙草をやるのを思い出し、五左衛門は簞笥の引き出しから敷島を取り出し、「よかったら一服」と差し出す。襖を開けて台所にいるむめに声をかけ、ツケ木で火を起こして持ってくるように言いつけると、さてどうしたものかと頭を悩ませる。

豊島の言うように、「学問などは必要ない」と考える人間は、尋常小学校の四年間が義務教育となったいまでもまだ大勢いる。貧しい家の子供たちが勉強をしても、親から褒められるとは限らない。家の中で石筆を使って石盤に字を書いていると「畳を汚す」と叱られ、「ランプに使う石油がもったいない」と頭を小突かれたりするのだと、小学校の准教員をしていた頃に生徒から聞かされもした。「先生、勉強よりも子守や家の用事をするほうが大事やざ」とはっきりと口に出す親もいた。

だが五左衛門は自分が教壇に立っていた間、教育こそが運命を切り拓く唯一の手段だと確信していた。ひととおりの学業を修めていれば、教養がないというだけで人から見下されることはなくなる。

以前、真鍮枠作りの指南役として、大阪から米田与八を生野に招いた。その米田の身の回りの世話をしていた猪原平治郎は、手先の器用な賢い青年だった。だが一度も学校へ通ったことのない平治郎は、自分の聡さの使い方を知らなかった。学問を身につければ、自身の能力で金を稼ぐ方法を見つけられる。そうすれば、力のある者にただ従うだけの生き方をしないですむはずだった。

だが豊島にそう語ったところで響かないのはわかっている。学問とは無関係に身を立てた人間が、ことさら学問を疎んじるのは世の常である。

「帳場制を用いたらどうやろか」

五左衛門はふと思いついたことを口にした。以前羽二重生産をしていた頃に、職人たちをいくつかの帳場に振り分けるという制度を導入していた工場があったことを思い出す。

「帳場制てなんや」

「請負制というてもええです。職人たちの中から腕の立つもんを豊島さんに選んでもろて、その親方の下に徒弟をつけるんです。親方は帳場を代表してめがね枠を納品し、その出来高に応じて手間賃を払うというやり方です」

そうすれば、帳場ごとに競争の気持ちが生まれてくるのではないかと五左衛門は提案した。これまでは工場全体でめがね枠を作っていたので出来不出来があったとしても、その責任の所在があやふやだったからだ。

「それはなかなかおもろいかもしれんな。さっそくやってみるか」

「親方を選出するのは豊島さんのほうでやってもらえますか」

「もちろんや。この七か月間、片時も離れんと教えてきたんや。どの手がどんなもん作るか、頭の中に絵が浮かぶくらいやで」

　豊島は吸いかけの煙草を火鉢に押しつけると、「ほな工場に戻るわ」と立ち上がり、勢いよく襖を開けて部屋を出ていく。一時でも時間を無駄にしたくないという豊島自身の焦燥感が、大股で廊下を歩く後ろ姿に漂っていた。

　それから十日をおいて、帳場制を導入することが豊島から職人たちに告げられた。

「いまから親方の名前を呼ぶから、静かにしてくれや」

　豊島が親方を選んできたが、その名は五左衛門は聞かされていない。その場にいる職人全員の表情が硬く強張り、豊島の朝飯用の箱膳を引き上げにきたむめも、緊張の面持ちで徒弟たちを見守っていた。

「増永末吉、沢田五郎吉、増永三之助。親方として徒弟たちを率いるのはこの三名や。名前呼ばれたもんは前に出てきてくれ」

　この数日の間におしぎりなどの配置替えをすませた作業場に、ざわめきが広がる。

「ほな次は誰がどの帳場に入るかを言うていくからな。名前呼ばれたもんは、自分の帳場の親方の横に並んでくれ。まず増永末吉班は――」

帳場制になればこれまで共有していた場所や道具も、完全に分けて与えなければならないだろう。豊島が職人たちを振り分けていく様子を眺めながら、五左衛門は工場の増設や道具をさらに買い入れる資金のことを考えていた。

「あの……旦那さま」

着物の袂を引っ張られ、振り返るとむめがすぐそばまで歩み寄ってきていた。なにか言いたげな顔をして眉をひそめている。

「なんや」

五左衛門はむめの口元に耳を寄せる。目の前では徒弟たちが自分はどの帳場に属するのかと、不安げな顔つきで豊島を凝視している。

（八郎さんが……）

むめの唇が音なく動き、壁際を見るようにと目配せをしてきた。

（八郎？）

むめの視線を追っていくと、集団から少し外れるようにして佇む佐々木八郎の姿が目に入る。

「八郎がどうしたんや」

両腕をだらりと横に垂らした八郎を目の端に置いて、五左衛門はむめに訊ねる。

「豊島さんは、なんで八郎さんだけ親方にしなかったんやろか。一期生は四人やのに……」

さっきからむめが険しい表情をしている意味がわかり、五左衛門は改めて八郎が立つほうに目をやった。車地の持ち手に手をかけ、八郎は虚ろな目で煤で汚れた壁を見つめていた。

「あ、八郎さん」

むめが小さく声を上げたのと同時に、八郎が作業場を出ていく。音もなく静かにその場を立ち去ったので、五左衛門とむめ以外の誰も気づいていない。豊島も職人たちも、新たな体制への興奮で、輪の外にいる者など見えてはいなかった。

八郎の後を追って、むめがすぐさま作業場を出る。五左衛門はふたりの様子を目で追ってはいたが、その場から動くことはしないでいた。八郎の気持ちはわかる。それを追うむめの思いやりも間違いではない。だが豊島の決めたことに、口を挟む余地などないことは誰もが知るところだ。

五左衛門は、徒弟たちの前で誇らしそうに胸を張る増永三之助の姿に目をやった。生野出身の三之助は、八郎と同時期に工場にやってきた。年齢も同じである。小作農の三男である三之助は、特別に手先が器用というわけではなかったが体格がよく体も丈夫で、尋常小学校に通っていた時には体育が得意教科だったという。「帽子取り、騎馬戦では人に負けたことはありません」と初めて会った日に無邪気に話していたのをよく憶えている。こんな無骨な男が細かい作業をこなせるのかと初めは心配していたが、三之助には他の職人がひと息ついている間にも作業の手を止めない粘り強さがあった。

一方で「小学校では図画が好きだった」という八郎は、全体的に線の細さが目につく。普段は穏やかな性質なのに、めがね枠作りに関しては元来の神経質な性分が現れ、些細なところで癇癪を起こすのだ。少しでも気に入らないところがあれば、鋏を手に製品をひねり潰してしまう。朴の木を焼いて作った炭――朴炭での磨き作業にも人一倍時間をかけてしまい、作業速度が遅いのだと豊島が嘆いていたことがある。

八郎は、三之助を親方にした帳場に振り分けられていた。おそらく豊島は、年が同じで仲の良いふたりが力を合わせて帳場を率いていくように配慮したつもりなのだろうが、八郎にしてみれば三之助の下に位置づけられたと思ったことだろう。どうしたものか……。しばらくその場で考えていた五左衛門は、やはり八郎とむめのことが気になり、足音を立てずに作業場の引き戸を開ける。

深沓を履いて工場の前に出ると、身を切るような朝の空気が全身を包んだ。裏の雑木の影が雪の積もった田んぼの半分を覆っていたが、朝日が射す部分は金色に輝いて見える。白一色の景色の中に八郎とむめの姿を探して、五左衛門は辺りを見渡した。工場の中は熱気で汗が出るくらいなのに、屋外に数分立つだけで体の芯まで冷えてくる。見れば、田畑も畦道も、今朝はおしょりんになっている。いつもより寒いはずだ。

「ここまできてなに言うてるん」

ふたりの姿を探して工場の周りを歩いていると、裏手の雑木林のほうから声が聞こえてきた。氷になった雪を踏みしめ進んだ先に、むめと八郎の姿が見える。むめが八郎の背中に手をかけ、一方的に言葉をかけている。

「ここまでの一年半、八郎さんが死ぬ思いで頑張ってきたの、わたしはよう知ってます。工場に寄るたびに、職人さんらの働く姿を眺めてたんです。八郎さんの手は、絶対にずるせえへん手やとわたしは感心してました」

五左衛門は足を止め、一間ほど離れたところからふたりのやりとりを見つめていた。むめは五左衛門に気づいて頭を下げたけれど、八郎は杉の木に両手をつき俯いていた。

「ここでやめてしまうのはもったいない」

むめの声が優しい。八郎は泣いているのだろうか、下を向いたまま烈しく頭を振っていた。

「いま親方になれんかったことくらい、わたしからすればなんでもないことやわ。工場をやめろて言われたわけでもないんやし」

「……やめろと言われたのと同じですわ。末吉さん、五郎吉さん、三之助が親方になれて、おれがなれんというのは、そういうことなんや」

「そんなこと誰が言うたん」

「いや、そういう意味です。豊島さんはおれを落第させたんや。おれはほんまにがんばって……必死でここまでやってきたのに」

八郎は肩を上下させながら嗚咽していた。泣き崩れるその体を、むめが両方の手で必死に支えている。喉に流れこんだ涙にむせたのか、八郎が咳きこみ、その背中をむめが擦った。枝に積もった雪が落ちてくる以外なんの音もない場所で、ふたりの声だけが聞こえてくる。

むめの手が、八郎の一年半という歳月を撫でていた。

「わかってますから。わたしはほんまによう知ってますもの。八郎さんや三之助さんのおっかさんみたいな気持ちでここまで見てきたんです。どんだけの思いでここまでやってきたか、わからへんわけないわ」

夏になると作業場はものすごい暑さになります。ほやで八郎さん、吐いたこともありましたわ。どれだけ水を飲んでも喉が渇いて、頭がふらついて、汗もかくから風邪もよう引いて……。八郎さんは人より体が細いから、見ていてかわいそうでした。それでもよう耐えてました。体の頑丈な末吉さんや三之助さんには、食べても食べても細っこい八郎さんのしんどさはわからんやろ思います。でもな、八郎さんも知ってると思いますが、うちのついも小さくて細いんです。ほやからよう風邪も引くし、寝こむこともしょっちゅうです。ほやけどそれは、ついのせいやないんやわ。小さく細く産んだんは、おっかさんのわたしやから――むめは子供に言い聞かせるように、ひとり語る。八郎の耳に届いているのかはわからなかったが、むせび泣くような声はいつしか止まっていた。

「八郎さんが歯を食いしばって必死にやってきたことは、誰よりわたしが知ってますから。いま親方になれんかったことくらい、なんでもない。それにここだけの話やけど、わたしは八郎さんの作るめがね枠がいちばん好きなんです。掛けた時の心地が他のよりも柔らかくて、ほやのに顔の上にしっかりとおさまるんや」

誰も見ていないところで、出来上がっためがね枠をこっそり手に取ることがあるのだとむめは笑った。仕事が終わり、職人たちが去った後、作業場の掃除をしている時などに黙って。誰がどの場所に座って作業しているかを知っているので、「あ、あこれは八郎さんのや。これは――」と作り手を思い浮かべながら眺めている。「わたしはお世辞ではなく、八郎さんの作るめがね枠がいちばん好きやわ」とむめは繰り返し、八郎が手の甲で涙を拭った。

五左衛門はふたりに背を向け、工場の出入り口のほうへ向かって歩き出す。工場では徒弟たちが八郎の不在に気づいた頃かもしれない。「家で手伝ってほしいことがあったもんやから、むめが八郎を借りてる」とでも豊島には言っておこう。雪で白く染め上げられた緩やかな文殊山の稜線を見上げると、胸の奥が熱く痺れた。

翌朝、八郎は何事もなかったように出勤してきた。三之助とも屈託なく接し、ふだんどおりに徒弟たちの先頭に立って作業に向かっていた。五左衛門は八郎の秘めた強さを思い、その頭を撫でてやりたいような気持ちになったが、なにも知らないかのように接した。

始業時刻がくると、

「これからは完成しためがね枠を箱に詰める際には、『増永めがね』の標紙の横に、親方の印を押すようにしておくんや」

と豊島は帳場制を効果的に活用するための案を一晩のうちに考えてきたようで、次々に指示していく。

「末吉のものには『末印』を、五郎吉のものには『五印』、三之助のものには『三印』を押す。印はそれぞれの親方が自分で作ってくれ」

帳場で作った製品はそれぞれ五左衛門に納め、手間賃は出来高に応じて支払うという方法は、昨日豊島との間で取り決めたものだった。

豊島が五左衛門を振り返って「大将からもなんか言うてやって」と促してくるので、

「値の張る道具はわしが揃えるで、必要なもんがあったら言うてくれ。鑢や鋏のような小さいもんだけ、親方が使いやすいもんを自前で持ってきてくれたらいい。品質のいい新製品をどんどん作ってくれることを期待してるざ」

と伝えた。銅や銀などの材料費や職人たちの給金のことを考えれば、こうした出ずだ。

費は負担でもあった。だがこれで職人たちのやる気が増せば、無駄ではなくなるは

　末吉班と五郎吉班はそれぞれ四名、三之助班は五名という振り分けで作業が始まると、親方たちが闘志を剝き出しに徒弟たちを指導していく。これまでは肩を組むようにしてめがね作りをしてきたところが競争相手になったことで、いままでの域を超えるものができる予感があった。生野にいるかぎり他社が作っためがねを目にすることがほとんどなく、競争相手が見えない不利をこうした形で解消できたことに五左衛門は満足し、視線を滑らせ徒弟たちの顔を眺めていく。どの顔にも重圧を弾き飛ばすくらいの強い野心が滲んでいたがただひとり、千代吉の顔にだけは違和感を覚え視線を止める。

　なんや千代吉、なんか言いたいことあるんか――そう訊ねようかと思ったところに、「よし、始めるか」と千代吉の班の親方、三之助が張り切った声を出した。

13　明治四十年　四月

　大阪船場、唐物町の通りで、五左衛門は一刻もの間、橋本清三郎の帰りを待っていた。手に持つ行李の中には帳場制を敷いてから初めての、親方印の押されためがね枠が入っている。一月に始動した帳場制は三か月を過ぎて順調に稼働し、出来上がった製品を互いに批評し合う品評会も月に二度、工場の二階で催されるようになった。末印、五印、三印それぞれの個性が製品に表れるようになり、それが増永めがねの個性に繋がってきたと五左衛門は自負している。

　今朝、親方印を押しためがね枠を百ずつ詰めて汽車に飛び乗ったのは、精度の上がっためがね枠を明昌堂の橋本に見てもらいたかったからで、五左衛門にしては珍しく衝動的な行動でもあった。

「増永さん、店に入って待ってたらどうです」

　明昌堂の使用人である鹿庭岩太郎が繰り返し声をかけてくれるのを、

「ええんです。町歩いている人を眺めるんも勉強やざ」

と丁寧に断り、五左衛門はさっきから通りを歩く人々の姿形を目に焼き付けている。

　大阪船場は本町通を境にして北を北船場、南を南船場と呼び分けられていた。もとは大坂城築城のためにその働き手が移り住んだ町だといい、江戸期に入ってから徳川家が全国の職人などを呼び集め、大坂冬の陣によって荒廃した町を再建させたという話は橋本から聞いたものだ。東西が十町、南北が半里ほどしかない町を歩けば、舶来物を取り扱う唐物問屋、砂糖の卸商、くすり屋、両替商など、福井では珍しい店を数々見て回ることができる。なかでも伊藤喜商店という高麗橋にある店ではホチキスという名の自働紙綴器など聞いたこともない品物が売られ、五左衛門の胸を高鳴らせた。

――産業いうてもこんな辺鄙な田舎でなにができるんや。羽二重で痛い目みた村の者は、もう誰もやらんざ。大阪や東京、世界と互角に商売できるような産業を育てるなんてことはな、夢のまた夢や。

いまから三年前、幸八に向かって投げつけた自身の言葉を思い出しながら、五左衛門は夕日に照らされた通りを見つめる。生野の村なら田畑に出ている者たちが帰り支度を始める時刻だろう。だがこの辺りの商い店は軒下にランプを吊るし、表戸を閉める気配などない。要所には街灯が立ち、日が暮れても通りは真昼のように明るいままだ。

めがね作りに全財産をなげうつことが正解であったのか、それはいまでもわからない。後戻りができないという理由だけで前に進んできた、と省みることもある。だがあのままなにも動かなければ、幸八の言ったように村は退廃していっただろう。

大阪へ来るたびに、この喧騒の中に身を置くたびに、五左衛門は自分の選んだ道はけっして間違いではなかったのだと強く思うのだった。

「増永さん」

名前を呼ばれて振り返ると、明昌堂の向かいに建つ蔵の間の日陰から、橋本清三郎が現れた。五左衛門も何度か見かけたことのある番頭と連れ立っている。

「どうしたんや、なんかありましたんか」

三つ揃えを着込み、ソフト帽を被った橋本の姿に気圧されて五左衛門は体を硬くした。自分の黒木綿の着物がとたんに野暮ったいものに思え、せめて草履ではなく下駄を履いてくればよかったと悔やみつつ、

「突然参りまして申し訳ありません。うちで出来ためがね枠を見てもらいたいんです」

深々とお辞儀をし、手に持つ柳行李を前に出す。

「そうでっか。なんやまたうちの豊島となんぞあったんかと心配しましたで。まあ入って」

紺地に白で『明昌堂』と染め抜かれた暖簾を手で払い上げると、橋本が店の中に入っていく。建物の裏口まで続く通り土間に沿って、手前が店舗、奥に客人を通す座敷があることは再三の訪問で知っていた。二十畳ほどの店内には舶来品の時計が所狭しと置いてあり、板張りの壁には八角時計や丸型振り子時計などが掛かる。生

野の村では柱時計ですら贅沢品で、五左衛門の父が数年前に大枚をはたいてどこかから買ってきたものが村にひとつあるだけだった。村人は、文字盤についた磁石を北に合わせて時刻を知る日時計を持っていればいいほうで、たいていは寺の鐘で時を数える。

「これは……なんですか」

店の中には時計とめがねがおよそ半々に置かれているのだが、五左衛門はめがねが並ぶ木の台の前で足を止めた。

「へい。金メッキのめがね枠です」

筒袖の着物に前垂れをつけた店番が、ぺこりと頭を下げる。

「金メッキ……」

店番の言葉を繰り返すと、橋本が肩越しに振り返り、

「真鍮、赤銅、銀ときて、次はこの金メッキ枠がくるんちゃうかと思うてますんや。金は高価やから簡単には使われへんけど、メッキにすれば量を抑えられますやろ。まあメッキ加工する技術が必要になりますけどな。ま、こっち来てや」

と自信ありげな笑みを向ける。金メッキ――五左衛門は初めて耳にする言葉を記憶に刻み、橋本の後ろを歩いた。

奥の座敷に通されると、しばらくして小僧らしき男が、橋本と五左衛門に熱い茶を運んでくる。

「帳場制？　へぇぇ、それは見ものやな。能力によって報酬が違ういうのは職人のやる気を上げますからなぁ」

今年の一月から試みている親方印の話をすると、橋本がしきりに頷いてくれる。四月とはいえ日が暮れると肌寒く、さっきの小僧が火鉢に火を入れにきた。

「これがその帳場制にしてから作ったためがね枠です。増永末吉、沢田五郎吉、増永三之助という三人の親方の下で徒弟らが作ったもんですが、どうか見てもらえませんか」

八端のぶ厚い座布団の上で正座をし、五左衛門は柳行李の蓋を開けた。胡坐をかいて対座する橋本の顔がにわかに真剣な表情に変わり、商品に顔を寄せてくる。普段は愛想のいいひょうきんな男だが、こと商売になると鋭い嗅覚で品質を見極めるのだと、幸八が常々口にしている言葉が五左衛門の頭をよぎる。

「ふぅん」

感嘆とも落胆ともとれる声が橋本の喉から漏れると同時に、五左衛門の心臓がどくりと脈打つ。期待と不安。自信と恐れ。相反する気持ちが胸の内で渦巻く痛みに耐えながら、橋本の評を待った。

「前のより、ずいぶんようなってますなぁ」

指先にあったためがねを顔に掛けながら、橋本が片側の頬を持ち上げる。

「そうですか。ようなってますか」

「あと少しで堂々と胸張って、これが増永めがねや、と言えるもんになるんとちがいますやろか。この調子でいったら品質で勝負できるめがね枠が作れそうや」

　橋本は末印、五印、三印と順に手に取り掛けていく。蔓を耳に掛けた感触や、蔓とレンズ縁を接続する智の具合などを確認し、そのひとつひとつに批評を与える。

　その様子を五左衛門は感極まる思いで見つめながら、親方や徒弟たちになんと報告してやろうかと考えていた。駆け出しの頃よりずいぶんと上達したとはいえ、問屋に持ち込んだものが返品されることはしょっちゅうで、付箋がいくつも貼られた上に「不良品」として×印を付けられることもある。だがその不良の原因を追究して改良し、なんとかここまでやってきた。「品質で勝負できる」という橋本のひと言が、自分でも驚くくらいに胸に滲みているのを五左衛門は感じていた。

「増永さん、末印のを百、五印のを百、三印は十、うちの店に置かせてもらうわ」

　三百ものめがねをすべて試着した後、橋本がそう言ってきた。これほど大量のめがねを納品させてもらえたことはありがたかったが、ぽたんと一滴、冷たいものが五左衛門の胸に落ちる。

「三印のだけ十いうんは、どうしてですか」

　三印は、親方の増永三之助を同期の佐々木八郎が支えながらの帳場である。まだ十五歳と年の若いふたりではあったが、末吉や五郎吉に負けないくらいの情熱をもって取り組んでいる。

「この三印な、蔓に工夫したり枠に模様入れたり、そういうのはええ思う。洒落もの好む斬新さは三つの中では一番や。せやけどな、なんや掛け心地がようないのが交じってますんや」

めがね縁と蔓を繋ぐ蝶番の具合もまちまち。ネジの締まり具合も製品によってばらばら。三印の中には舶来の高級品と比べても見劣りしないほどの見栄えのものもあるが、どうも不揃いなのだと橋本は辛口だった。

それでも二百十枚もの製品を納入させてもらえたことがありがたく、品質が上がったと励まされもし、大阪まで足を運んだかいがあったというものだ。

「橋本さん、ありがとうございます」

五左衛門は気持ちを立て直し、両方の手で太腿を強く摑むようにして頭を下げる。

「いや、うちも商売でやってますからな。ええ品は引き取る。ようないもんは返す。よい品物やったから引き取らせてもろただけです」

きばってや、という言葉を合図に橋本が立ち上がり、五左衛門は店を後にした。外に出るとすっかり日が暮れていて、店の軒下のランプが煌々と通りを照らしている。軽くなった荷物を腕の前で抱えると、五左衛門は幸八が暮らす伏見町の下宿屋に足を向けた。

日本で最初にできたビヤホールだというその建物は、平屋の広い食堂といった趣で、「ビール　アサヒ　ＡＳＡＨＩ　ＢＥＥＲ」という看板をトタン屋根の上に掲げていた。天井に花瓶を並べて輪っかにしたような電灯――シャンデリアが吊り下げられ、店内と軒下には丸机と西洋風の椅子が並ぶ。出入り口の左手にある作業台では作り棚を背に、給仕たちがガラス製のジョッキにビールを注いでいた。

真っ白な前掛けをつけた若い女給を呼び止めると、幸八が二本目のビールを注文した。「すんません、大瓶おかわり」と気安く声をかけるその様子を横目に、「おまえ、飲みすぎやないか。大瓶一本いくらするんや」と五左衛門は幸八を上目遣いに睨む。

「十八銭ですけど、ええやないですか。増永めがねの新製品が橋本さんに認められたんや。お祝いですよ。兄さんももっと飲んでください」

幸八は五左衛門の手にあるジョッキを指差し、笑ってみせる。

伏見町にある下宿に、幸八は夜の八時を過ぎて帰ってきた。幸八を待っている間、五左衛門は下宿の大家の好意で家に上げてもらい、茶などを出してもらっていたのだが、あまりに遅いため、結局は幸八の部屋を開けてもらった。下宿に戻ってきた幸八は髪が乱れ、汗埃にまみれていたが、部屋に五左衛門がいるのを見ると、「兄さん、来てたんか」と疲れた顔に笑みを浮かべた。帰りが遅い理由を訊ねると、めがねの売り込みをしていたのだと言う。

「それにしても、おまえのその格好はなんや」

二本目のビールをジョッキに注ぐ幸八に向かって、五左衛門は眉をひそめる。

「なにってワイシャツとズボンです。ちなみに首に巻いているのはネクタイ、これは革靴です」

酔いが回ったのか、にやにやしながら幸八が両足を上げてみせる。

「そんな格好で行商してたんか」

「ええ。近頃では外国商社との交渉にあたる商人や政府の役人たちの間では、洋装が当たり前ですからね。軍人や警察官、鉄道関係者の制服も洋服ですし」

古臭い格好をしていれば、扱う商品も同等に思われる。だから多少値は張るが無理をしてあつらえたのだと幸八が言う。問屋や小売店を地道に回る行商もたしかに大切だが、大口の取引先をつかもうと思うならば政治家や軍人とのつきあいは欠かせない。そうした人種と親しくなるためにも、最先端の装いは欠かせないのだと幸八は笑った。

「そんなもんか」

「そんなものですよ」

幸八の言うように、ホール内にいる客の中にも洋装の男女は大勢見られ、もはや目新しいものではなかった。

「それにしても帳場制というのはいい案ですね」

ビヤホールに向かう道中で聞かせた話の続きを、幸八が始める。

「そう思うか」

「いままでやったら、師匠の次は増永末吉さんと決まってたやないですか。年も上やし、大工としての経験も技術もある。五郎吉さんや三之助、八郎は同じ第一期生とはいえ、末吉さんの意に沿わんもんは作れんかった。ほやが、それが自由にできるいうんはええ思います」

　めがね業界は日々著しく進化しているのだと幸八は声を潜める。まだ聞きかじったばかりの話であるが、大阪の堀豊必というめがね職人が、セルロイドでめがね枠を作るという試みをしているらしい。これまでも牛の爪などで枠を作るなど独特の試みをする職人として知られていたが、いまはそのセルロイドで試作品を作っているという。

「セルロ……イド。そういえば、前にも豊島さんが言うておられたな」

「樟脳とニトロセルロースという物質を合わせて作った合成樹脂らしいです。熱を加えたら自由に形を変えられるし、弾力もある。象牙みたいな見た目やけど、象牙ほど高価なもんではないそうです」

　九十度ほどの熱で柔らかくなるので、成形が簡単なのだと幸八は説明する。人形や食器の飾り、万年筆など、その用途は際限ない。

「ぼくも一度だけ堀さんの工場をのぞかせてもらったことがあるんです。増永めがねの名は出さず、伍作のところでめがねサック作りをしていることにして。その時はセル板の生地を切り抜いて前枠と蔓の部分を作り、鯨のひげで繋ぎ合わせる作業をしていましたよ。まだ試行錯誤の途中やと堀さんは言うてましたけど、セルロイドの美しさと軽さには心惹かれるものがありました。いずれはあの材質が世の中を席巻するかもしれませんよ。うちも次はセルロイドや思いました」

熱っぽく語る幸八の顔や肩に、シャンデリアの影がゆらゆらと揺れていた。

「おまえはなんでいつもそんなふうなんや」

幸八の顔に見惚れている自分がいた。まだ暗闇にある未来を、手を伸ばせば届くことのように語れる男を、自分は弟以外に知らない。

「おまえいう男は、なんでもかんでもに手を伸ばしてぎゅうと掴むんや。掴んだら離さん。必死で引っ張って自分の元に手繰り寄せる。なんでそんなふうに生きられるんかのう」

酔っているのだろうか。口が驚くほどよく滑り、よけいなことを語っていた。

「ああ……。それは他に、なにもないからですよ。ぼくにあるのは仕事だけや。ほやで、なんでもかんでも欲しがるだけです」

乾いた笑い声を上げ、幸八は女給を呼ぶために片手を振っている。二本目の大瓶が空になっていた。

「大瓶をもう一本持ってきてくれるか」

幸八が声を上げて告げると、三本目の大瓶といっしょに串焼きの載った皿を女給が差し出してきた。「これは頼んでへんけど」と皿を突き返す幸八に向かって、女給が意味ありげな視線をよこしてくる。

「おまえ、結婚はせんのか」

困惑顔で女給から皿を受け取る幸八に、五左衛門は訊いていた。素面ならとうていしないだろう問いかけだった。

「べつに……興味ないもんで」

「わしは二十五の時にしたざ」

「ぼくは跡継ぎやないし、焦ってませんのや」

「なんで見合いもせんのや。おっかさんとおとっつぁんも心配してるやろ」

「まだ二十六やで、心配いらんわ」

真面目に応える気などないのか、幸八はなにを言っても軽く返してくる。喉を鳴らしてビールを呷り、三本目がもう半分まで減っていた。

「好きな女でもいてるんか」

五左衛門は皿の串焼きに手を伸ばす。串の先の肉に視線を当て、わざと幸八の顔を見ないで言った。それまで喧騒にかき消されていた舶来蓄音器の楽曲が、急に大きく聞こえてくる。

「そんなもん、いません」

残っていたビールもいっきに飲み干すと、幸八は顔を上げ冷たく笑った。

「それよりなんでそんな話を急にするんですか？　おっかさんに頼まれたんですか」

「いや……うちには娘しかおらんからな。この先も男が生まれんかったら、おまえが所帯持って跡取りを作ってくれたらええと思うて」

口ごもりながら応えると、幸八は冷めた笑いをひっこめ、五左衛門の顔をまっすぐに見つめてきた。

「そういうことなら、よけいに所帯など持ちとうないです。少なくとも、兄さんとこに男児が生まれるまでは、誰とも結婚せん。……ねえさんが可哀想や」

アルコールが回ったのか幸八の両方の目が真っ赤に充血し、だがその眼差しは真剣で、五左衛門にはただの口約束には思えなかった。


大阪から戻り大土呂の駅に降り立つと、見慣れたはずの文殊山がいつになく泰然と、胸に染み入って見えた。職人たちに、なんて報告してやろうか。西の空が夕焼けの茜色に染まり、鳥が高い声で鳴きながら飛んでいく。五左衛門は故郷の透き通るような空気を深々と吸い込み、胸を膨らませる。

これまでも大阪へ足を運んだことは何度となくあったが、二百十枚ものめがね枠を明昌堂に納品させてもらえたのは今回が初めてのことだ。納品したためがね枠のぶんだけ隙間ができた柳行李には、残った九十のめがね枠と娘たちへの菓子、そしてむめへの土産が詰めてある。むめには幸八に連れられて入った心斎橋筋の薬屋で、ひとつ十五銭の化粧石鹸を買った。

柳行李を手に提げたまま工場に戻れば、いつものように末吉が「大将、売れましたか」と肩を寄せてきた。これまで「ひとつも仕入れてもらえんかった」と応えることもあった。「十しか仕入れてもらえんかった」「二十しか」「三十しか」いちばん多い時で「なんとか五十引き取ってもらえた」と口にしたのを憶えている。だが今日は「二百十枚も納入させてもらえたざ。それも明昌堂さん一軒だけでの話や」と胸を張れた。代金は後払いになるが、材料費と給金を差し引いても初めての黒字になる数字であった。

豊島は満面の笑みで、

「で、どの帳場のがどれだけ売れましたんや」

と核心を突いてくる。帳場制にしてからは、出来高に応じて親方や徒弟に支払う手間賃が変わってくるために、職人たちもかしこまった顔つきで五左衛門の言葉を待っていた。末吉は自信ありげにおしぎりの前で胡坐をかいており、五郎吉は金槌を手に、鑞付けをしていた三之助と八郎は口端にゴム管を咥えたまま五左衛門を凝視している。

「末印が百、五印が百――」

言葉の途中で歓声が上がり、拍手で五左衛門の声がかき消される。座ったまま足をばたつかせて床を叩く若い職人たちもいる。作業場内のあちらこちらで太鼓を叩くような騒ぎが起こる。ムカデの足ほどの付箋を貼り付けられて返品されることがほとんどだったために、百という数字が信じられないのだろう。五左衛門にもみんなが喜ぶ気持ちは痛いほどわかる。自分にしても橋本に「末印を百、五印を百」と告げられた時は目が潤むほど嬉しかったのだ。だからこそ、三印の売り上げを口にするのが辛かった。両目を大きく見開いた三之助と八郎が焦れた様子で五左衛門を見つめていた。だがこればかりは嘘をついてもしかたのないことだ。

「三印のは十だけ仕入れてもらった。まだまだ改善せなあかんところがあるんや。橋本さんに付箋つけてもらってるから、すぐに直してくれ。また大阪に持っていくざ」

五左衛門は柳行李の蓋を開け、売れ残った三印のめがね枠を指差すと、荷物ごとおしぎりの上に載せた。

「ほやが蔓に工夫したり、枠に模様が入れてあるんは橋本さん褒めてらしたわ。三印のめがね枠がいちばん斬新やとも言うてらした。ただ、基本的な工程のところで雑さがあるそうで、引き取ってもらえんかったんや」

五左衛門の言葉が終わらないうちにゴンという鈍い音が床に響いた。見ると誰かが床に転がっている。

「なんや。どうしたんや」

床に寝そべるように倒れたのは清水千代吉で、貧血か酸欠でも起こしたのかと五左衛門は思わず声を張ったが、「すんまへん、よろけてしもて」と千代吉は床に打ちつけた頭を両手で庇うようにして体を起こす。

五左衛門は千代吉から視線をずらし、まだ力なくうな垂れている三之助と八郎に向き合った。

「三之助、直せるか」

「……へい」

五左衛門は三之助のすぐ近くまで歩みを進め、その目を見つめた。

くぐもった声で三之助が頷く。

「八郎も、直せるな」

三之助のすぐ隣にいた八郎にも同じように訊いた。

「へい。やり直します」

八郎の目が潤んでいた。だが涙を見せることなく、八郎は売れ残った九十のめがね枠を丁寧な手つきでひとつずつ、おしぼりの上に並べ始めた。

「ほな終業時間の七時までできばってくれ。今日は夜学の日やから残業はせんでええ」

五左衛門はそれだけ伝えると、柳行李の蓋を閉めて手に提げ、作業場を後にする。

またさっきと同じ、床を打つ鈍い音が背後から聞こえてきたので振り返れば、千代吉が両手を床につき這いつくばっている。どうしたんや、と声をかける間もなく、千代ていた。

千代吉は起き上がり「すんまへん、すんまへん……」と呪文のように口の中で唱え

四時頃から降り出した雨は徐々に強さを増し、家の中にいてもすさまじい雨と風の音が聞こえてくるようになった。

「えらいことやわ、嵐になるんちがうか。つい、悪いけど家中の窓が閉まってるか見てきてくれへん。あと雨戸も閉めといて」

台所で夕飯の仕度をしていたむめが、食事場に顔をのぞかせる。ついとたかのとみどりは、囲炉裏のすぐそばでままごと遊びをしていた。五左衛門が大阪で買ってきた竈を模した素焼きの玩具が、三人のちょうど真ん中に置かれている。

「ええわ。おとっつぁんが見てくるざ」

囲炉裏の前で茶を飲んでいた五左衛門は、立ち上がろうとしたついを手で制し、食事場を出ていく。奥の間に続く廊下から窓の外を眺めると、庭の木も山の木も、風に煽られ左右に揺れている。今日の夜学は無理かもしれんな――勉強のある日は麻生津分教場から鈴木兼吉先生を招いていたが、暴風雨や大雪など天候が悪い日は中止にしている。夜学がなくなるのはもったいない話だが、徒弟たちにとっては骨休みにもなるだろう。

客間や寝室の雨戸を閉めて回りながら、五左衛門は空に垂れ込める雨雲を見つめ

る。むめの言うように、これからさらに荒れそうな空模様だった。この雨と風で、まだいくらか残っている山桜はすべて散ってしまうだろう。家の中の窓や雨戸をすべて閉め、戸締りをしてから食事場に戻ると、玄関から声が聞こえてきた。

「なんや誰か来てるんか」

火吹き竹を手に、玩具の竈に息を吹きつける真似をしている娘たちに訊くと、「三之助さんやて」とついが顔を上げ、土間のほうを指差す。

「どうしたんや」

五左衛門は沓脱石で草履を履いて土間に下りると、話しこむ三之助とむめに向かって声をかけた。むめが灯りを入れたのか、土間の隅でランプの火が揺れている。

「あ、大将」

傘もささずにやって来たのか、三之助の着物は雨水を含み色が変わっていた。

「なんや。なんかあったんか。雨の中を傘もささんと歩いたら風邪引くで」

ランプの灯りに照らされた三之助の顔が引きつっている。

「家にまで来てしもて、すんまへん」

「どうしたんや」

「実は千代吉がおらんのです」

「おらんてどういうことや。まだ仕事中やろ」

「それが……一刻ほど前から姿が見えんで……。最初のうちは腹でも下して便所に行ってるんやろと気にしてもおらんかったんです。あいつは腹が弱くてよう下しますから。ほやけどいつまで経っても戻ってこんのやわ……」

「一刻ほど前いうたら、わしが工場を出た頃やざ。そんな前からおらんかったんか」

声を荒らげると、三之助が肩をすくめる。

「どこ行ったんや」

「それがわからんのです」

「わからんておまえ、親方やろが。徒弟のこと見とくのんもおまえの仕事やざ」

思わず怒鳴りつけると、三之助がその場で跪き、そのまま這いつくばるようにして土下座をする。その様子で、千代吉がただ怠けて仕事を放り出したのではないことを五左衛門は悟った。

「むめ、奥の間から三之助に雨具持ってきてやれ」

五左衛門はそう告げると、土間の板壁に掛かっている蓑と笠で身支度をする。笠の紐を顎の下で固く結びながら、

「千代吉がおらんようになった心当たりはあるんやろ」

と三之助に訊いた。三之助は顔を上げてはいたがまだ正座をしたままで、小さく頷く。

最年少の千代吉は、他の徒弟からしばしば鉄拳制裁を受けていたのだ、とためらいがちに三之助が話す。手先が不器用で字が読めないために失敗も多い。自分の考

えを言葉にすることも苦手なのか、なにを考えているのかわからないようなところもあって、班の中では厄介者として扱われていたのだ、と。

「字が読めんことで仕事になんの支障があるんや」

「大事な伝達は、石盤に書いたりするんですわ。千代吉はほれが読めんで気づかんと違うこととしたり……」

「ほやったら親方のおまえがなんか策を講じてやったらええやろ。字が読めんのははじめからわかってたことやざ。なによりあかんのは、千代吉に鉄拳飛ばしてる奴らを親方のおまえが見過ごしてたことや」

作業場の床の上に、団子虫のごとく体を丸めて転がっていた千代吉の姿が瞼に浮かぶ。五左衛門の見ていないところで誰かが殴っていたのだとは、いまのいままで思ってもみなかった。

「師匠もしょっちゅう、擦り板でおれらのこと殴ってますもんで」

三之助の声はさらに小さくなる。

「もっと大きな声で言えや。師匠いうたら豊島さんのことか」

「へい……」

「豊島さんがやってるからおまえらもやってええて、誰が言うた。なんのためにわしがおまえらに学問させてるか、わかってんのか。言葉で伝え合うためやろ。学問やって、多くの知識が身についたら、いろんなことが理解できるんや。そのいろんなことの中には人も入ってるんや。人のことを理解するんが学問なんやざ」

　自分が立ち上げた工場内で徒弟同士の日常的な暴力が横行していたことを知り、五左衛門は身が凍る思いだった。足元から怒りが湧いてくるのに耐え切れず、拳を強く握りしめる。

「三之助さん、これ着てください。旦那さまも。できるだけ早う探しに行かんと、空模様がどんどん悪うなってきましたわ」

　奥の間から戻ってきたたむめが、三之助の肩に手をかけて蓑と笠を手渡した。五左衛門には二本の番傘と、長棒にくくりつけた提灯を持たせ、「気をつけて」と背を押す。

「立て、三之助。行くで」

　玄関の引き戸を開けると雨音がいっきに高まり、吹き込んだ風が土間の隅のランプの火を揺らした。

14　明治四十年　四月

外に出ると風の音はさらに強くなり、大粒の雨が番傘を烈しく叩いてきた。横殴りの風が蓑に吹きつけ、ほんの十間先の道が白く煙って見える。

「千代吉は下文殊村の家に帰ったんやないんか」

雨音に負けないよう、五左衛門は大きな声を出した。強風のせいで笠がもぎ取られそうになり、顎の下の紐が食い込む。

「それはない思います」

「なんでざ」

「千代吉は、貯めた小遣いを渡す時にしか家には帰らん。それ以外で帰ったら、食い扶持が増えるだけやからと気にしてるんです」

工場にいれば麦飯や大根飯など三食を食べさせてもらえる。それが「ありがたい」と千代吉は常々口にしていたのだと、三之助が顔をしかめる。

「ほやったらどこへ行ったんや。心当たりはないんか」

体を前に倒し、風をよけながら、五左衛門は前へ進む。家を出てまだ四半刻も経っていないのにもう蓑に雨が滲みこんでいた。

「心当たりはないんかと訊いてるんや。もっとはっきり喋れ」

五左衛門は、くぐもった声でなにか返してきた三之助を怒鳴りつける。雨音にかき消され、三之助の小さな声が聞き取れない。

「工場のもん全員でこの辺りを探してるんやが……」

千代吉の不在に気づいた三之助は、自分たちだけで事を収めようと、他の親方や徒弟総出で工場周辺を探した。千代吉の実家にも人を走らせた。だがどこを探し歩いてもその姿は見えず、もうどうしようもないと判断し、五左衛門に報告に来たのだ、と三之助は喉を詰まらせながら打ち明ける。どこかの川にでも飛びこんだのかもしれない……。

「あほなこと言うたらあかん。あ、あれは誰や」

田んぼの畦道を歩く人影が、雨滴の幕の向こうに見えた。

「千代吉とちがうか」

五左衛門は土に溜まる水を跳ね飛ばし、走り寄った。白い水煙が視界を濁らせているので、近づくまでその人影が誰なのかはわからない。駆け出すと傘が風に持っていかれそうになり体が横に大きく揺れた。

「千代吉か。おい、千代吉っ」

ほとんど叫ぶようにして人影に向かって声をかけると、

「大将……」

振り向いたのは、青ざめた顔をした八郎だった。

「ああ、おまえか……」

持っていた長棒が手の中から滑り落ち、泥にまみれる。

「大将、すんません」

「事情は三之助から聞いたざ、謝るんは後でええ。とにかく千代吉がどこへ行ったか考えてくれ」

ひときわ強い風が正面から吹きつけてくるのに身を屈めて耐えながら、五左衛門はまたがなり立てた。雨にまみれた三人が、畦道の真ん中で顔を突き合わせる。畦道はもう川の体で、くるぶしまで泥水に浸っていた。

「そういえば、千代吉の寝床から文殊菩薩が消えてました」

八郎が両目を剝いて大声を出す。

「文殊菩薩？　どういうことや」

「千代吉の寝床にあるはずの仏像が、さっき探しに行った時には消えていたんですわ」

蓮華台の上に座すその仏像を、千代吉はことさら大切にしていた。就寝前に手を合わせて拝む姿は毎晩のことで、入職以来欠かしたことのない習慣でもある。その文殊菩薩とともに消えたということは、もう戻らない覚悟だろうと八郎は首を振った。

「不吉なこと言うな。あいつがどこ行くんや。あいつに行くとこなんかないざ……」

番傘を持つ手をだらりと下げて、三之助がうなだれる。八郎は手がかりを探すように首をめぐらせていた。傘を持たずに探し回っていたのか、八郎の全身は、川に落ちた後のようにずぶ濡れだった。

「大将、おれ文殊山を探してきますわ」

八郎が叫ぶ。

「山は……あかん。土砂崩れが起こる」

五左衛門が叫び返す。このところ山が荒れている。田畑や山を捨てて都会へ出ていく村人が急増してからは山に十分な手が入らず、木を切り出したり雑草を刈ったりの手入れが行き届かない。そのせいで樹木は枯れ、地盤は緩くなっている。

「千代吉は、文殊山に上ってる思います」

「なんでや」

「あいつはまだ文殊山に上ったことがないんです。いつか文殊山の御堂を拝んでみたいて、前に言うてたことがあるんです。文殊菩薩と一緒に文殊山に上りたいて」

八郎が弾かれたように風雨の中を駆け出していく。まさかこんな天候の日に千代吉が山へ入るとは信じがたかったが、山に向かった時点ではまだここまでひどくはなかったのかもしれない。

「八郎、待て。わしも一緒に行く」

五左衛門は八郎の背に向かって声を張った。

「大将は家におってください。八郎とおれで探しますで」

三之助が行く手を阻むように、五左衛門の前に飛び出てくる。

「いや、人手はあったほうがええ。役に立たんかもしれんが、提灯持ちくらいはできるざ」

十五になったとはいえ、五左衛門から見れば八郎も三之助もまだ子供で、それは十四の千代吉も同じだった。


蛇行する川のようになった山道を上りきり、大文殊の山頂にある御堂に三人がたどり着いた時には、ほとんど前が見えないくらいに辺りは暗くなっていた。晴れの日の昼間なら足羽山をはじめとする山の連なりが見渡せるのだが、いまはただ不吉な暗闇だけが広がっている。

「ここに千代吉がおるんか」

山に入ると風の音がいっそう大きく響き、雨もいちだんと烈しくなった気がした。地面が緩んでおり、五左衛門も八郎も三之助も何度か足を滑らせ転倒した。蓑は泥と雨水で重くなり、体の芯まで冷え切っている。

「それは、わかりません。ほやが、ほかに思いつく場所があらへんのです」

八郎は肩を上下させ息を荒くしながら、五左衛門を振り返る。なかなか中へ入ろうとしないのは千代吉が不在だった時の落胆を怖れてなのか、それとも——。五左衛門の胸の中を冷たいものが走り抜けていく。

「おれが悪かったんや。他の徒弟が千代吉に嫌がらせしてるんはわかってたんや。ほやがそれは千代吉のせいやて見て見ぬふりをしてきた。失敗して周りに迷惑をかけてるんは千代吉なんやから、制裁を受けてもしゃあない思うて……。あいつには逃げ場所すらないこともわかってたのに」

自分は親方失格やと嘆く三之助の声は、風の音にかき消されていく。

「千代吉はそんなに弱い人間やない。十にもならんうちから大阪でひとり生き抜いてきた男なんやざ」

御堂の入り口へと続く石段に、五左衛門は足をかけた。石段の段差が高く、横風が吹くと体が浮き上がって倒れそうになる。だが体中の力を振り絞るようにして御堂の入り口の前に立つと、手にしていた傘と提灯を地べたに置いて扉を押した。

「千代吉、中におるんか」

黴臭い御堂の中に、自分の掠れた声が落ちる。聞こえていた雨音が一瞬遠ざかり、全身で人の気配を捉える。

「千代吉」

提灯を掲げて真っ暗な御堂の中を進んでいくと、線香の匂いが鼻に届いた。御堂内の闇は外よりもいっそう濃く、提灯の周りだけがぼんやりと見えている。五左衛門は御堂に奉られている文殊菩薩の尊像に、提灯の灯りを向けた。尊像は、越前の僧侶であった泰澄大師が自ら刻んだものだと言い伝えられている。泰澄大師が、かつて中国の五台山に置かれていた文殊菩薩の聖地をこの文殊山に移したという話は、この辺りの村の者なら誰もが知ることだ。

「大将、千代吉がいました」

淡い提灯の灯りに浮かぶ文殊菩薩を眺めていると、三之助の悲鳴に近い声が聞こえてきた。五左衛門は声のほうを振り返り、歩いていく。

「ここにおったんか……」

十畳ほどの御堂の片隅に座る千代吉を、提灯の灯りで照らした。両膝を立て、その膝を抱え込むようにして千代吉が座っていた。ゆっくりと頭を起こしたその顔は虚ろで、目の回りにはどす黒い隈がくっきりと浮かんでいる。「大事ないんか」と五左衛門が千代吉に手を差し伸べたその時、

「なにをしてるんやっ」

御堂に響き渡る野太い声で、三之助が叱りつけた。

「わしらの帳場が手を休めてる暇などないんやざ。おまえはここでなにをしてるんやっ」

三之助は千代吉の腕を摑み、引っ張るようにして立ち上がらせた。千代吉はなにも応えず、芯をなくした人形のようにうな垂れている。

「こんなとこでなにしてるんやと、おれは訊いてるんや。みんなの仕事の手を止めさせ、大将にまで迷惑をかけて、おまえはひとりで休んでるんか」

三之助がこれほど大声で人を叱りつけるのを、五左衛門は初めて聞いた。作業場ではたいてい朗らかで、気分にむらもない。豊島には「三之助は徒弟に甘い」と事あるごとに言われていたが、元来の性根が優しいからか人を責めるような言葉は口に出さない男だった。八郎は他の徒弟を叱責する時間すら惜しいというふうにおしぎりに向かっているために、三之助班の徒弟たちはたしかに他の班に比べると締まりがないのかもしれない。豊島はたびたびそのことを忠告していたようだが「親方にきつう言われなできんようでは、どうにもなりませんし」と三之助は毅然とした態度で応えていたのだ。そんな三之助が、いまは全身をたぎらせ怒り狂っている。熱をもって潤んだ両目に、強い憤りが浮かんでいた。

「……すんまへん。ほやけどおれが帳場にいたら迷惑がかかるで」

とにかく一度だけ、文殊山の文殊菩薩さまを拝んでから増永工場を去ろうと思っていたのだと、千代吉は落ち窪んだ目を三之助に向けた。

「去るってどういうことや」

三之助が千代吉の肩に手をかける。肩を強く摑み、射るような目つきのまま千代吉を見下ろしている。

「末吉さんの班と五郎吉さんの班の給金を上げるて、豊島さんから聞いたんや。ほやがうちの班の給金は据え置きやて。……おれみたいな腕の悪いもんがおったら、帳場全体が不幸せになるで」

　言葉の途中から、千代吉がしゃくり上げ出した。千代吉の足元には右手に剣を、左手に経巻を持った文殊菩薩が転がっている。仏像のすぐそばに「智慧明瞭」「学業成就」と書かれた短冊が並べてあった。

「おれが、給金のことで自分の帳場の徒弟を恨むような親方や、思うてるんか」

「いや……ほやけど他の徒弟にも迷惑がかかるで」

「そう思うんやったら、なんでもっときばらんのや。おれはおまえが他の奴らにやられてることはわかってた。それを止めさせせんかったんは、おまえが腕を上げさえすればそれはそれで鉄拳制裁は終わる思うたからや。自分自身でなんとかせな、どうもならんと考えたからや」

「……すんまへん」

「謝るな。そんな言葉、聞きたない」

「ほやけど……すんまへん」

　三之助が摑んでいた肩を離すと、千代吉は両膝の力が抜けたかのようにその場で蹲った。三之助は唇を曲げ、丸まった背に視線を落としている。その場にいる全員が口を閉ざしたので、外の雨音が烈しさを増して耳に届いた。五左衛門は千代吉の丸い背を見つめたまま、雨滴が萱葺き屋根を打ちつける音を聞くともなく聞いていた。矢が壁に突き刺さるような雨音だった。いまは何時頃だろう。携帯用の日時計を持ってはいたが、陽がないこんな場所では役にも立たない。いま頃千代吉を探しているだろう他の職人たちのことが気になり、五左衛門は御堂の小窓に視線を向ける。

「たしか今年の一月やったな。実はおれもこの御堂の文殊菩薩を拝みにきたんや」

千代吉の嗚咽だけが響く御堂に、八郎の低い声がぼそりと落ちた。それまでただそばにいてなにを言うわけでもなく、三之助と千代吉のやりとりを眺めていた八郎が、感情のこもらない声で話し出す。八郎は、床に転がる文殊菩薩と二枚の短冊を拾い、そのまま片膝をついて千代吉の耳元で語りかける。

「十五日の休日のことやったなぁ。なんでやろな、急に文殊山に上りとうなったんや——」

雪に深沓をめりこませながら山道を上っていた自分がなにを思っていたか、はっきりとは思い出せない。ただ誰とも喋りたくなくて、ひとりになりたくて、こんな雪深い季節に御堂へ来る者などいないだろうとそれだけを考えていた。

真冬の雪山は、怖ろしいくらいの寒さだった。御堂にたどり着いて中へ入っても風をしのげる程度のことで、身を固めるような冷気は外と変わらない。工場からこっそりランプを持ってきてはいたが、油がいつまで持つかはわからなかった。

「文殊菩薩さまを拝んでた時のことや……。寒すぎたんか頭がぼうっとしてきて、おかしなもんがふたつ見えたんや」

　突然に御堂の屋根が抜けて星空が見えたのだ、と八郎は言った。まだ昼前の晴れた日に、なぜか星空が見えた。「それから今度は飴色の黄牛が目の前に現れたんや。『おまえ、どこから来たんや』てその黄牛に訊いたら、『御本堂や』て応えよった。その立派な牛の声が、なんでか頭の中いっぱいに聞こえてくるんや。……三之助、そんな顔すんなや。気が触れてたわけやない、ほんまにそんなことがあったんや。星空を見上げてる時も牛と話してる時も、どこかでヒュッヒュッヒュヒュヒュヒュー一て、ホトトギスが鳴いてた」

　夏鳥のホトトギスの声が聞こえるわけなどないんやが、と八郎は微かに笑い、やっぱりあの日の自分はどこかおかしかったんかもしれん、と千代吉の肩に手をかけた。

「おまえが知ってるかしらんけど、おれと三之助親方は、同じ時期に増永工場へ来たんや。ヨー一イドンでめがね枠の作り方を習って、一緒にここまでやってきた。年も同じや。ほやが三之助は親方になって、おれはおまえらと同じ徒弟のままや。作業場ではなんもない顔をしてるけどな、ほんまは辛いんやざ。時々はたまらんようになってな、もうめがねやめて他のことしよかと思い詰めることもしょっちゅうや。あの日もおれは、文殊菩薩さまを拝みながら、どうしたらええか考えてた。どれくらいの時間考えてたんやろなあ。そのうちランプの油が消えてしもて、それからまだしばらくここにおったからけっこうな長さやったと思うわ。それでな、いろいろ思い悩んでいるうちに、人間には二種類おるんやと気づいたんや。あきらめるやつと、あきらめんやつ。おれは自分がどっちの人間になるか、この場所で必死に選んだんや」

真昼の星空を見上げ、艶やかな黄牛の双眸にじっと見据えられ、ホトトギスの声を遠くに聞きながら長い時間考え抜いた。寒さも忘れるくらい、必死だった。途中で無性に腹が減り、お供え物の古い饅頭を口に入れ水を飲んだが、それ以外はずっと自分自身に問い続けた。

「あきらめるやつ、あきらめんやつ……。おまえがどちらの人間になろうともおれには関係ない。興味もない。ほやが増永工場に残ってええんは、あきらめんやつだけやざ」

八郎は千代吉の腕を引っ張り立ち上がらせると、「大将、もう下山しましょう」と体の正面を御堂の扉に向ける。

山を下りて工場に戻る頃には、すっかり夜が更けていた。

だが工場の明かりはまだ煌々と灯り、悪天候のために捜索を打ち切った職人たちが、濡れた作業着のまま千代吉の帰りを待っていた。

「千代吉、見つかったんか。おまえはほんま……どこにおったんや」

作業場に続く引き戸を開けて中へ入ると、泥にまみれた千代吉を、五郎吉が強くかき抱く。

「……ほんまにすんまへん」

「こんな嵐の中をどこ行っとったんかと心配したわ」

五郎吉は首にかけていた手ぬぐいを千代吉の頭に巻きつけ、子犬でも扱うみたいに荒っぽい手つきで水滴を拭ってやる。

三之助の帳場には八郎と千代吉以外に丹羽徳松、大平金治という徒弟がいたが、そのふたりはおしぎりの前で作業を続けていた。自分たちの鉄拳制裁が原因で千代吉が逃げ出したというばつの悪さからか、ひたすら無言で返品されためがね枠の直しをしている。五左衛門は徳松と金治にこれまでのことを問いただそうと、おしぎりの前で膝を折った。夜学で学問を学ばせている真意を、このふたりにも伝えなくてはいけない。五左衛門がすぐ目の前に腰を下ろし目線を合わせてきたことに、徳松と金治が怯えた表情を見せる。その時だった。

「三之助。おまえは親方失格や」

作業場の中央に置かれた木椅子に腰掛けていた末吉が、ゆっくりと立ち上がった。安堵に包まれた室内の空気が、末吉の尖った声で硬くなる。

「仕事の手が遅い徒弟は千代吉だけやないやろ。うちの帳場にも、五郎吉の帳場にもいてるで。当たり前や、誰もが同じ技量やなんてことは絶対にないんや。技量が不揃いなんはめがね職人に限らず、大工にしても機織り工にしてもどこでも同じや」

末吉は厳しい目つきで三之助を見据えた後、視線を離し、天井を向いて大きく息を吸った。

「技量が不揃いなもんが力を合わすから、大きな仕事をやっていくための心が育つんやで。この工場をこの先も続けていくなかで、優れた技術を持つ職人がいつの時代も揃っているとは限らん。それでも高い品質の製品を作り続けるためには、力を合わせるいうんがどういうことか、知っとらなあかんのや。おまえはその心を徒弟らに教えるのを忘れてるんとちがうか」

今回のことはすべて三之助のせいやざ——そう言い残し、末吉が作業場を後にした。五左衛門が後を追ったが、蓑と笠を着けた末吉は足早に雨が降りしきる外へと出ていってしまった。


騒動の翌朝、五左衛門はいつもより一刻早く起き出した。昨夜は床に就くのが夜半を過ぎていたためにまだ頭が朦朧としている。

「あら旦那さま。どうしたんですか、こんなに朝早く」

冷たい井戸水で顔でも洗おうと、土間を抜けて外に出ようとした時、むめが台所から呼びかけてきた。台所には煙が立ちこめていたので、かまどの薪を燃やしているところだったのだろう。

「昨夜のことがあったから、一刻ほど早く工場に行こう思うてな」

火吹き竹を手に困惑顔で立っているむめにそう返すと、「そうやったんですね。

ほな急いで朝飯の用意をしますわ」と慌てて台所の中へ戻っていく。末吉が家に帰ってから間もなくして五左衛門も工場を出たので、その後職人たちの間でどのような話になったのかはわからない。

朝飯は工場についてから食べるとむめに告げ、竹で編んだ器に握り飯を入れて家を出た時、外はまだ真っ暗だった。まるで冬の朝のようやざ……五左衛門はしばらく進んでから提灯を持って出なかったことを悔いたが、そのうちに夜が明けるだろうと思い、取りに戻ることはしなかった。昨日は村全体をかき混ぜるように吹き荒れていた雨も風も、泣き疲れた赤子のようにすっかり静まっている。だが地面のあちらこちらに水溜りは残り、草履を濡らした。

ゆっくりと、夜が明けてくる。漆黒の闇がうっすらと青くなっていく。青い背景の中、見慣れた田畑が輪郭をもって現れてくるのに心を奪われていると、

「あれは……なんや」

視線のずっと先になにかが動く影を見つけ、五左衛門は目を細めた。狸か狐……いや、そんな小さな動物ではない。まさか、熊か。足を止めて目を凝らせば、その影がしだいに輪郭をはっきりとさせ、人の姿であることがわかった。まだ四時を過ぎたところだというのに、もう起き出している村人がいるのか。

「大将……」

五左衛門より先に、影が声を放った。

「おまえは」

畦道を歩いてきたのは、千代吉だった。千代吉が背中に小さな籠を背負い、体を丸めて道の向こうからやって来る。

「千代吉、どうしたんや。こんなとこでなにしとるんや」

この顔を見るために、一刻も早く家を出たのだ。昨夜の騒動で落ち込んでいるのではないか、いたたまれない思いをしているのではないか、徳松や金治にまたなにか、騒動を起こしたことへの制裁を加えられてはいやしないか、と。だがまさかこんな野道でばったり千代吉と出くわすとは思ってもいなかった。

「大将……ほんますんまへん」

千代吉はなにを思ったのか背負っていた籠を下ろし、土の上にひれ伏した。

「どうしたんや。昨日のことはもうええ、顔を上げろ。着物が汚れるざ」

地べたから引き剝がすようにして千代吉を立たせると、額と鼻頭にぬめった土がへばりついていた。俯く千代吉と、目を凝らす五左衛門の間に沈黙が流れる。早起きのコマドリが藪の中から鳴き声を聞かせていた。

「出ていくんか」

焦れたわけではなかったが、このまま待っていても千代吉はなにも話さないだろうと思い、五左衛門は訊いた。まだ誰も起き出していない暗闇の床の中、千代吉が荷をまとめている姿が脳裏に浮かぶ。

「工場を出るんか」

　俯いたままなにも応えない千代吉に、もう一度訊いた。足元の籠を拾い、泥を払ってやる。中にはきっと大切なものが入っているのだろう。他の荷物はすべて残し、いちばん大切なものだけを手に取って工場を出たのだろう。

「すんまへん。ほんまに……すんまへん」

「おまえが決めたことや。謝ることはないが、ちょっとだけ喋らんか」

　五左衛門は千代吉の背に籠をかけてやりながら、工場とは逆方向に歩き出す。千代吉がためらいがちに後をついてくるのが足音でわかった。

「千代吉、おまえ朝飯食ってないやろ。握り飯あるで食うか」

　腰を下ろせるほどの大ぶりの岩を見つけ、五左衛門は千代吉を振り返った。ひょっとすると昨日の昼飯以降なにも腹に入れていないかもしれず、だとしたらひもじいはずだ。

「ほやが……」

「ええんや。うちの飯も最後やで食ってけ。この岩に座ったらいいが」

　風呂敷の包みを解くと、蓋を開けた竹の器を千代吉の膝の上に置いた。炊き立ての米の甘い香りが、土の匂いに混ざって鼻をかすめる。

「……もったいないで」

「ええで。全部食えや」

大きな口を開けて握り飯を頬張る千代吉の姿は、まだほんの子供に見えた。

「末吉親方はな、村いちばんの宮大工やったんや。足羽にある神社仏閣の建立にはほとんど関わってきたいうても言い過ぎではないくらいやざ」

なぜかいま、末吉から昔聞いた大工仕事の話をしたくて、五左衛門は一方的に話した。

「昔な、まだ大工やった頃の末吉が、わしに木の性質を教えてくれたことがあったんや。一本の立木いうもんは、南側のはうが枝が多いんやそうや。ほやから立木の南側は節が多いし見栄えが悪いんやて。そう聞いたらわしら素人は、立木の南側を目に付く場所に使うたらあかんと思うやろ。ほやが違うんやて。立木の南側はやっぱり建物の南側に使わなあかんのやて。立木の北側は日光に慣れてないから、日が当たると急に弱ってしまうんやそうや。それからな、切り出した木材には背と腹があるという話も聞いたわ。日本は急峻な山が多いから木々は微妙に反ってるんや。反って凸になった側が背。凹になった側が腹。その背と腹によっても木材の耐久力が違うらしい――」

五左衛門は末吉からこれまで繰り返し聞いてきた大工仕事のいろいろを、思い出せるかぎり千代吉に語った。握り飯を食べ終わった後、千代吉は器の蓋についた米粒を指先で摘み口に運びながら、耳を傾けていた。

「なあ千代吉。末吉はほんまに腕のええ大工やったんや。あいつの頭の中には材木に関するあらゆる知識が詰めこまれていて、わしはいつも感心するばっかりやった。ほやがその末吉も、隣村の棟梁のところで修業してた時は仕事が覚えられんで、頭から血を流すくらいどつかれたそうや。十年や言うてたな。独り立ちできるまでに十年かかったて」

千代吉を工場に引き止める気持ちはなかった。だが帳場制度で競わせたために、千代吉の、出るかもしれない芽を摘んでしまったのかもしれない。

「ええんや」

五左衛門は千代吉の頭に手を置く。

「あきらめるやつがおってもええ。また別のとこでやり直したらええんや」

自分もかつて羽二重工場の経営に失敗したことがある。あの時の自分にはあきらめる道しか見えなかった。だがまたこうやって、次は絶対にあきらめないものを探し当てた。そんなもんがおまえにもきっとある――。工場で学んだことは、いつかおまえを助けてくれるざ――。五左衛門はそれだけ言うと、千代吉を立たせ、日が昇りきる前にもう行けと背中を押す。ここで自分と出会ったことは誰にも言う必要はない。差入契約書にあるややこしい掟――損害金の支払いも気にしないでいい。

「……すんまへん」

「もう謝ることはないざ。おまえはこの工場で一生分謝ったんや。この先は、人に謝らんでええように生きろ」

千代吉は頷くと背中の籠を下ろし、なにかを取り出そうと探し始める。籠の中を手でやみくもにかき混ぜていると草履がこぼれ落ちた。まだ真新しい、今年の正月に支給したばかりの下足だとわかる。弟や妹に持ち帰るため、自分は履かずにとっておいたのだろう。家族思いの千代吉が工場を去ると決めたのだ、よほどの決意に違いなかった。

「これを八郎さんに返してもらえまへんか」

籠の底からようやく見つけた道具を、千代吉は五左衛門に差し出す。

「八郎さんから借りてた鋏とやすりです。おれのがあんまりようないからって、八郎さんが手持ちの中でいちばん使いやすい道具をおれに貸してくれてたんです。なんか手離すのがもったいのうて、このまま持っていくつもりやった……ほんまにすんまへん」

声を震わせ頭を下げると、千代吉は籠を背負い直し歩き始めた。五左衛門はしだいに遠ざかっていく背中を眺める。

顔を上げると空の星がいつの間にか消え、東の空がずいぶんと明るくなってきている。土手に立つ樹木の若葉が朝の光に揺れているのに目をやると、樹の向こうで人影が動くのが見えた。目を凝らすと、人影が五左衛門に向かって会釈してきた。

あれは、誰や？

人影は千代吉の姿を見送ると、踵を返し工場に続く道を戻っていく。

「八郎か」

五左衛門はその後姿に向かって呟く。千代吉の不在に気づき、ここまで追ってきたのだろう。朝日に照らされ土手沿いに歩いていく八郎の後姿は、千代吉のそれよりもずっと寂し気であった。

15　明治四十年　十一月

福井駅で汽車を降りると、駅前には福井城百間堀を埋め立て造られた道幅八間もの真新しい道路が広がっていた。人力車が何台も連なり客を引き、むめは活気のある光景に目を見張る。来月の十二月には駅前をさらに拡張する工事が始まるのだと夫から聞き、福井駅周辺には着実に近代化の波が訪れているのを感じた。

「こちらはこんなに新しくきれいになっていたのですね。話で聞いてはいましたが、この目で見るんは初めてです」

むめは上ずる気持ちを抑えられず、隣を歩く五左衛門の羽織の袂をくいと引いた。駅前の目抜き通りには目新しい店が建ち並び、文房具を扱う店にはエンペツという見たこともない筆が置かれている。むめはついの土産に買ってやりたくもなり、「旦那さま、帰りにあの文房具屋に寄ってもええですか。ついに勉強道具を買ってやりたいわ」と頼んでみる。

「遊びに来たんやないんやざ」

だが五左衛門にぴしゃりと言われ「ほうですね」と自分を戒めながら、着物の襟元を正した。普段使いではめったに着ない薄紫色の濃淡に、藍色の細い縞が入った石田縞を着ているのには訳がある。五左衛門の手にある柳行李には、末印、五印、三印を押されためがねが隙間なく詰まっていた。豊島が五月末に任期を終え、大阪に帰ってからの半年間、増永工場は品質の向上を目指してこれまで以上に努めてきた。

今日は、五左衛門に伴いむめも一緒に行商へ出てきたのは、福井で初のめがね専門店が店開きをすると聞いたからだ。『小川めがね店』という名のその店を訪れ、増永めがねと取引をしてもらえるよう、夫婦で挨拶に行くためである。

「それにしても、なんで幸八さんが小川めがね店のことを知ってたんでしょうね」

福井県庁の立派な洋風建築を横目に見ながらむめは訊いた。小川めがね店が本日式典を催すことは、幸八からの便りで初めて知った。

「大阪で情報を摑んだんやろ。あいつはいろんな場所に出入りしているからどこぞで聞きつけてきたんとちがうか」

幸八からの文には引き札が添えられていたのだ、と五左衛門は言った。引き札は奇抜な絵柄や文字が印刷された紙で、店や商品の宣伝をするために道端で配られるものらしかった。

「そんな紙がお金も払わずに貰えるなんて、大阪はすごいとこですね」

むめにしてみれば、大阪にしても東京にしても、異国と同じくらい遠くにある場所だった。五左衛門や幸八が頻繁に行き来しているとはいえ、自分が訪れることなどこの先もないだろう。

「むめ、もうちょっと早う歩けるか。あと一刻ほどで式典が始まるで」

羽二重の黒紋付に仙台平の袴を身につけた五左衛門は、懐から懐中時計を出し時間を確かめる。「わしが野暮ったい格好をしてると、うちで作ってるめがねまでそう思われるざ」とこの頃の五左衛門は身なりに気をつけるようになっていた。頭には大阪で買ってきた山高帽が載っている。

もとは堀であった通りに沿って進んでいくと、県庁の先に足羽川が見えてきた。おそらく店はこの辺りだろうと、五左衛門は立ち止まり顔をめぐらせ辺りを探す。式典が始まると店主と話をする時間もないだろうから、その前に挨拶をしておきたいのだと珍しく気忙しかった。

「旦那さま、あの建物とちがいますか」

むめは人だかりができている建物を指差し言った。木造の二階建て、壁に漆喰が塗られた真新しい建物が見える。あれはバルコニーというものだろうか。洋風の欄干が二階の正面に設置されていた。

「ほんまやな。最近の店舗はああした擬洋風の建物が流行やざ」

五左衛門は緊張した面持ちで、左手にあった荷物を右手に持ち直した。

むめが指差した建物はやはり小川めがね店で、訪ねていくと開店を前にして使用人たちが忙しそうに立ち働いていた。

「ほうですか。生野でめがね枠を作ってる方がおられるとは存じませんでしたわ」

　小川めがね店の店主は五左衛門とほぼ同じくらいの年齢で、三十代半ばといったところだろう。忙しいにもかかわらず愛想よく出迎えてはくれたが、柳行李の中にあるめがね枠には関心を持ってはくれなかった。

「うちに置いてあるめがねは、朝倉松五郎の弟子である高林銀太郎が東京の工場で作ったものです。それ以外はいくらか義理で大阪から仕入れてますが、やっぱり東京のものが主流やで」

　店主の物言いは丁寧であったけれど、それ以上の商談をする隙は与えてくれない。朝倉松五郎というのは明治六年にめがねレンズの研究のために欧州へ派遣された玉細工師であり、その製作工程を天皇陛下がご覧になったこともあるのだ、と店主が自慢げにつけ加える。

「おたくは、高林銀太郎さんのことも知らんのですか」

「東京のことはあんまり耳に入ってきませんで」

「十五年ほど前から、本郷の弥生町で百五十人もの工員を使って活躍してるお人やで。この業界で商売していくんやったら、知っといて罰は当たらん思いますよ」

　素通し金縁、青色めがね――とにかくこれまで流行しためがねはたいてい東京から発信されたものだと、店主が頰に笑みを残しながら視線を外す。もう用事は済んだといったふうに内に顔を向ける。

むめは店内の棚に並べられためがねを眺めていた。値段の安い真鍮枠のものから赤銅枠、銀枠と、増永工場でも手がけているものが所狭しと並べてある。前面がガラス張りになっていて、鍵までついた棚の中には金縁のものも置かれていたけれど、それ以外のめがねはうちの工場でも取り扱っているものばかりだった。

「小川さん。店に置いてくれとは言いませんが、一度だけうちのめがねも見てもらえんでしょうか」

店主はむめたちに背を向け、使用人に指示を出していた。その店主に向かって五左衛門は頭を下げ、床に置いた柳行李の前に両膝をつく。店主の返事を待たずに蓋を開こうとする五左衛門に向かって、

「ええで、ええで」

と店主が手を振りながら顔をしかめた。

「こんな田舎で作っためがねやで、見んでもわかるで」

それまで浮かべていた笑みをすっと消して、店主がいかにも面倒そうな表情を浮かべる。店主の顔色が変わったことで、使用人たちの目の中にも見下すような色が宿るのをむめは認めた。

「うちのめがねは、いまのところ大阪の明昌堂さんを中心に取引しております」

「ほうですかぁ」

「真鍮枠はもちろん、赤銅枠も銀枠も手がけています。工場は生野やが、大阪の名

工直々に指南を受けてきましたんで、技術は最先端やと自負しております」

「ふぅん」

「一度手にして掛けてもろうたらわかる思いますけど、見た目にも掛け心地にもこだわっていますんや」

「えぇ、そらそうやろなあ」

　気のない店主に向かって懸命に売り込む夫の姿を、むめはすぐそばで見つめていた。店主は適当な相槌だけを返し、丁稚に指示を出したり店内を歩き回ったりしていたが、そのうちになんの返事もしなくなる。それでも夫は増永めがねの性能を語ることをやめずに、店主の後をついて歩いた。

「今日はお忙しいところお時間を作っていただき、ありがとうございました。これからも同郷の馴染みでおつきあいお願いします」

　こちらを振り向きもしない店主にひととおりの売りこみを終え、五左衛門がそう挨拶をすると、ようやく店主が立ち止まった。

「こちらこそ、わざわざお越しいただいて」

　あからさまな言葉こそなかったけれど、今後もうちの工場など相手にしないという決意は容易に見てとれる。店を出た五左衛門とむめは、通りに立ち式典を見届けたけれど、店主がふたりのそばにやって来ることはなかった。

　あれほど胸を高鳴らせて来た道を、沈む気持ちで戻りながら、むめは小川めがね店を振り返った。開店日ということもあり、客がひっきりなしに店の中へ入っていくのが見える。めがねの専門店が珍しいのかもしれない。福井で作っためがねを、地元の店が売る。自分のような商売の素人には自然なことのように思えるのだが、そう簡単にはいかないのだろうか。

「うちのめがね……なんで見もしなはらんかったんかのう」

あれこれ頭の中で考えていたことが、口をついて出てしまった。隣を歩く五左衛門はたいして落胆したふうでもない。

「めがねを扱う商人にとって東京産は高級品、大阪産が並、福井産などは数のうちにも入りはせんのや」

「そうは言っても、品物を見もせんでそう位置づけるんはあんまりです。せめて手に取ってから甲乙丙の評価をしてもらいたいです」

「しかたないざ。福井はそういう場所いうことや。織物以外の産業で、これといったもんはないからなあ。まあ門前払いは慣れてるざ」

淡々と話す夫の横顔を、むめは見つめていた。この人はこれまでどれほど悔しい思いをしてきたのか、道の先だけを見据えるようにして進んでいく姿が頼もしくも哀しくもあった。

「東京や大阪がどれほどのもんなんですか。わたしは生まれも育ちもこの福井です。この土地が他所に比べて劣っているとは思いませんけど」

通り行く人が五左衛門とむめの姿に不躾な視線を向けてくるのは、自分たちが気を張った盛装をしているからだろう。ここまでの本気をむげにされた憤りが、煙のように湧いてくる。涙に変わる直前の熱い塊が、喉の辺りまでせり上がってきた。

「おまえの言うとおりや。福井が他所の土地に劣ってるわけやない。ほやが住んでる人口はどうしても少ないんや。東京で百万、大阪では五十万人以上の人が暮らしてる。横浜、名古屋、京都、神戸で二十万以上。それに比べるとこの福井は四万人や。人がたくさん集まるところが栄えるのは世の常なんや」

五左衛門は抑揚のない声でそう言いきると、駅前にある文房具屋に入っていった。行きがけにむめが「ついの土産を買いたい」としきりにねだった店だった。「一本二厘」と書かれた値札の前でエンペツを手に取り、十本包んでくれるよう店主に告げる。


この日、生野の村は年に一度の鞴祭りの日であったので、家に戻ったむめと五左衛門は、娘たちを連れて裏山の中腹にある八幡神社に出かけた。鞴祭りは、鍛冶屋や鋳物師など鞴を扱う職人たちが日々の感謝を八幡神に捧げる日である。都心では彫り物師や風呂屋、のり屋、石屋などといった火を扱う商売を営む家も八幡神に詣で、鞴を清めると聞いたことがあった。

「鞴はめがね枠作りには欠かせん、火を起こすための道具やろう。道具に感謝して、これからも安全に仕事ができますようにと神さまに祈るんや」

　むめは毎年聞かせる文言を伝えながら、ついとたかのとみどりに蜜柑を手渡す。鞴祭りで蜜柑を食べると、大病にも風邪にも罹らないという言い伝えが、この辺りには昔から浸透している。

　増永工場の職人たちも、祭りの日は仕事を休ませた。工場の者全員で八幡神に注連縄を張りに詣で、供物をして鞴を清める。その後でひとり百匁の馬肉を食べさせるのは、むめの仕事だ。今日は朝から留守にしていたために、十二人の職人たちの夕飯の仕度はシマに任せてある。

「けっこうな人出やわ、迷子にならんようにな」

　工場の裏手の雑木林にある八幡神社には、もうすでに村人たちが集まっていた。注連縄が張られた先に清められた鞴が置かれ、米やお神酒などが供えられている。ついは家から持ってきた蜜柑と餅を、供え物の山の麓に差し出した。

「あ、おんちゃんや」

　むめたちが横並びになって頭を垂れていた時だった。みどりの弾んだ声が、一瞬の静寂の中に落ちる。顔を上げてみどりの指差すほうを見ると、手に酒瓶を提げた幸八がこちらへ向かってゆっくりと近づいてきた。

「こんにちは。みなさんお揃いで」

　洋装の幸八が帽子をとって挨拶するのを、娘たちが嬉しそうに眺めている。だが五左衛門は突然姿を見せた幸八に、いつもの険しい視線を向けた。背の高い杉の木が生い茂り、木漏れ日がゆらゆらと照らす中、幸八は急ぐこともなくのんびり歩き酒瓶を供えると、「一度家に寄ったのですが、シマがこっちにいると教えてくれたもんで」と笑いかけてくる。

「どうしたんや、突然来て」

五左衛門は怪訝そうな表情のまま、幸八を見据えた。

「どうもこうも今日は鞴祭りや。ぼくも馬肉をご馳走になりに来たんですよ」

幸八は笑顔のまま言うと、そばにいる娘たちの頭を撫でた。三人の娘は、七輪で焼かれた餅や蜜柑が振る舞われるのを、いまかいまかと待っている。この日に限っては神社の敷地内での酒盛りも許されているので、村の男たちが薄縁を敷いた上に胡坐をかいて笑い合っていた。

「祭りとはいえ、今日は兄さんもおねえさんもたいそう気張った格好をしていますね」

妹たちの世話をついに頼み、五左衛門と幸八とむめは先に山を下りる。その途中で幸八が気安く話しかけてきた。五左衛門が黙ったままなので、むめは幸八に小川めがね店でのやりとりを教える。こんな格好をしているのは、式典に出席するのに失礼のないよう思案したからだと言うと、「そういえば今日が開店の日でしたね」と幸八の顔から笑みが消える。「兄さんとおねえさんには申し訳ないことしました。

大阪で小川めがね店の店主と顔を合わせた時はなんやもっと気さくで、うちのめがねを店に置いてもらえる感触があったんですけど」

　増永めがねのことは、すでに売りこんであったはずなのだと幸八が言う。

「初めて聞いた——みたいな顔しておられましたよね、旦那さま。福井産のめがねなんて、というご様子でした」

　むめは軽く頬を膨らませて、隣を歩く夫の顔を見上げた。五左衛門はむめの言葉には応えず、さっきからずっとだんまりを続けたままだ。

「まあ……小売店の店主にしても、商品の価値がわからない者は案外多いですよ。売れているから扱う、といった商いをしている問屋も驚くほど多い。自分の目で品物の価値を判断するというのはけっこう難しいことですからね。たとえば増永めがねを『東京産のめがね』だと言って卸せば、商品も見ずに高値で買い取るような業者はたくさんあります。商品を実際に使用する買い手は、もちろんその違いがわかるんですが、そこまで流通させるのが難しい」

　宣伝のために増永めがねの引き札を作ってみようかと思っているのだと、幸八が笑う。絵の上手い八郎あたりに図柄を描いてもらって、それを福井や大阪で配布して——。

「幸八」

　五左衛門が幸八の言葉を遮るようにして低い声を出した。

「おまえが今日生野に帰ってきたほんまの理由はなんや。目が回るほどに忙しいおまえが、祭りくらいで帰ってくるわけがないやろ」

山を下りきると、五左衛門は増永の家に続く農道を進んでいく。途中で何度も村人たちとすれ違ったが、立ち話などはせず会釈だけを交わしていた。

「さすが兄さんはなんでもお見通しですね」

「ほれで、なんや」

「大事な報告がふたつあって帰ってきたんです。ひとつはええ報告。もうひとつは……どうやろ、ええか悪いかぼくにはわかりません。いや、いまの増永にとっては悪い報告になってしまうかわかりません」

言葉を濁すように幸八は言い、五左衛門はその顔を一瞥した後、「まあ家でゆっくり聞くざ」と幸八とむめを置き去りにするほどの速さで、道の先を歩いていった。

家に戻れば、シマが夕飯の仕度のために忙しそうに立ち働いていた。年に一度の馬肉の他にも、職人たちに鯖を振る舞うようにと五左衛門から言いつけられ、玄関先の七輪で焼いているところだった。

「旦那さまと幸八さんにお茶を出したら、すぐ手伝うわ」

むめはシマにそう伝え、囲炉裏にかかる鉄瓶を下ろして茶を淹れ、ふたりのいる客間に運ぶ。

「ほな、ええ報告からしますわ。橋本さんからの伝言ですが、もう五百ほどめがね枠を納品してほしいそうです。この前兄さんが持っていったやつが全部売れたみたいや。けっこうな評判になってるて、橋本さん言うておられました」

むめが客間に入るとちょうど、そんな報告を五左衛門が受けていた。常に無愛想な夫の顔に、控えめな喜びが滲んでいる。

「ほんまに……五百も仕入れてもらえるんか」

「ええ。こんなことで嘘なんか言いません。末印の百。五印の百。あっと言う間に売りさばけた言うておられました。三印の十も、三味線のお師匠さんやら呉服屋の旦那など洒落もんが、選り好んで買うていってくれたそうです」

実は今日、橋本から売上金を預かってきたのだ、と幸八は信玄袋を掲げて見せた。売り上げた二百十枚ぶんの支払いをさっそく橋本がしてくれたのだ、と。いつも明昌堂に立ち寄っていく四国の行商人が増永めがねをえらく気に入っていたという話まで聞かされ、五左衛門は瞬きを繰り返す。

「……それはありがたい」

喉を詰まらせそれだけを言うと、五左衛門は放心したような顔つきで湯呑に口をつけた。

「それで兄さん。増永めがねにとってあんまりようないほうの報告やが」

見るからにずしりと重そうな信玄袋を五左衛門に差し出した後、幸八が姿勢を正す。胡坐をかいたまま背筋を伸ばし、両方の手で膝頭を摑んでいる。

「なんや」

むめは、五左衛門と幸八の強張った顔を交互に見つめながら胸を冷たくした。幸八がなにを言い出すのかと、その場を去りたいような早く聞いてしまいたいような気持ちになる。

それは五左衛門も同じのようで、「なんや、早う言え」と焦れた素振りで繰り返した。

「五郎吉が、ぼくに文を寄こしたんです」

「五郎吉が文て、どういうことや」

幸八と五郎吉は尋常小学校の同級生なので気の置けない仲なのだが、文のやりとりをしているということまでは知らなかった。五左衛門も首を傾げて意外そうな顔をしている。

「その便りに、『増永工場を出たいのだが、どうすればいいか』と相談がありました」

言いづらいことだからか、あえてきっぱりと幸八は告げた。五郎吉が増永工場を去る……？　末吉とふたり、ここまで工場を牽引してきた増永工場の屋台骨の五郎吉が……。人は驚きが大きすぎると、取り繕うことができなくなるのだろう。これまで一度も見たことのない無防備な表情で、五左衛門が言葉を失っていた。

「なにか不満があるんですか。賃金のことですか、それか、労働時間が長すぎるんやろか」

夫の代わりにむめは訊いた。増永工場にとって自分がどれほど重要な存在なのかは、五郎吉自身がいちばんわかっているはずだ。職人も増え、弟子たちも五郎吉を頼りにしている。

「不満というのではないらしいです。ただ」

「ただ、なんですか」

「セルロイドの勉強がしたい、言いますんや。それでぼくに、どこか住み込みで働かせてもらえるところを探してくれと頼んできまして」

五郎吉ひとりではなく、帳場の一番弟子でもある山本為治とふたりでセルロイドの取り扱いを習得したいと、文には書かれていた。そう幸八は話し、五左衛門とむめの顔を交互に見つめた。むめにとっては「セルロイド」という言葉自体が初めて耳にするものだったので幸八に問い返し、これから流行になるめがね枠の材質であることを知る。

「ほやけど五郎吉さんがやめてしまったら、工場はどうなるん。真鍮枠に続いて赤銅枠、銀枠を習得して、次は時代の最先端をいくセルロイド枠を手がけてみたい。そういう五郎吉さんの気持ちはわからんでもないけど……。ほやがいまはそんなことより、赤銅枠や銀枠の技術を磨くことのほうが大事なんちがう?」

「むめ、おまえは口出しせんでいいが。五郎吉はそんなこと十分に承知してるはずや。ほやで末吉やわしにではなく、わざわざ大阪にいる幸八に文を出したんや。仕事の話やざ、女のおまえが出る幕やない」

五左衛門に厳しく言われ、むめは腰を浮かせた。

「幸八、それでおまえはなんて返事を出したんや」

まだ湯気の立つ湯呑の茶をいっきに飲み干し、ようやく五左衛門が口を開く。客間の襖を開けようと伸ばした手を止め、むめは幸八を振り返る。

「返事の文は出してません。そのかわりに今日生野に戻ってきたんです。兄さんと五郎吉と三人で話し合いをせなあかん思うて」

「話し合い？」

「はい。兵庫の網干にあるセルロイド会社に知り合いがおりまして、その人に頼んでみようか思うてます」

「五郎吉と山本為治のふたりのことをか……おまえは行かせるつもりでおるんやな」

「そうです。セルロイド枠は以前から注目されてたんです。ただ火に弱いいうんで、これまで職人たちは扱いたがりませんでした。ほやがセルロイドやと金属にはない色をつけたり、柄をつけたりがしやすいらしいんです」

幸八は、いずれ近いうちにセルロイド枠が主流になる時代がやってくるだろうと話す。色柄の豊富さと美しさもさることながら、セルロイドには艶々とした光沢がある。錆びることもない。めがね以外にもセルロイド製のものを目にしたり手に取る機会があるが、たしかに魅力のある材質だったと幸八は語気を強めた。

「五郎吉がその最先端技術を習いたい言い出したんは、自然な流れや思います」

「うちの工場の損失になってもか」

「それはしかたありません」

むめは立ち上がり、襖を開けて廊下に出た。もう日が翳ってくる頃なのか、家の中には冷気が立ちこめていて、まだ神社にいるはずの娘たちのことが心配になってくる。職人たちを招いての夕飯のことも気にかかり、足早に土間へ向かった。

世の中が動くから人が動くのか。人が動くから世の中が動くのか。次から次へと新しいことが起こる、なんて目まぐるしい時代なのだろう。自分のように家事をする以外に他に取り柄もなく、田舎暮らしで充分に満足しているような女にはとうていわからないことだらけだ。

誰かが庭へ出てそのまま閉め忘れたのだろう。庭に続く六畳間の障子が開けっ放しになっていて、外から木枯らしほどに冷たい風が家の中に入ってきた。厳しい冬はすぐそばまで迫ってきている。長い冬がきて春を待ち、夏を乗り越え豊潤の秋を迎えるといった、ぼんやり当たり前に時間を過ごすことは、もう許されない世になってしまったのだろうか。

千代吉が工場をやめていった時も、寂しさとやるせなさでしばらく気持ちが沈んだ。けれど五郎吉が一番弟子の為治を連れて出ていく心細さは、口では表せないほどの喪失感がある。だがまだ決まったわけではない。夫は許すのだろうかと、むめは庭の向こうに霞んで見える文殊山を見つめた。

鞴祭りの宴は、増永家の十畳の客間と八畳の寝間の間の襖を取り外して行われた。日頃はおしぎりの前に座り、黙々と手を動かし続けている職人たちもこの日はいつになく饒舌で、歌の好きな者はでたらめな都都逸を歌い、踊りの好きなものは座敷の中央に出ていって即興で舞ってみせた。今夜ばかりは師も弟子も帳場制もなく、時間を忘れて笑いさざめき合う。宴は夜遅くまで続き、誰かが翌日の仕事の段取りを口にするまでは、祭りの火は消えそうになかった。

お開きとなり幸せそうな職人たちの後姿を見送ると、シマとその娘を先に家に帰し、むめはひとりで後片付けを始める。宴の場でひとしきりはしゃいでいた娘たちは疲れ果てて六畳間で眠り、幸八は「今夜は五郎吉の家に泊まる」と提灯を手に出かけていった。いまは食事場でひとり、五左衛門が熱い茶を飲んでいる。

「片付けはもう、明日に回したらどうや」

夕餉に使った箱膳を土間の流しに重ねていると、食事場から声が聞こえてきた。声が近いので不思議に思い振り向くと、食事場と土間を隔てる上がり框に五左衛門が腰掛けている。

「明日にしよう思うてますけど、寝間だけは片付けておかんと、今晩休むところがありませんわ」

酒にはほとんど口をつけていなかったように思えたが、夫は目の縁を赤く染めていた。風呂を沸かそうかとも思ったがさすがにこの時間では無理だろうと、むめは水を張った鍋を竈にかける。

「酒を一本つけてくれんか」

「いまから呑むんですか。朝が辛いしやめたほうが……」

「大丈夫や。一本だけつけてくれ。おまえも一緒に呑んだらええざ」

いつになく優しげな声に、むめは手を止めた。灰で箱膳の汚れを擦り取っていたのだが、灰にまみれた手を水でゆすぐ。

むめが徳利を一本、盆に載せて運んでいくと、五左衛門は食事場の囲炉裏の前で座っていた。

「今日は朝からよう動きましたし、疲れたんちがいますか」

お猪口に酒を注ぐと、五左衛門が徳利を手に、むめのお猪口に注ぎ返してくる。妻相手に不慣れな酌をするほどに、五郎吉の話は衝撃だったのだろうとむめは察した。

「五郎吉には、網干に行ってこいと言うつもりや」

「……旦那さまが決めたことやったら、わたしになにも言うことはないです」

しんと静まった食事場に、竈にかけた湯が沸く蒸気の音が聞こえてきた。言葉が少ないのはいつもと変わりはないが、なぜだか今夜は五左衛門の心が透けて見えるほどに伝わってくる。

「五郎吉さんは腕の立つめがね職人やし、きっとそのセルロイドいう材料も、すぐ上手に扱えるようになるんとちがいますか」

しゅうしゅうという蒸気の音を耳にしながら、むめは五左衛門に語りかける。気落ちしているくせに、夫にはそれを見せる術がない。

「五郎吉さんを応援せなあきませんね」

蒸気が鍋の蓋を持ち上げていた。木の蓋が、生き物みたいにかたかたと左右に揺れている。

「わたしからすれば、大阪なんて町は龍が棲んでるような場所です。そんな町に認められたんや。増永めがねに、大阪の明昌堂さんから五百もの大量注文がきたんです。旦那さま、五郎吉親方がおらんようになっても、うちの工場はきっと大丈夫やわ」

むめはそう口にして、そっと立ち上がった。沸いた湯で五左衛門の体を拭いてやろうと思っていた。朝一番から汽車に乗って小川めがね店を訪問し、それから祭りやら宴やらで一日中忙しく立ち働いていたのだ。さぞかし土埃にまみれていることだろう。

「苦労ばかりかけて、すまんな」

土間へ下りようとしたむめの手を五左衛門が摑み、そのまま額へ押し付ける。思いのほか熱い夫の吐息に、むめの心も熱を帯びる。

「おしょりんやし、ええんです」

生まれも育ちもこの足羽郡麻生津村の自分には、ここ以外の場所へ続く道など、どこにもなかったのだ。冬になれば閉じこめられたような気持ちで、ただ雪が解ける春を待つばかりだった。それがいまでは道が見える。こんな山の麓の小さな村からでも日本の中心に繋がっていける道。それを見せてくれたのは、夫であるこの人に違いなかった。

「旦那さまと一緒になって、ほんまによかった。わたしも……こんなわたしでも、増永めがねの名前がいつか日本中に知れ渡ることを夢見てるんです。旦那さまや職人さんと同じ気持ちで毎日を生きられるんが、えらい楽しいんやわ」

むめはその場に両膝をつくと、大きな樹木を抱くような思いで五左衛門の体に腕を回した。長い時間をかけてようやくわかり合えたことに、深く長いため息が漏れる。婚礼の式をあげて間もなく夫婦になれる者もいれば、自分たちのように子を何人もなしてなお迷い、ようやく気持ちを重ねあう夫婦もいるのだろう。いまはこの人との一生だけが、自分の運命だと信じられた。

16　明治四十四年　三月

工場の二階に集まった職人たちは、普段の何倍もの集中力をもって、中央の木机の上に陳列されためがね枠を見つめていた。

今日はいつもの品評会ではなく、いまから五か月後に石川県で催される内国共産品博覧会に出品するための一品を選ぶことになっている。増永めがねを代表する一品を選出するために、輪になった一同がそれぞれの帳場が出してくるめがね枠を評価していく。

「三印のめがね枠は、とにかく掛け心地にこだわってますんや。ほやで蔓を通常より太めにしてます。丸みも帯びてますんで、長い時間つけても耳の上が痛くはならんのです。これまでは材料を節約してできるだけ細うしてきたんですが、発想の転換で、少々値は上がっても体が辛うないもん、そういうもんが求められていくんちがいますやろか」

三年四か月前に五郎吉が工場を去ってからというもの、末吉に次ぐ実力者として工場を牽引してきた三之助親方の発表が済むと、工場内に大きな拍手が起こる。満足そうに頭を下げる三之助を、末吉親方が余裕の表情で眺めている。もう見慣れた品評会の光景ではあったが、工場の隅に立ち眺めていた五左衛門には、いつもの何倍もの熱量が伝わってきていた。

「最後は八郎親方の帳場やな。前に出てきてくれ」

末吉が促すと、新製品のめがね枠が入った木箱を八郎自らが持って前に出てくる。八郎の後を、帳場の徒弟たちがぞろぞろと緊張の面持ちでついて出てくる。

五郎吉が抜けた後に五郎吉帳場を継いだのは、この八郎であった。五左衛門が親方への昇進を告げた直後は複雑な表情をしていた八郎ではあったが、五郎吉親方が突然いなくなり、不安に駆られる五郎吉帳場の徒弟たちを、元来の生真面目な性格で率いてきた。親方の影響とは不思議なもので、八郎が親方になったとたん、かつての五印帳場はまるで別物のめがね枠を作り始める。虫であれば蝶、鳥であれば孔雀、魚であれば鮎――とにかく流麗な、見た目にこだわる八郎のめがね枠作りには、手に取る者を楽しませる華がある。豊島がいた頃は、それを「基礎もまだできないうちに」と嫌い、末吉も「めがねは実用品やで」と認めてはいなかったが、八郎の下で働きたがる徒弟は増えていった。

工場自体もこの四年の間で規模を大きくし、十三人だった職人は現在五十七人となり、そのうちの二十五人は十五歳までの年少者である。

「これが博覧会を見据えて作った、八印のめがね枠です」

八郎が木箱から新製品を取り出すと、他の職人たちの表情が固まった。八郎の帳場は今回のめがね枠を作るのに、鑞付けの過程以降は他の帳場の者に見られないよう囲いをしていたので、完成品を目にするのは今日が最初だ。もちろん五左衛門も目にするのは初めてで、なによりまずその美しさに目を見張る。赤銅枠でもなく、銀枠でもない、新しい色合いのめがね枠が装飾品のように鎮座している。

「うちの帳場は色づかいにこだわってみました。基本の材料は赤銅やが、ところどころに金を使うてます。もちろん金は値が張るんでたくさん使うことはできませんから、ほんまに要所だけです」

金継ぎという、陶磁器を修復するための技術を取り入れたのだと八郎は説明する。割れたり、欠けたり、ひびが入ったりした陶磁器を直すための、日本古来の方法を真似てみたのだ、と。陶磁器の修復には接着材料として漆を使い、金粉をその上から施すのだが、めがね枠にしても赤銅の上に金を上塗りする。そうすることで、金の量はごく微量に抑えられる。

「金はやっぱり豪華な色やで、人の目を惹きます。視力は悪うないけど、あんな美しいめがねやったら掛けてみたい。そんなふうに思うてもらえたら、めがねの用途も広がるんちがいますやろか」

満足のいく商品が出来上がったのだろう。八郎が自信に満ちた表情で職人たちの顔を見渡し、深々と腰を折った。八郎の横に並ぶ八郎帳場の徒弟たちもみな、わが帳場の商品を誇りに思っていることが見てとれる。

「ほやけどなぁ」

末吉が口を挟むまでは、その場にいた誰もが八印の新製品に胸を衝かれ、動けずにいた。

「八郎親方の商品は、いつも見た目がすごくいいがや。ほやけどな、やっぱりめがねいうんは丈夫で使いやすいもんが一番なんや」

語尾が小さくなっているのは、末吉自身も辛口の批評ができないほどの衝撃を受けたからだろう。だが末吉の言っていることも正論である。五左衛門は品評会の成り行きを、気持ちを昂ぶらせながら見守っていた。

「もちろん、頑丈で掛け心地がいいんは増永めがねの売りです。品質の良さを認められてきたからこそ、注文もだいぶ増えて工場も大きくなりました。ほやがまだ『福井で作っためがね』とうちらは陰口を叩かれてます。『めがねは東京か大阪で作ったもんやないと』と商品も見てもらえず、つき返されることもあります。ほやからわては、人が見て素通りできんようなめがね枠作ったろう思いました。うちのめがねが丈夫で使いやすい、ということをわかってもらうためには、なんとしても手に取ってもらわなあかんのやざ」

華奢で色の白い八郎親方が、大柄で威風堂々とした末吉親方に向かっていく。三之助はもうとっくに土俵の外に出て、にやにやと頬を緩ませながら親方同士の取っ組み合いの見物をしていた。三之助にはもともとこのようなところがある。八郎の才能を誰よりも近くで目にしてきたからか、最後にはいつも八郎の後方で太鼓を叩いているのだ。

いつもなら品評をして終わる時刻なのだが、今日は出展する品を選りすぐらなくてはならないために、緊張感が続いていた。末吉も八郎も、自分たちの帳場の商品が出展されるべきだと、目と全身で訴えている。

「ほやったら大将に決めてもらいましょか」

ひりひりとした空気の中に、三之助の間の抜けた声が落ちた。

「わしがか」

喉に唾が溜まっていて、しわがれた声が出た。

「末印、三印、八印、どの商品で内国共産品博覧会に挑むんか、大将の意見を聞かせてください。出品は増永五左衛門の名前でするんやざ」

三之助に軍配団扇を投げて寄こされ、五左衛門はたじろぎを隠しながらしばらく考えた。これまでも何度か品評会で甲乙をつけることはあったが、ここまで競り合うのは初めてのことだった。

五左衛門は末印のめがね枠を手に取り掛けてみる。めがねの中で唯一の可動部分となる蝶番のネジひとつにまで神経が行き届いている。見た目は素朴だが、作りは繊細だ。蔓を開閉する際に最も負荷がかかりやすい智の部分の金属を厚くしたりと、簡単には壊れない工夫があちこちに施してあった。

一方で八印のめがねは装飾品のようでもある。耳に掛ける蔓はめがねを支える屋台骨なので頑丈でなくてはいけないが、それが細い。だが実際に掛けてみると顔の横幅にきっちりと合い、安定している。蔓の先が耳に巻きつくような形状になっているために、脱落が防止できるのだろう。そしてなにより蝶番や蔓の先に施された金塗りが美しかった。

五左衛門はしばらく目を閉じ、自分がもし娘に買ってやるとすればどちらのものを選ぶだろうかと考えた。女や子供が人目を気にせず掛けられるめがねが、これからは必要なのかもしれない。

「これまでたくさんのめがねを見てきたわしやが、八印のめがね枠には心摑まれたのう。そういう感覚的なもんで選んでいいんやったら、八郎親方の帳場のめがねを出品したい思う」

五左衛門が言い終わると、工場の中に拍手がわき起こった。八郎が三之助と抱き合って互いの背を手のひらで叩き合っている。

「おまえらそんなに騒ぐなや。出品する商品が決まったいうだけやないか。出品なんぞ誰でもできるんやざ」

五左衛門は場を鎮めるために大声を張ったが、誰の耳にも届いてはいなかった。

工場から延びる薄暗い道を、五左衛門は末吉と並んで歩いていた。明日の夜は仕事を終えてから、みんなで足羽川の堤防へ花見に出かけることになっている。酒やつまみが存分に振る舞われるこの春の恒例行事は、雛祭りと同様に職人たちの楽しみになっていた。

　末吉の手には銅製の強盗(がんどう)提灯が握られ、中で蠟燭火が頼りなげに揺らめいている。三月も末になり地面の雪は姿を消していたが、山から吹き下りてくる風はまだ冷たい。

「それにしてもうちは、立派な工場になったなぁ」

　日頃は強面の親方として改まっている末吉も、ふたりだけになれば幼なじみのくだけた言葉遣いになる。半纏の襟元を手で合わせるようにしながら、末吉は嬉しそうに笑って見せた。

「ほんまや。めがねがなにかも知らんような男が始めた事業やざ、いつ夜逃げしなならんか思うてたんや」

　五左衛門にしても末吉にだけは本音を口にし、風に揺れる木々を仰いだ。春の虫の声を聞きながら、ふたりでのんびりと歩いていると、若い徒弟たちのはしゃぎ声がどこからか聞こえてきた。

「悪いが、明日は仕事休ませてもらうで。夜の花見には参加するけどな」

　末吉の声に喜びが滲んでいたので、五左衛門も明日がなんの日であるかを思い出す。明日は高等小学校の卒業式で、ついと末吉の一人娘のツネが揃って卒業証書を受け取る日だった。たいていの子供が十二歳で卒業する中、ツネだけはそれより三つ年上ではあったが、この辺りではそう珍しいことでもない。就学をいったんは見送り、家業に余裕が出てきてから学校へ通わせる家も少なくないのが現状だった。

「式の間、羽織袴姿のおとっつぁんが睨みきかしとったら、ツネが恥ずかしがるんとちがうか。わしは式には出んと家におるつもりやざ」

五左衛門が軽い口調で言うと、

「ほやが見たいんや。ツネが学校を卒業するところを、この目の中に宿しておきたいんやわ」

と末吉は真面目に応え、高等小学校を卒業した後は福井にある高等女学校へ通わせるのだと話す。「学校に通うのは無理やろう」と言われていた娘が無事に卒業の日を迎え、さらに上の学校へと進学する。そのことが自分と妻にとってどれほど幸せなことかわかるかと、末吉は生真面目な顔のまま五左衛門を見つめてくる。

「のう五左衛門、わしと小春とツネにとったら、めがねはただの道具やないんや。めがねは人生を変える、かけがえのないもんやったんやわ。大袈裟な言い方やが、うちの家には闇を光に転じるもんやったんや。わしはそんな大事な品を、毎日毎日作らせてもろうてるんやざ」

視線を落とした末吉が、「おおきに」と声を張った。田んぼの畦道で、目も合わさずに一生に一度あるかないかのような深い礼をするとは、なんとも末吉らしかった。だが、

「礼を言うのはわしのほうや」

声の震えを隠そうとすると、五左衛門はそのひと言しか返せない。

工場を立ち上げてから、六年の年月が流れた。

幸八とふたり、こうして夜道を歩きながら末吉の家に向かった日からいつしか歳月が流れていた。幼かった娘たちもついが十二、たかのが十、みどりが八つになり、明治三十九年には四女のきさおが、昨年には五女のよしこが誕生した。たった四人だった職人は五十七人になり、日本全国に名を馳せるまでにはいぜん遠い道のりだが、大阪では取引をしてくれる問屋も増え、借金のために駆けずり回ることもなくなった。この四年のうちで株式市場暴落や、足尾銅山の暴動、軍隊の出動など社会情勢は混乱をきたし、正直なところいまも不安定な社会情勢は続いている。どの商売もいつどうなるかわからず、ようやく東京や大阪の品質に追いついた増永めがねにしても、都会から離れたこの地でどこまで食らいついていけるかわからない。だがこの先なにが起ころうとも、増永工場はこの土地でめがねを作り続けるだろう。自分がいつか死んでいなくなっても、この意志を継ぐ者が生まれ、生野を照らそうと前へ進んでいくのだと確信していた。

畦道が二手に分かれる場所で立ち止まり、

「ほな、明日の晩」

五左衛門は末吉に声をかけた。この場所からだと増永家のほうが近いので、強盗提灯は末吉に持たせておく。

「おう楽しみにしてるざ」

末吉の機嫌の良い声が夜風に乗って、心地よく耳に響いた。


翌日、五左衛門は客間で帳簿をつけながら、ついとむめが卒業式から戻ってくるのを待っていた。ついは今朝、矢絣の着物に銘仙の帯を締め、紫の袴姿で家を出ていった。幸八が祝いにくれた編み上げ靴を履き、「どこぞのお屋敷のお嬢さんみたいやわ」とむめに褒められ嬉しそうに微笑んでいる娘の姿を思い浮かべると、知らず知らずのうちに口元が緩む。前髪を垂らし、後ろの髪を長くして頭の真ん中に大きな赤いリボンをつけたついは、たしかに大阪の町で見かけるようなハイカラ娘であった。


そういえば福井駅のそばに写真館があった。ふたりが帰ってきたら家族写真でも撮りに行くかと五左衛門は立ち上がり、縁側の障子を開けて庭を眺める。庭の片隅に一本だけ植わる桜の花が満開だった。晴れわたった空の下で、薄紅色の花びらが太陽を透かして揺れている。

目を細めて外を眺めていると、

「旦那さま」

廊下側の襖が開きシマが顔を出した。むめとついが帰ってきたのかと思い、五左衛門はすぐさま障子を閉めて客間を横切り廊下に出る。あんなふうに末吉をからかったものの、自分も羽織袴姿で式に出ればよかったと後悔していた。

「ついとむめが帰ってきたんか」

シマが首を振る。

「旦那さまにお客さんです」

シマの表情がなんとなくいつもと違っていたので不思議に思いながら「誰や」と訊くと、職人志望の者だという。

「徒弟の雇用については末吉にぜんぶ任せてるんや、工場に行かせてくれ」

「ほやが……」

「ああ、ほうやった。末吉はいま学校の卒業式に出てるんやったな」

歯切れの悪いシマに向かって、その男を客間に通すようにと告げる。工場も増築し、注文数も右肩上がりなので、職人が増えるには問題なかった。ただ細かい作業を強いられるので向き不向きがあり、雇用したものの途中でやめる者もおり、たとえ気持ちが続いても胸を病み泣く泣く工場を去る徒弟もいた。

「旦那さま、お客さんをお連れしました」

帳簿を閉じて襟元の乱れを整えていると、シマが襖越しに声をかけてきた。

「入ってくれ」

五左衛門は気持ちを引き締め、半開きになった襖を見つめる。面構えとでもいうのだろうか。初めて顔を合わせた時に受ける印象は、後々もさほど変わらないことを五左衛門はこの数年の経験で学んでいた。

襖が全開になると、坊主頭の頂が目にとびこんできた。絣の着物の肩が大きく張り出しているのを見れば、十三、四の少年ではないことはわかる。礼儀をわきまえた、なかなか頑丈そうな男だと、五左衛門は目の前の若者に及第点を与える。

「わしが増永めがねの経営者、五左衛門や。どうか顔を上げてくれ」

ひれ伏すようにして額を廊下につけ、なかなか面を上げない男に焦れて声をかけると、シマが親しげにその背を叩く。男がゆっくりと上体を起こした。

「おまえ……為治か。山本為治やないか」

最後に顔を見た三年四か月前よりいくぶん大人びてはいたが、頑固そうな印象を与えるえらの張り具合や、膨らんだ小鼻といった特徴は記憶のままに残っている。

為治はたいそう仕事のできる男で、『磨き』と呼ばれる最終工程の要の仕事も任せられていた。蝶番の埋めこみなど高度な技術を必要とする工程もこなせ、帳場では筆頭の職人だった。増永一期生の沢田五郎吉が、網干のセルロイド会社に連れていったはずだったが、なぜいまここにいるのか。

「どうしたんや。向こうの会社でなんかあったんか」

「いえ、なにもありません」

「ほな五郎吉と仲たがいでもしたんか」

「そんなんではありません」

「ほやったらなんや」

五郎吉が大阪で独立することになったのだと、為治は緊張の面持ちのまま口にした。三年四か月の間にセルロイド加工の技術を習得し、大阪でめがね枠の工場を起こすことになったのだ、と。

「ほうか。それはたいしたもんやで」

労を惜しまず働く五郎吉のことだ。網干のセルロイド会社で不眠不休の努力をしたのだろうと五左衛門は頷く。

「すんまへん」

「なんで謝るんや」

「大阪でめがね枠を作るんです。増永めがねの商売敵になるんちがうか思うて」

為治の表情の奥に怯えのようなものが潜んでいるように思えたのは、それだったのかと五左衛門は苦く笑った。

「商売敵ではないざ。五郎吉は増永一期生や。袂を分けても、あいつがうちの工場を支えてきたいうことに変わりはない。五郎吉が人様に知られるいうのは、増永めがねが世間に知られるのと同じことやとわしは思うてる」

それよりセルロイドはどうだったかと、五左衛門は訊ねた。いずれはこの工場でも扱う日がくるだろうから、詳しく聞かせてもらいたい。

「へえ。セルロイドは弾力があって衝撃にも耐えられる素材やし、めがね枠とは抜群の相性や思います。加工もしやすいし、色も簡単につけられます。これからもっと市場に出てくるはずです」

「セルロイドはニトロセルロースと樟脳を合成して作る樹脂なんやて？」

「そうです。ほやがいまは国内のセルロイド生地は品質が悪うて、加工がしにくいんです。ほやからどこのセルロイド会社も輸入もんのセルロイドを買うてるとこが大半です」

セルロイドの時代は必ず訪れるだろうが、為治の話を聞いているとまだ数年先のように思えた。ただ準備だけはしておかなくてはいけないだろう。セルロイドの話に夢中になっているうちに、五左衛門はなぜ為治がうちを訪ねてきたのかを忘れてしまっていた。

「話の途中で道逸れてしもてすまんかったな。それで、おまえはなんでうちの工場に戻ってきたんや」

「五郎吉親方に言われました」

「五郎吉に？」

「へえ。いまは大阪で工場を構えるが、いずれは福井に戻るつもりやと親方は思うてます。生野をめがねの産地にするために、増永工場と手を組んでやっていくつもりやと。ほやで網干で習得した技術を伝えるよう、わしを戻らせたんです」

工場を去ってからというもの、五郎吉はしばしば自分の不義理を責めていたのだと為治は話した。志半ばで生野を離れ、徒弟たちに対して無責任なことをしてしまった。大将には恩を仇で返すような真似をしてしまい、合わせる顔がない。本来ならば大阪で独立するはこびになったことをきちんと伝えに行かねばならないのだが、敷居が高くて生野に足が向かないことを、為治はまるで自分のことのように詫びる。

「ほれで五郎吉は、おまえを託したんやな」

「たいして役にはたてまへんが、ほうや思います。いや、わてかてそう簡単に戻れるとは考えておりませんのや」

だが自分は故郷に帰りたかったのだと為治は言い、厚顔だと知りながら生野の地に舞い戻ってきたのだと首をすくめた。

「もうひとり、親方が必要や思うてたんや」

「……へえ」

「徒弟が五十四人もいてるのに親方が三人しかおらんから、増やしたいと考えてたところや」

「へい」

「為治、明日から帳場の親方をやってくれるか」

為治は深く息を吸い込み両目を見開いた。増永工場に再び雇われることはあっても、まさか親方として登用されるとまでは考えてはいなかったのだろう。「おおきに。

励ませていただきますで」と為治が正座のまま頭を下げる。

「励んでくれ」

末吉も、この為治ならば親方を任せても文句は言わないはずだ。

ふたりのやりとりが終わるのを見計らったかのように、玄関先がとたんに騒がしくなる。むめがついと妹たちを連れて小学校から戻ってきたのだろう。そういえば、と為治も夜学で学んでいたことを思い出し、「そうや。おまえ、また夜学にも顔を出すか」と訊いた。親方になろうという男が夜学の生徒というのもおかしなものだが、小学校を出ていない為治は仕事と同じくらいに勉強にも熱心だったのだ。嬉しそうに「へい。顔出しますわ」と頷くと、為治がおもむろに風呂敷の包みを開き、中からサックに入っためがねを取り出した。

「土産を渡すのを忘れてました。五郎吉親方から大将にと預かってきたもんです」

為治の手には、艶やかな飴色をしたセルロイド枠のめがねが載っている。勧められるままに手に取ると、想像した以上に硬く、つんと鼻をつく独特の香りがした。

五左衛門は蔓を左右に開き、顔に掛けて立ち上がると、縁側の障子を開け放つ。

「いまから出かける用事があるんやが、おまえもついてこいや」

為治が持参しためがねを掛ければ、網干で一段と腕を上げた五郎吉の顔が、瞼の裏にまざまざと浮かんできた。文殊山の頂から解け出した雪が、山襞に沿って白く流れて落ちていく様までがはっきりと見える。

提灯の火を頼りに、五左衛門は足羽川の堤防沿いを歩いていた。この先にはいまから四年四か月前、およそ千本の桜と楓が植樹された場所がある。当時はか細い若木であった樹木が一年ごとに幹を太らせた様を、為治に早く見せてやりたかった。

「ちょっと遅れてしもたのう、みんなもう集まってるやろ」

この場所で花見をするようになって、今年で五年目になる。

「大将はいまでも毎年、ここへ花見に来とるんですか」

「ほうや。桜と楓の樹がどんどん大きくなっていくんが楽しみやざ。ほやが植樹の翌年——おまえと五郎吉が網干に行った年は、そういえば桜は花を咲かせんかったのう」

五左衛門は、花のない桜の下で大騒ぎした日のことを思い出す。増永工場の発展と若木の成長を重ねてとうとうと語っていたにもかかわらず、翌年の花見では一輪の花も咲かせなかったために、ばつの悪さから酒を呑みすぎてしまった。

「いろいろありましたなぁ」

「そら、いろいろやざ。ほやがおまえと五郎吉が工場を去った次の年からは毎年、薄桃色のきれいな花が咲くようになってな。ようやく花見らしいことができるようになったんや」

桜並木が始まる辺りから、楽しそうな笑い声が聞こえてきた。先に着いた職人たちがすでに宴を始めているのだろう。陽の下で見るのもいいが、月明かりに浮かぶ桜もおつなものだ——そんなことを誰かが言っているに違いない。五左衛門の姿に気づいた徒弟のひとりが立ち上がり、「大将」と手を振ってくるのが見えた。

職人たちが茣蓙を敷いて輪になっているところへ近づいていくと、為治の顔に灯りが当てられた。「為治さんや」「山本さんがいてるで」という声があちらこちらから聞こえてくる。その声に為治が深々と腰を折ると、和やかな雰囲気がざわめきに変わる。

「明日からうちの工場で働いてもらうことになった山本為治や。三年四か月前までうちにおったから知ってる者もいてる思うが、兵庫の網干から新しい技術を持ち帰ってきてくれた。どうか切磋琢磨してやっていってくれ」

多くの意味がこめられた為治のお辞儀に、親方や徒弟たちが初めはためらいがちに、やがて大きな拍手を送る。

「桜が満開やざ。みんな今日は思いきり楽しんでくれ」

五左衛門が言い終わらないうちに、為治に酌をしようと徒弟たちが動き出す。今年の桜と昨年の桜が違うように、うちの工場も一歩一歩前に進んでいる。そんなふうに思えるのは、若木だった数百の桜が見事な花をつけているからだろうか。ひとりひとつ、提灯でもランプでもなんでも灯りを持ってこいと伝えていた。薄暮れに連なる薄桃色の花びらを、五十以上もの灯りが照らす目の前の景色がこの上なく美しかった。

17　明治四十四年　八月

八月も末になると、ひと月前に蒔いたそばの種が真っ白な花を畑一面に咲かせる。そばは播種から収穫までが七十五日間と短く、来月にはもう実がなるはずだった。そばの小さな白い花が畑を埋めつくすこの時期は、夏が去っていくうら寂しさと収穫前の慌しさで、五左衛門はなにをしていても落ち着かない心地になる。

「旦那さま、どうかしましたか」

夏の間に生い茂った野山の緑に目を細めていると、一歳になったばかりのよしこを抱いたたむめが、心配そうに見上げてきた。

「いや。ついが小学校を卒業して、もうそろそろ半年やなと思うて」

ついが、あと半刻もすれば汽車で大土呂の駅に戻ってくるので、散歩がてらにと家族そろって迎えに出ていた。

「ほうですね。子供はほんま、すぐに大きくなってしまうわ」

娘が五人になり、家の中はますますかしましくなった。ついはこの春から末吉の娘とともに福井の高等女学校に通い始めた。増永家に男児が生まれないと愚痴をこぼすせのに対して、この頃のついは「将来はわたしが増永工場を継ぐから」と慰めることもあるらしい。

熱気でゆらゆらと揺れる空気の中を妻と四人の娘とで進みながら、五左衛門はアキアカネの真っ赤な尻尾を目で追っていく。畑の向こうの土手に、彼岸花が鮮やかな紅色を輝かせている。工場を去っていく千代吉を、八郎が見送り立っていたのは、ちょうどあの辺りだったろうか。

「おとっちゃん、いま何時」

たかのが訊いてきたので、

「いまか、ほら何時や」

五左衛門は懐中時計を取り出して見せてやる。高等小学校の一年生になったたかのは、時計の針を読めるのが自慢だった。

「四時十八分やわ。つい姉ちゃんの汽車は何時に着くん？」

「たしか五時半頃やったと思うざ。むめ、ついは何時の汽車で大土呂の駅に着くんやった」

「もっと早う歩かんと間に合わんわ」

せっかちのたかのが妹ふたりの手を強く引っ張ったので、四女のきさおがその場で転び泣き声を上げた。

「焦らんでいいが。駅まであと半里もない、もうじき着く」

五左衛門は草むらに転がるきさおを抱き起こし「泣かんでいいが」と着物についた土を払う。きさおの手を取り、五左衛門はまたゆっくりと歩き始める。どこからか草を燃やす匂いがしてきた。秋支度を始めた農家が、土手刈りをすませた後の草を焼いているのだろう。草を燃やす煙の匂いもまた、夏の終わりを告げるものだ。

「おとっちゃん、あれなに」

繋いでいた手を離し、きさおが指をまっすぐに前に出し訊いてきた。道の先に揺れ動くものが見えたが、距離があってその輪郭はおぼろげだ。

「なんや。むめ、おまえは見えるか」

五左衛門は隣にいたむめにも訊いてみたが、顔をしかめて首を振っている。ちかちかと光を反射しながら近づいてくるそのなにかを、五左衛門たちはその場で立ち止まり眺めていた。鹿か馬のように、とてつもない速さでこちらに向かって一直線に近づいてくる。

「ああっ、人力車や」

みどりがそう大声で叫んだ時には金色の光の輪から抜け出たみたいに、黒光りする人力車がすぐ目の前に現れた。

「つい……。幸八さんも」

あまりに驚いたせいか、むめが気の抜けた声を出す。人力車に腰掛けるふたりは満面の笑みで、ついは片手を大きく振り上げていた。紺色の着物の袂が、旗のようにはためいている。

「いったいどうしたんや、なんでおまえがここにおるんや」

　五左衛門は息をのんで幸八を見上げた後、ついの顔を見つめた。人力車を曳く車夫が額から汗を滴らせている。

「福井の駅前でついを見かけたんで、乗せてきたんです」

「福井から人力車に乗ってきたんか」

「汽車の時間まで駅で待つんも、面倒やったしなぁ」

　思わず小言がこぼれそうになるのを、五左衛門は口をつぐんでやめた。ついが楽しそうに笑っていて、その姿を見つめる妹たちの目も輝いている。

「それより、幸八さんはなんで生野に帰ってきたんです、急用ですか」

　むめが真顔で問いかけた。これまではたいてい事前に文で連絡してきて、その日に合わせて戻ってくるので、なにかよからぬことでもあったのかと構えているのだろう。幸八が突然現れるときまって、増永工場が岐路に立たされる。

　幸八はついと一緒に人力車から降り、代わりによしこを抱くむめを促し、人力車の胴に座らせた。胴にはまだ余裕があったのできさおとみどりも座らせると、幸八が車夫に向かって「このままゆっくり並走してくれ」と指示を出す。行き先はすでに伝えてあるようで、車夫は迷いなく増永の家に続く道を走った。

　カラカラカラカラと車輪が回る音を聞きながら、五左衛門たちも来た道を引き返す。道端の石を踏んで車が時折傾くものの、乗り心地はよさそうで、よしこときさおがうとうと眠り始めている。たかのも羨ましそうに胴を眺めていたが、それでも文句は言わずに歩いていた。

「ほれで、なんや。どうしたんや急に帰ってきて」

隣で口笛など吹き出した幸八に、五左衛門は問いかけを繰り返す。ほとんど荷物も持たずに来たようで、問屋から返品されてきためがねを運んできた様子でもない。

「兄さん、大事なこと、大事なことを忘れてはいませんか」

「大事なこと？　なんやそれは」

鳶が空の高いところで鳴いていた。山の巣に戻る途中だろうか。褐色の大きな羽を広げ大きな円を描くように風に乗っている。幸八が鳶の鳴き声に合わせるようにして、空に向かって長い口笛を吹いた。ピイィっという甲高い音に、娘たちがはしゃいだ声を上げる。

「兄さん、驚かんといてください。うちのめがねが、先だって開かれた内国共産品博覧会で有功一等賞金牌を獲りました！」

空に向けていた視線を五左衛門の顔に置き、幸八が腹の底から声を響かせた。傍らにいる五左衛門にというよりも、村全体に聞かせるようなその大声に、五左衛門は全身が痺れ、動けなくなる。ついも、たかのも、その場で足を止め、五左衛門の着物の袂を強くつかんだ。カラカラという音を残して、人力車だけが先に進んでいく。

「……ほんまか」

「間違いのないことです」

「嘘なんかつきません。増永五左衛門のめがねが、千六百五十点の出品から上位五点の中に選ばれたんです。正式な発表を前に、関係者を通じて教えてもろうたんで間違いのないことです」

「ほんまに、うちのめがねが……」

「もちろんです」

　やった、金牌や――と幸八はもう一度大きな声で叫ぶと、呆然と立ち尽くす五左衛門の肩を抱いて右手を差し出し、「兄ちゃん、やったな」と喉を詰まらせた。

　五左衛門の頭の中に、夜を徹して金属の配合を研究していた末吉の横顔が浮かんだ。ゴム管を咥え、炎を燃やし続けていた三之助の額の汗が、めがね枠に細工を施す八郎の、気迫に満ちた眼差しが思い出された。作る側は何千枚でも、買うほうは生涯たったひとつのめがねかもしれない。手に渡った人を裏切ってはならない。職人たちのそうした思いがようやく報われたことを知り、五左衛門は、鳶が弧を描き続ける空を仰いだ。

18　明治四十四年　八月

まだ明るいうちから工場の二階では祝宴が始まっていた。宴とはいえ特別な料理などはなく、むめとシマが即席でこしらえた煮炊きものや沢庵や梅干が夜学用の机を卓代わりにして並べられているだけだ。酒はあったが、まだ年端のいかない徒弟は呑ませてもらえず、酒のあては鰯を塩と糠で漬けたものだけである。

それでも職人たちは、みなこの上なく嬉しそうな顔をして卓を囲んでいた。幸八は杯の酒をちびりちびりと口に運びながら板間の隅で胡坐をかき、宴の様子を眺めていた。窓から差し込む太陽の光が、職人たちの顔や着物を明るく照らしている。

「なんや、こんなとこで」

壁にもたれてぼんやりしているところに、徳利を手にした末吉が声をかけてきた。

「ああ、末吉親方。このたびは、ほんまにおめでとうございます」

場の中央では五左衛門と八郎が徒弟たちから酌を受けている。杯の底が乾く間のないくらいだ。八印帳場に属する徒弟たちはみな興奮して、声高に話しこんでいた。

「まあ末印帳場のめがね枠やないのが悔しいけどな。ほやが八郎はほんまにようやりよったざ」

口ほどに悔しそうでもなく、末吉が赤らんだ頬を歪める。そういえば、前回の博覧会には末吉親方の帳場のものを出品していた。

「礼が遅うなったが、うちの娘にまで卒業祝いをもろて、ほんまにおおきに。ツネはこれまで編み上げ靴なんて洒落たもん履いたこともなかったもんやで、えらい喜んでなぁ」

「吾妻下駄とどちらにしようか迷うたんですが、珍しいほうがええ思うて。足の大きさがわからんかったでついと同じのにしたんやが、おうてましたか」

「あつらえたみたいにぴったりやった」

いま目の前にわが娘の晴れ姿が見えるかのように、末吉は顔を蕩けさせる。ツネはついと同じ福井市の高等女学校に通い、いまは級長を任されていると聞いた。「ツネさんは全部の組を合わせた中でもいちばん頭が良いんやわ」とついが自分のことのように自慢していたのを思い出す。

「ツネさんはえらい優秀やそうですね。先が楽しみや」

末吉親方から酒を注ぎ足してもらい、幸八はいっきに飲み干す。これまでゆっくりと呑んでいたのでとたんに酔いが回る。

「女が学問極めても、毒になるだけや」

「いや。これからの時代、女子にも学問は必要です。東京には女子のための大学もあります。女かて自分の意志で人生を決める、欲しいもんをひとつでもふたつでも努力すれば手にすることができる、そういう世の中に変わってくるはずや」

上機嫌で酒を呑む末吉に、幸八は笑いかけた。

「そういうおまえは事業の成功以外に、欲しいもんないんか。結婚はせんのか。惚れた女を自分の力で幸せにしたいと思わんのか」

「縁がありませんもんで」

「縁もなんも、そない男前やったらいくらでもむこうから寄ってくるざ」

「それがそうでもないんです」

話が妙な方向に逸れ始めたので、幸八は腰を浮かせて中央の卓に、新しい徳利を取りに行った。末吉が持ってきたものはふたりでとっくに飲み干している。卓の前に立ち酒の入った徳利はどれかと探していると、むめとシマが竹の皮に包んだ握り飯を運んでくるのが見えた。笊に山積みに盛られた握り飯は重そうで、手伝ってやろうかと思ったけれど、自分が動くより先に五左衛門が手を差し出す。

幸八は両方の手に徳利を持ち、また末吉の前に腰を下ろした。片膝を立て、膝の上に肘を置いて酒を飲む。

「幸八おまえ、いくつになったんや」

杯に口を寄せる末吉の頭が、止まりかけの独楽みたいにゆらゆら揺れていたので、

「親方、呑みすぎや」と杯を取り上げる。

「今年で三十です」

「ほんななったんか」

「いつの間にか、や」

　自分が三十になったということは、兄は四十……。四十の五左衛門は五人の娘を養い、六十人にもおよぶ職人を雇い工場を守っている。それに比べて自分という人間は、いつまでふらふらしているのだろうかと、

「いらんこと思い出させせんといてくださいよ、末吉親方」

　幸八は乾いた笑い声を上げた。

　卓の周りでは浪曲が始まっていた。酔っ払った徒弟のひとりが、気持ちよさそうに得意の喉を披露し、それに合わせてみなが手拍子を打つ。五左衛門も八郎も、その傍らに立つむめもみな嬉しそうだった。

「わしはなぁ、おまえんことをなぁ、すごいやつや思うてる。それはなぁ、ほんまのことやざ」

　眠気が襲ってきたのか目を瞬かせ始めた末吉が、手のひらで幸八の背を叩いてくる。

「痛いで親方」

　末吉はとろんと白目を剝きながら、繰り返し背を打ち、幸八はそれを笑いながら受け止めた。視線の先には五左衛門とむめが、肩を寄せ合い微笑んでいる。

「五左衛門もすごい男やけどな、おまえも大した男やで。わしは、おまえがおらんかったら生野にめがね産業なんてもんは存在せんかった思うてる」

力のこもったその声に、徒弟の何人かが何事かといった顔をして振り返る。幸八は大丈夫だというふうに徒弟たちに笑い返し、残っている杯の酒を呷った。喉から胸に熱い酒が落ち、目の奥までが熱くなった。笑いさざめいていた空気が、やがてひとつのうねりとなって大きな歓声に変わっていくのを、幸八は潤んだ目で見つめる。場の中央に立つ五左衛門のもとに、八郎を先頭にした徒弟たちが恭しい動作で近づいていく。八郎の一番弟子の両手には長細い桐の箱が抱えられていた。

「増永工場の職人一同を代表して、八郎班から大将に贈らせていただきますっ」

八郎が声を張って箱の蓋を取ると、割れんばかりの拍手が工場内に鳴り響き、五左衛門とむめを包んでいく。八郎が手にしているのは、めがねであった。それも、内国共産品博覧会で金牌を受賞したのとまったく同じものである。八郎班が寝る間も惜しんで製作した最高傑作――。

これは大将のために作ったものだ、と八郎は言い、

「大将がおってくれたから、わしらのめがねはここまでになったんや……」

感極まったのか、最後は言葉を詰まらせた。いつも冷静沈着な八郎のそんな姿に、そばにいた徒弟たちも着物の袖で涙を拭う。五左衛門が、贈られためがねを掛けてみせると、再び歓声が湧き上がり、万歳三唱の声が上がった。五左衛門の傍らに立つむめが、両手で顔を覆っていた。

「酔うてしもたみたいや、ちょっと外の風にあたってきます」

幸八は末吉にそう声をかけ、そっと腰を浮かす。立ち上がると背にあった末吉の手がするりと滑り落ち、そのまま体が横に倒れていく。末吉の頭を片手で受けるように支え、板間に打ちつけないよう静かに横たえた。

階段を下り、工場の出入り口から外に出れば、裏手にある雑木林の方角から西日が照りつけてきた。幸八は雑木林に向かってゆっくりと歩いていく。高い木の梢が空を覆う中で、一本だけとび抜けて背の高い杉の木があり、その杉の木に凭れて風にあたった。木を揺らすほどの風が山から吹き下り、頰に触れる。

家に戻るのだろうか、工場の前の野道を筒袖の木綿の着物の女がふたり、連れ立って歩いていくのが見える。むめがシマに向かってなにやら話しかけているが、その横顔があまりにも幸せそうで、幸八は声をかけずに後姿を目で追った。

惚れた女を自分の力で幸せにしたいと思わんのか――。

酔っ払った末吉親方の言葉が頭をよぎり、「思いますよ、だからそうしたやないですか」と心の中で言い返し、ひとり笑う。目を閉じれば工場から笑い声が聞こえてくる。そういえば自分はこうして、人が愉快にやっているのを、離れたところから眺めるのが好きだった。輪の中心にいる五左衛門を、あの立派な男が自分の兄貴なのだと見つめるのが好きだった。

「こんなとこにおったんか。探したざ」

どれくらいの間、そうやって目を閉じていたのだろう。

田んぼを照らしていた茜色の夕日がほとんど消えかけていた。

「兄さんか。なんや主役が抜け出してきたらいけませんよ」

文殊山を背負って歩く五左衛門が、幸八に向かってくる。

「主役はおまえや、幸八」

「やめてや兄さん。おれはなんもしてへん」

「いや、おまえの力や」

五左衛門ははっきりと口にし、幸八の肩に大きな手を添える。

生野は長い間、雪に閉ざされてきた。雪に覆われると、この土地で生きる村人の声はかき消され、世間からうち捨てられた場所のように根深い雪の中に沈んだ。それがいまから六年前、雪に閉ざされた田舎の農村に、外の世界と繋がる一本の道ができた。増永工場を立ち上げてからの歳月は苦しいこともありながら、だが楽しかった。良いめがねを作る、作っためがねをたくさん売る。ただそれだけの毎日なのに、それが自分の生きがいとなり、やがて村人たちの希望になっていった。そうしたものを村にもたらしてくれた弟は、自分の誇りだと五左衛門は言い、

「生野から外の世界に繋がるこの一本道は、おまえのもんや。十六で故郷を出て、それから独り生きてきたおまえの歳月が、この道を作ったんや。そのことをわしは最近になってやっと気づいたんや。感謝してるざ」

肩に置いた手に力をこめた。

「幸八さん、ここにおったんですか」

いくつもの足音と話し声が聞こえ、幸八が顔を上げて声のほうに視線を向けると、いつの間にか五左衛門の背後に工場の親方や徒弟たちが集まってきていた。

「なんですか。こんなにたくさんの男に囲まれたら、気味が悪いやないですか」

幸八は半笑いを浮かべ、木に預けていた体をまっすぐに立て直し、男たちの顔を端から順に眺めていく。大阪と福井――離れてはいたが、ともに増永工場を育ててきた仲間たち。

「これを幸八さんにも渡したかったのに、おらんようになったで」

八郎の手に、五左衛門に贈られたのと同じ桐の箱があった。ふいをつかれ、幸八からいつもの薄い笑みが消える。

「おれらの気持ちです。どうか幸八さんの手元に置いといてください」

増永工場は、ふたつの大きな車輪によって引っ張られ育ってきた。五左衛門と幸八。ふたりのどちらが欠けてもいまの成功はなかったに違いないと八郎は言い、箱の中からめがねを取り出した。舶来の高級品に見劣りしない、洗練されためがねであった。ネジの一本にも神経が行き届いた、頑丈なめがねであった。職人たちの努力が集結された、増永めがね――。幸八は両手でめがねを受け取ると、そろりと顔に掛けてみる。鼻にのせためがねは、なにひとつ違和感なくしっくりと馴染んだ。

「よう……見えますわ」

そうとしか言えなかった。それ以上話すと柄にもなく泣いてしまいそうで、固く目を閉じる。視界を遮れば、熱くなった瞼の裏に、故郷の冬が浮かんできた。純白の雪が、厚くこんもりと野や畑を覆い、川も池も凍りつく生野の村。

――幸八、早う起きろ。今朝はおしょりんなっとるざ。

まだ薄暗い早朝、自分を起こす兄の声が寝間に響いてくる。布団から抜け出すと、いつもよりいっそう冷えた空気が身を切り、食事場では部屋を温めるため囲炉裏の火が燃えている。蓑を身につけた五左衛門が、土間から食事場をのぞきこみ、早う早うと手招きしてくる。さあ、一緒に連れていってやるざ。まっさらな雪や。どこでも好きな場所を歩けるで、早う仕度しろや。

幸八は母に手伝ってもらいながら急いで着替え、半纏を着込んで深沓を履く。

――兄ちゃん、ほんまや。おしょりんや。どこ歩いてもええんやなあ。おれ、汽車を見てみたいんや。線路をたどっていったら、もっともっと遠くまで行けるんやろ。兄ちゃん、汽車の見える場所まで連れてってくれや。

幼い日を思い出しながら、幸八が閉じていた瞼をゆっくり開くと、五左衛門が自分の顔を見つめていた。あと半年もすれば、村は深い雪に閉ざされるだろう。おしょりんの季節がまた、やってくる。（了）

〈主要参考文献〉

『めがねと福井　産地100年の歩み』福井新聞社
『福井県眼鏡史』大坪指方（非売品）
『ふるさとの文化遺産　郷土資料事典18　福井県』人文社
『目で見る明治時代』国書刊行会
『図説日本庶民生活史』奈良本辰也・他編　河出書房新社
『百年前の家庭生活』湯沢雍彦／中原順子／奥田都子／佐藤裕紀子　クレス出版

本書は２０１６年２月にポプラ社より刊行されました。

おしょりん

藤岡陽子

2023年6月5日　第1刷発行

発行者　千葉 均
発行所　株式会社ポプラ社
〒102-8519　東京都千代田区麹町4-2-6
ホームページ　www.poplar.co.jp
フォーマットデザイン　bookwall
組版・校正　株式会社鷗来堂
印刷・製本　中央精版印刷株式会社

N.D.C.913/326p/15cm　ISBN978-4-591-17811-9

P8101469